다산 정약용의 초상

제자들에게 보낸 편지

△ 1823년 다산이 고향 마재로 찾아온 두 제자, 윤종삼尹鍾參과 윤종진尹鍾軫에게 기념으로 써준 글이다.

▷ 다산이 1804년 봄에 완성한 『아학편훈의兒學編訓義』를 적은 필사본이다. 3부 '둘째 형님께 보낸 편지'의 「형님께서는 깊이 생각해주시기 바랍니다」를 보면 다산이 정약전에게 이 책을 언급하고 있다. 강진군 소장.

▷ 다산이 강진에서 유배생활을 하는 동안 저술한 『목민심서牧民心書』. 강진군 소장.

『아학편훈의』

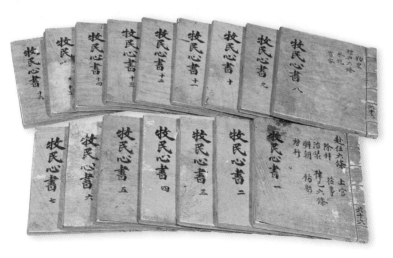

『목민심서』 필사본 16책

無限斜陽醉雲池孝廬船愛月華垂髙人

情與青山別兩燕唯留白馬知斗尾漁歌吟

望夜巴塘塔影卧過时山圍中又見桃花萬

称酌樽醒開戶宜　月夜南岸送別寂難堪遣又呈一律

石農仁兄　斤正　　　　渤水淵州藁

石農　又有二首之謠不敢孤負云尒

아들 정학연이 쓴 시고. 강진군 소장.

**두 아들에게 보낸 「하피첩」**

다산은 아내가 보내준 헌 치마폭으로 첩을 만들어 두 아들에게 훈계하는 글을 써주었다. 1부 '두 아들에게 보낸 편지' 마지막에 다산이 쓴 시 「하피첩霞帔帖」과 해설이 실려 있다.

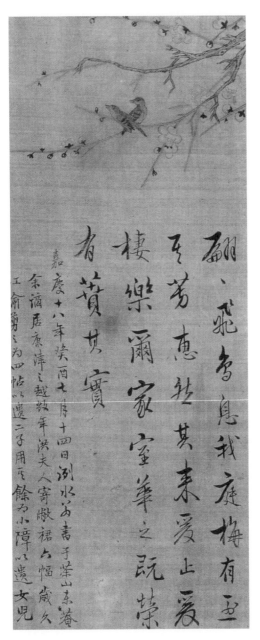

**딸에게 보낸 「매조도」**

◁ 외동딸에게도 치마폭에 그림과 시를 써서 보내주었다. 1부 마지막에 다산이 써준 글과 해설이 실려 있다. 고려대학교 박물관 소장.

▷ 강진과 해남의 앞바다에 있는 여러 섬들과 거리를 표기한 고지도이다. 다산과 윤시유尹詩有가 함께 그렸다고 전해진다. 개인 소장.

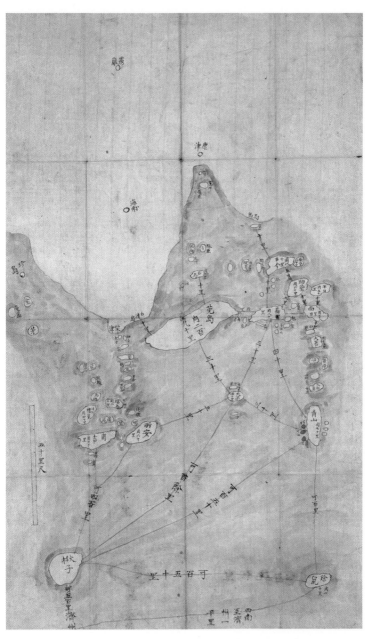

다산과 윤시유가 함께 그린 고지도

**다산초당의 모습**

1801년 유배된 다산은 18년 동안의 유배생활 가운데 11년을 이곳에서 살면서 방대한 실학체계의 대부분을 구상하고 집필했다. 원래는 작은 초가집이었으나, 세월이 지나면서 허물어져 1957년 다산 유적보전회가 기와집으로 새롭게 지었다. 전남 강진군 도암면 만덕리 소재.

유배지에서 보낸 편지

# 유배지에서 보낸 편지

정약용 지음
박석무 편역

창비

# 다섯번째의 조그마한 정성

『유배지에서 보낸 편지』를 인터넷에서 검색해보면 상상을 초월할 정도로 수많은 글이 올라와 있다. 카페나 블로그 등에 올린 비평과 감상의 글부터 궁금한 것을 묻고 답하는 글에 이르기까지 그 내용도 다양하다. 대부분은 훌륭한 글에 감동받았다는 내용이지만 사이사이 이해하기 어려운 문장이나 단어가 많다는 불평도 눈에 띈다. 개정판을 낼 때마다 가필하며 읽기 편하게 바꿔보려 노력하면서도 한편으로는 다산 같은 대학자의 글을 쉽고 가벼이 읽어 넘길 수만 있겠는가 하는 생각도 들곤 했다.

올해는 1979년 이 책이 세상 빛을 본 지 꼭 40년 되는 해다. 처음 책을 출판해준 시인사의 대표이자 막역했던 내 친구 조태일 시인이 세상을 떠난 지는 20주년이 되었다. 그래서 이 책을 대할 때마다 나는 지음(知音)에 대한 그리움과 함께 긴긴 세월 속 인연을 떠올리며 이런저런 감회에 젖는다. 특히 한문에 익숙하지 않은 사람들로부터 이 책을 통해 다산학에 접근할 기회를 얻게 되어 감사하다는 이야기를 들을 때마다 감동을 받는

다. 중·고등학교의 교과서에도 내용의 일부가 실렸고, 책을 통한 독서 모임에 대한 소식도 왕왕 들었다.

40년 동안 독자는 꾸준히 이어지고 그에 맞춰 어렵다는 말도 계속되고 있어 무심히 넘겨버릴 수만은 없었다. 이제라도 독자들이 잘 모르는 단어나 어려워하는 구절을 요즘 시절에 맞게 손을 대어 본격적으로 윤색하는 정성을 기울여야겠다고 결심했다. 이번 책이 바로 그 결과물이다. 2009년 네 번째 가필한 후 10년 만에 찬찬히 살핀 다섯 번째 책으로, '10년이면 강산도 변한다'고 하니 이 책도 변해야 함이 당연하다 여겼다.

우선 출판사 창비에서 큰 도움을 주었다. 어색한 문장을 좀 더 다듬었고, 어려운 낱말은 풀어 쓰거나 주석을 달아주어 과거의 책보다는 훨씬 쉽게 읽힐 것으로 보인다. 그간 자료 부족으로 자세한 주를 달지 못했던 것도 다시 보강해서 주를 넓혔다. 무릇 난해한 다산의 글을 아무리 쉽게 풀어 쓰고 주를 단다고 해도 독자들이 보기에 헤아리기 힘든 부분이 다소 있을 수 있다. 이는 역자의 부족함이라 여기고 앞으로도 계속 수정 가필하여 읽기 수월한 책으로 만드는 데 정성을 들이고 싶다.

이번에 「부령 도호부사 이종영에게 당부한다」라는 글을 추가했다. 널리 알려진 대로 『목민심서』는 공무원들의 지침서로 활용되고 있는데, 『목민심서』의 내용을 잘 압축한 것이 이 글이다. 전라도에서 함경도 부령 도호부사로 자리를 옮기는 이종영에게 보낸 송별의 편지에서 다산은 공무원, 즉 목민관이 지켜야 할 도리를 조목조목 제시하며 가르침을 주고자 했다. 탐관오리의 부정과 부패에 진절머리를 내던 다산이 그 시절 공직자에게 당부하는 내용이지만 오늘의 공직자에게도 큰 깨달음을 줄 것으로 기대한다.

처음 번역했던 때는 30대 후반의 장년이었는데 어느덧 70대 후반의 노령에 이르렀다. 하지만 다산의 서간문은 읽을 때마다 새롭다. 그의 높은 학문, 뛰어난 인격, 절절한 애국심, 자식에 대한 한없는 애정, 더 좋은 세상을 그리며 세상을 바꿔나가려던 큰 뜻에 저절로 머리가 숙여진다. 폐족으로 불우하기 짝이 없는 아들들이 좌절하지 않고 학문에 정진하기를 입이 닳도록 이야기하는 모습, 흑산도라는 절해의 고도에서 귀양살이하는 형님 정약전을 생애의 지기(知己)로 여기며 깊고 넓게 학문을 토론하는 모습, 제자들의 장래를 뜨겁게 걱정하며 온갖 지혜를 가르쳐주던 다산의 풍모 등에서 많은 것을 배우지 않을 수 없었다.

다산은 조선을 대표하는 실학자이자 경학자이며 지극한 애국자였다. 세상에 공개하려고 저술한 책에서는 인간 다산의 속마음을 알아내기가 쉽지 않지만 아들·형님·제자들에게 보낸 그의 사신(私信)『유배지에서 보낸 편지』에는 깊은 속마음이 여실히 드러나 있다. 이 책은 다산학을 연구하는 분들에게는 물론 다산에 관심을 갖는 일반인에게도 그의 학문과 사상에 다가

가는 길잡이가 되어줄 것이다.

　1979년 군사독재에 짓밟혀 억눌리고 찌들어 살던 시절, 고등학교 교사 신분으로 시간을 쪼개 다산의 글을 부지런히 번역했다. 엄혹한 시대에 그저 좌절하고 주저앉아 이 책을 출간하지 못했다면 지금의 내가 얼마나 초라했을까. 뜻이 있으면 길은 있다. 다산이 18년간 귀양살이하면서 쓴 이 편지들은 어려움에 처한 사람, 좌절에서 벗어나고픈 사람이 더 가까이했으면 싶다. 또한 자식을 키우는 부모, 학문을 연구하는 학자, 조직의 구성원과 리더, 공직자 등 세상 속 모든 사람이 이 책을 통해 더 좋은 세상, 더 깨끗한 나라를 만들어가는 더 따뜻한 우리가 된다면 지하에 계신 선생께서도 참으로 기뻐하실 것이다.

2019년 9월 초순
다산연구소에서 박석무 삼가 씀

우리 민족사의 정당한 발전은 일제의 강점에 의해 한 세대 이
상 질곡에 빠져 있어야만 했다. 더구나 의도적인 그들의 민족
문화 말살정책은 민족의 본질까지 위협하여 우리를 참담한 역
사의 암흑기에 처하도록 조장하고 있었다. 그러나 역사는 정의
편에 서는 듯 조국해방이 새벽 닭소리처럼 불현듯 찾아왔지만,
해방 이후의 역사가 바라던 방향으로만 진행되지 못했던 것은
또 하나의 불운이었다.

어쨌든 해방 이후 1960년대 말 1970년대 초반에 한국학(韓
國學)이라는 어쭙잖은 이름의 새로운 학풍이 일어나기 전까지
만 해도, 외래문화 찌꺼기 일변도의 정치·경제·문화 정책에서
벗어나지 못한 채, 민족사의 진정한 주체적 전개는 실현되지
못했다.

외래문화의 무분별한 모방과 범람 속에 자신을 망각하고 자
기 것에 대한 애착이나 주체성 회복은 아득하기만 했던 자유당
치하 12년을 지나, 4·19라는 민중시대의 찬란한 개막에도 우리
의 역량은 끝내 이를 수용치 못한 채 또다른 민중의지의 좌절

을 경험할 수밖에 없었다. 이러한 좌절의 기막힌 회오와 반성의 결과, 순탄치 못한 정치적 분위기 속에서도 민중의지의 발산을 위한 문화적 자각이 분출해 1970년대 초 '한국학 붐'이라는 새로운 차원을 열게 한다.

잡다한 정치적·사회적 소용돌이 속에서도, 1970년대는 민중시대의 확증을 버릴 수 없도록 민간 주도의 민족사학·민족문학의 사회적 분위기를 이끌어왔고, 세계사적 요청의 대안이라 할 제3세계의 지위 부상으로 민중 개안의 현상이 나타났다. 이제 우리의 시대적 특징은 민중문학·민중신학·민중시대라는 용어가 보여주듯, 민중을 주체로 해야 할 정당성을 회복하게 되었다.

민중을 역사의 주체로 한 사회 건설이 아무리 험난한 길이라 하더라도, 아직은 이 사회가 민중이 주체가 된 사회이기에는 너무도 두꺼운 장벽이 놓여 있다 해도, 그것이 이 민족의 당위적 명제인 이상, 민중적 삶의 풍부한 자료는 더더욱 값진 민족의 정통적 생활의 모습으로 값을 지니게 된다.

현대 이전의 사회에서 가장 값진 민중적 삶의 한 자료를, 각계에서는 실학자 다산 정약용(1762~1836)의 학문 전체를 지칭하는 '다산학(茶山學)'에서 찾으려 하고 있다. 실학을 집대성한 학자로 여러 연구가 계속되는 이유도 바로 이 때문이다. 그런 의미에서 '다산학'에 대한 우리의 관심이 고조되고 있고, 관심이 커갈수록 그 귀중함은 더욱 빛나고 생생해지고 있다.

다산이야말로 칠흑같이 어두운 봉건시대에 실낱같은 한 줄기의 민중적 의지로 75년 동안 치열하게 살다 간 역사적 인물이다. 가난에 찌들어 굶어 죽어가는 이웃의 아픔을 견디다 못해, 토지는 모두 국유(國有)로 하여 농민에게 나누어주고, 그들의 공동경작에 의해 공정분배하도록 하자고 혁명적인 전론(田論, 토지제도에 관한 다산의 독창적인 이론)을 주장하기도 했고, 부정부패와 착취만 일삼는 관리들이 어떻게 해야 올바른 생각으로 돌아서게 할 수 있을까 해서, 관리들의 지침서인 『목민심서(牧民心書)』를 저술하고, 하다못해 시를 통해서 백성들을 일깨워보자고 비판의식과 고발정신이 투철한 많은 시를 지었던 다산. 그러나 그는 그를 시기하던 부패관료들의 드센 반발에 의해 벼슬을 박탈당하고 죄인이 되어 감옥에 갇혔다. 그 감옥에서 손위 형님과 사별하고, 둘째 형님과는 겨우 목숨을 부지해 함께 먼 바닷가로 유배를 당해 18년간을 중죄인으로 지내게 된다. 패가망신이자 끝없는 절망과 참혹한 고통과의 싸움이기도 했다.

번역한 사람은 여기서 긴 탄식을 하며, 다산의 비참한 일생에 대한 아픔을 함께 나누어 갖고픈 충동을 받았다. 이러한 충동으로, 다산이 18년간 유배지에서 피를 나눈 자기 아들들과 형에게 보낸 편지의 일부를 번역하기에 이르렀다.

천신만고의 괴로움 속에서, "한자가 생긴 이래 가장 많은 저술을 남긴 대학자"(정인보鄭寅普) 다산이 자기의 분신인 두 아들과 형과 지인들에게 인생은 어떻게 살아야 한다고 했을까. 또 그가 자신의 인간적 아픔은 어떻게 이겨냈고, 그 시대의 아픔은 어떻게 표현했을까. 자신의 다함없는 바람은 무엇이었고, 권력의 짓눌림에 굽혀 살 수밖에 없던 죄인으로, 당대의 엄연한 민중의 한 사람으로 그가 지닌 민중의지는 무엇이었을까. 이러한 진실이 민중시대이면서도 민중이 주인 노릇을 못하는 이 시대에, 역자로 하여금 엄두도 못 낼 어려운 번역에 선뜻 손대게 해주었다. 많은 민중이 좌절하기 쉬운 요즘, 번역을 마치고 난 역자는 다산이야말로 좌절할 줄 모르던 진짜 민중이었다는 느낌을 가졌다.

"우리는 폐족(廢族)이다" "폐족이 글을 읽지 않고 몸을 바르게 행하지 않는다면 어찌 사람 구실을 하랴" "폐족이라 벼슬은 못 하지만 성인(聖人)이야 되지 못하겠느냐, 문장가가 되지 못하겠느냐?" "정치의 잘못을 일깨워주지 않는 시는 시가 아니다" "인의예지(仁義禮智)는 행동과 일에서 실천된 뒤에야 그 본뜻을 찾는다" 등의 내용만 보아도 알기 어렵지 않다.

다산이 지닌 백절불굴의 민중의지가 우리의 비참한 현실에서 한 오라기의 희망으로 민중의 갈 길을 보여주고 있지 않은가! 네살짜리 어린 자식의 죽음을 유배지에서 전해들은 다산의 애달픈 마음, 흑산도에서 자신보다 더 외롭게 유배생활을 하는 둘째 형님에 대한 지극한 애착. 역시 다산은 너무도 인간적이고 너무도 정이 많은 평범한 인류의 한 사람이었다. 그러면서도 자신이 풀려나기 위해서 부당하게 애쓸 필요가 없다고 큰 아들을 책망까지 하면서, 그처럼 긴 유배생활의 창살 없는 감옥에서 많은 저술을 남겼고 그처럼 꿋꿋하게 견디어낼 수 있던 민중적 삶을 살았다.

지금도 다산처럼 양심을 지키며 어렵게 살아가는 사람들이 있다면, 이분들도 이 책을 읽었으면 한다. 불굴의 의지로 더욱 열심히 책을 읽고 좋은 생각을 키워갈 수 있게 하기 위해서다.

사실 근래 학계의 노력으로 다산학에 대한 체계적 연구가 많이 진척되어가고 있는 줄 안다. 그러나 다산의 유배지 서한문에 드러난 그의 철학사상, 인간적 고민, 아버지로서의 자식에 대한 애정 등이 다산을 이해하는 입문(入門) 자료로서 역할을 했으면 하는 것이 역자의 욕심이다.

역자는 연전에 학술논문집에 발표한 졸고 「다산학의 시대적 배경 소고」('실학총서' 전남대 호남문화연구소 1975)에서 다산학의 개요를 말하면서 "다산학이 선 자리는 반(反)주자학, 반성리학, 반봉건, 반부패의 일관된 이론으로 봉건사회에 대한 비판적 주장이다" 하였고, "다산학은 봉건사회의 수정(修正)을 위한 주체적 노력의 절정"이라 할 수 있다고 지적했으며, "지배계급과 피지배계급으로 나뉘어 오직 지배계급만을 위해 구조적으로 설계된 봉건사회의 체제 내에서는 지배자만을 위한 논리나 철학은 정통이고 그 이외에는 이단 아니면 반정통이라 지목하는데 다산학은 반정통 사상의 위치를 점한다"라는 이야기를 했다. 역자는 새삼스럽게 이번 서간문을 번역하면서도 이러한 주장에 더욱 확신을 갖게 되었으며 그가 민중의 대변자적 역할에 충실했음을 느낄 수 있었다.

편지의 여러 곳에 보이는 효(孝)와 제(弟)에 대한 다산의 견해를 종합해보면, 그는 이익사회의 속성을 인정하면서도 이익사회를 유지하기 위해서는 사회구성원의 윤리의식이 튼튼해야 한다고 여기고 윤리의식의 근간인 효와 제를 강조한 것 같다. 이 점에서 당시의 지배층 유자(儒者)들이 주장한 지배논리의 충(忠)이나 효와는 차이가 있다. 썩은 유자들은 민중의식이 없었기 때문에 지배체제 유지만을 위해 무조건적인 충효 관념을 주장했으나 다산의 효제 개념은 인간이 지닌, 인간이기 위한 윤리 개념이고 인간관계의 원활한 화해를 위한 사회적 결속의 원리였던 것으로 보인다. 그러므로 다산은 모든 학문의 근본은 효와 제라 하였고 인간으로서의 양심, 인간을 인간으로 대접하겠다는 사회생활의 기본적 자세, 인간답게 살아가려는 인간의 지의 성취 등 인간원리의 근본을 체득하지 않은 채 연구된 학문은 뿌리 없는 나무, 모래 위에 세운 누각이 되어 위험천만이라 했다. 부모에게 효도하고 나라에 충성하자는 주장은 반드시 이러한 개념으로 정리된 후에 권장되어야 함을 여기에서 알 수 있을 것이다.

역자는 이 번역문이 지식인뿐만 아니라 평범한 아버지들, 젊은 청년들에게 많이 읽혔으면 한다. 금전만능과 권력만능의 사회적 풍조에 젖어 있는 나어린 학생들, 이들을 어떻게 그러한 깊은 타성의 함정에서 벗어나게 할 수 있을까 하는 생각은, 교단에 서서 매일 청소년들을 대하는 역자로서 항상 가슴 아픈 부분이다. 이들에게 어떤 책을 읽도록 해야 할까. 이 글을 번역하면서 정말로 간절한 대목들에 이를 때마다 젊은 학생들이 꼭 읽었으면 좋겠다는 생각을 여러 번 하였다.

전통적 가치를 알려야 알 수 없는 요즘의 젊은이들은 옛날사람은 무조건 어리석고, 우리의 옛날은 가난하고 비참한 시대였으며, 유학이란 봉건시대의 썩은 학문이라고 하면서, 현대에 들어와서야 우리가 처음으로 민족중흥의 깃발을 내세운 줄로 알고 있다. 이런 젊은 학생들에게 우리의 전통적 가치와 미풍양속, 인간의 당연한 도리가 무엇인가를 알도록 하기 위하여, 지금부터 180년 전의 훌륭한 지성인이자 아버지였던 다산의 간절한 내용의 편지를 알려주고 싶은 마음이다. 우리의 전통적 가치나 사상도 이렇게 멋지고 이렇게 합리적이구나 하는 생각을 지니고, 가족 간의 윤리, 이웃 간의 인간관계, 친구 사귀는 일, 노인 모시는 일, 공부하는 목적·방법·태도 등을 다시 한 번 알아보고 자기를 반성할 기회를 가지길 바라서다.

정말로 역자는 위대한 다산 선생에게 미안한 마음을 금할 길 없다. 역자의 부족한 공부로 다산의 뜻을 얼마만큼 전달했을까 하는 우려 때문이다. 옥편에도 없는 글자, 아무리 큰 자전(字典)을 찾아도 없는 문구, 역자로서는 감당키 어려운 부분이 많았다. 더 많은 연구를 통해 시정할 것을 기약하면서 우선 이렇게라도 책을 펴낸다.

번역 원본은 1934~38년 사이에 신조선사(新朝鮮社)에서 정인보·안재홍(安在鴻) 두 분이 교열하여 간행한 『여유당전서(與猶堂全書)』의 제1집 21권 기이아(寄二兒) 이후의 편지 원문과, 같은 책 18권 가계(家誡)의 부분 원문을 택했다.

본문 중 '지은이(原註)'라 한 곳은 다산이 편지문에서 직접 주를 해놓은 곳이고 그외의 곳은 역자가 이해를 돕기 위해 풀이한 역주(譯註)이다. 편지의 원제는 모두가 '두 아들에게 보냄' '큰아들에게' '둘째에게' 등이고, 가계는 모두 '누구에게 주는 가계'라고만 되어 있는데 하나의 편지나 가계에는 여러 조목의 이야기가 있으므로 역자 임의대로 내용을 참작하여 제목을 붙여 적절히 나누어놓았다. 독자의 빠른 이해를 돕고자 하는 뜻이다.

사실 다산학의 모든 분야가 그러하듯 다산도 역시 18세기에서 19세기 초반의 시대적 제약을 벗어나지 못하고 있음을 독자는 번역문을 읽으며 느낄 것이다. '임금'이라는 단어나 '임금의 은혜'라는 용어 등 오늘의 입장에서 보면 짜증 나는 곳도 많고 생각에서도 더러 우리의 현실감각으로는 생경한 곳도 있다. 그러나 그때 그 시대에 이만큼 진취적이고 합리적인 사고를 할 수 있었을까 하고 깜짝 놀라는 곳도 많다. 독자는 주로 그러한 곳에 흥미를 느끼리라고 보지만 다소 불편스러운 곳은 이해하며 읽어주시기 바란다.

다산의 저서목록을 보더라도 상례(喪禮)에 관한 분야가 유독 호번(浩繁)하고 편지 내용에도 상례에 관한 부분이 많은데 역자로서는 인간의 존엄성을 최대로 여기던 옛사람들의 훌륭한 사고방식이 아닌가 하는 생각이다. 인간이 죽었는데 어찌 하루나 이틀이 지난 후 그냥 묘에다 묻어버릴 수 있겠느냐, 가장 엄숙하고 가장 정중하게 여러 가지 절차를 밟아 치상(治喪)을 해야 되지 않겠느냐, 이런 뜻이 아닐지. 요즘의 우리들 사고와는 그 점에서 큰 차이가 나는 것으로 보이는데 이 점은 우리가 한 번쯤 반성해보았으면 한다.

직역이 가능한 곳은 직역을 위주로 하였으나 도저히 직역으로는 불가능한 곳이 너무 많아 대개는 의역하였다. 원문의 기막힌 뜻을 제대로 전달하지 못하는 아쉬움이 많이 남는다. 이 점도 역자의 미숙으로 여겨 해량을 빈다.

끝으로 다산 선생의 편지를 번역하도록 충동과 격려를 해준 시인사(詩人社)의 조태일(趙泰一) 시인은 여러 면에서 나의 힘을 북돋아준 고마운 친구이고, 바쁜 중에 원고를 정리해준 후배이자 한때 함께 영어(囹圄)의 생활을 했던 옥우(獄友) 김정길(金貞吉) 군에게도 감사한다.


1979년 10월 국화가 머물고 있을 무렵 박석무

군사문화가 온 세상을 뒤덮어 인문주의자들로서는 한없이 큰
실의에 빠져 속상해하고, 자유와 정의를 갈구하던 자유주의자
들로서는 군부독재의 억압에 숨 막히는 고통을 당하던 유신 말
기 1979년의 가을이었다. 속이 상해 못 견디던 많은 인문주의
자들이나 억압에 숨 막혀 괴로워하던 많은 자유주의자들이 감
옥을 가득 메우던 그 시절, 나는 유신 초기에 정치범으로 몰려
옥살이를 했던 탓으로, 한창 양심범의 석방과 사형제 폐지를
위해 활동하는 국제사면위원회의 업무에 주도적 역할을 하면
서 바쁘게 생활하고 있었다. 고등학교 교사로서 생업에도 게을
리할 수 없던 시절이기도 했다.

　　그러나 그 모든 일보다도 마음속에 서려 있던 불덩이 같은
염원의 하나는 학문을 계속해야 한다는 강박관념 같은 것이었
다. 학교에서 퇴근한 뒤부터 시작되는 민주단체에의 참여나 그
토록 술을 마시던 생활 속에서도, 손이나 가방 속에 지니고 다
니던 책은 다산 정약용 선생의 저서였다. 유신시절 이전에 끝
마쳤던 석사학위 논문이 다산 관계였던 탓으로, 그처럼 혹독하

던 유신시절 동안 여러 민주단체에 관여하며 보낸 바쁜 나날이었으나, 다산 연구의 가느다란 희망만은 버리지 못하고 있었다. 그래서 손을 떼지 못하고 시작했던 일을 끝마친 소루한 작업이 다산의 서간을 번역한 『유배지에서 보낸 편지』였다.

13년째에 이른 지금, 그때의 머리말을 읽어보니 감개무량한 바가 한두 가지가 아니다. 글을 쓰던 때가 10월 초순이었고, 며칠이 못 되어 10·26이 일어나 오랜 군사통치자가 세상을 뜨고 책은 11월 중순에 출판되었다. 『유배지에서 보낸 편지』는 당시의 숨 막히던 역사적 소용돌이와 함께 1980년 '서울의 봄'을 잉태라도 시켰던 것처럼 상당히 유명한 책이 되고 말았다.

이미 밝혔듯이 그 시절은 내가 너무 바쁘던 때였고, 또 한문의 독해력도 대단히 미숙하던 때였다. 욕심 때문에 참으로 엉성하고 소루하며 빈약하게 번역을 했다. 그래서 뒷날 바로잡아 더 정확한 번역본을 내겠노라고 약속까지 했었다.

국화가 머물고 있다가 꽃을 피워 민주주의가 정착할 줄 알았던 1980년의 봄은 또다시 된서리를 맞았으니, 다름 아닌 5·17의 군사쿠데타였다. 광주항쟁은 피로 얼룩진 처절한 민족사의 비극이었고, 그 역사적 비극에 휩싸여 역자도 투옥되었다. 2년 뒤 출소하고도 복권이 되지 않아 상당한 겨를을 얻을 수 있었다. 그동안에 다시 다산의 편지를 읽어보고 번역의 부실함을 바로잡는 기회를 가졌다. 처음 번역하던 때보다는 글을 보는 안목이 조금은 더 나아졌기에, 이전의 오역이나 잘못된 용어들을 다시 손볼 수 있었다. 처음의 번역본은 어려운 곳을 빠뜨리기도 하였고 시간관계로 아예 번역을 못 한 곳도 있었다. 특히 둘째 형님께 보낸 편지는 애초에 많이 생략했으나 이번에는 거의 대부분을 포함시켰고, 제자들이나 친지들에게 보내준 권면의 이야기도 함께 묶게 되었다.

　다산 선생이 민족 최대의 학자이자 사상가요 최고의 시인이라는 평가와 연구는 상당한 수준에 이르렀다. 1979년 이후 오늘까지 13년째인데, 다산학의 지평은 참으로 엄청나게 넓어졌다. 번역서도 많이 나왔고 연구논문이나 서적도 홍수처럼 쏟아져나왔다. 그러나 역자는 이 서간문에 대한 애착을 버릴 수 없다. 읽고 또 읽어도 너무 의미심장하고, 그때 그러한 생각이나 사고가 어떻게 가능했을까 하는 경탄스러움 때문에 남들에게 더 많이 읽히는 일에 게으르고 싶지 않았다. 때문에 더 완벽한 번역본을 만들고자 창작과비평사 정해렴(丁海廉) 선생과 상의하였다. 다산의 종후손이자 국학 분야의 출판·편집에 익히 알려져 있는 정 선생이 쾌히 승낙하면서, 번역의 오류를 조금이라도 줄이고자 사계(斯界)의 뛰어난 선비인 경상대학교 한문학과 허권수(許捲洙) 교수에게 원고를 통째로 보내 다시 한 번 바로잡아주도록 부탁하였다. 허 교수의 가필로 그런대로 오역 부분이 상당히 바로잡히자, 정 선생이 다시 한 번 다듬어서 제대로 책을 꾸미기 시작하였다.

　아들들에게 보낸 편지, 아들들에게 가훈으로 내려준 편지,

둘째 형님에게 보낸 편지, 제자들에게 교훈 삼아 내려준 편지를 크게 구별해서 체제를 갖추고, 하나의 편지에는 여러 가지의 주제가 있으므로 주제별로 간단한 제목을 달아 읽기에 편하도록 하였는데, 이 점에는 정 선생의 도움이 컸다. 더구나 어려운 용어나 인명과 지명 및 역사적 사실에 대한 많은 주(註)의 처리도 상당 부분 정 선생이 수고해준 결과임을 밝혀둔다.

정 선생과 허 교수 두 분의 노고에 다시 한 번 감사드리며, 책을 내는 어려운 일을 계속하는 창작과비평사의 여러분께도 감사의 뜻을 전한다. 애초에 책을 간행해준 시인사의 친구 조태일 교수에게는 또 한 번의 우정을 느끼며, 흔쾌히 판권을 넘겨준 너그러움에도 머리 숙여 고마움을 표한다.

1991년 11월 초순 박석무

1979년 가을, 폭압과 철권의 정치시대인 유신독재의 꽃등, 참으로 숨 막히던 계절이었다. 고등학교 교사로서 수업에 찌들고 독재에 진저리 치던 세월이었지만 어찌어찌해서 다산에 관한 나의 첫 역서인 『유배지에서 보낸 편지』가 출간되었다.

그러나 그 무렵에 10·26이 일어나 유신시대가 종말을 고하고 소용돌이치는 역사가 전개되었다. 12·12쿠데타가 일어나고 '서울의 봄'이 왔지만 5·18의 피에 젖은 항쟁으로 감옥이 가득 차는 불행한 정국이 이어졌다. 정말로 민중이 좌절하고 신음하면서 한 오라기의 지푸라기라도 붙들지 않을 수 없을 때, 다산의 서간문은 감옥 안에서 모든 양심수들이 즐겨 읽는 화제의 책이 되기도 했다. 그렇게 독자들의 사랑을 받던 이 책은 초판 이후 13년째이던 1991년 겨울에 허술함과 부족함을 메우려고 다시 번역하고 더 보충하여 '창비교양문고'로 개역·증보판을 출간하게 되었다. 그로부터 10년 동안 13쇄로 거듭 출간되었다.

그러는 사이에 이 책은 대학에서 교재로도 사용되었고 몇 개

대학의 『대학국어』 내용에도 편입되면서 독자들의 사랑을 계속 받을 수 있었다. 완벽을 기하자던 개역·증보판에서조차도 세월이 가면서 살펴보니 미숙한 부분이 많이 발견되었다. 그리고 반드시 들어가야 했던 좋은 내용의 글들이 빠져 있어 아쉬움이 크기만 했다. 10년의 세월이 가르쳐준 일이기도 하지만, 다산의 저서들을 계속 읽어가다가 발견한 값진 글들을 더 첨가하고 싶은 욕심을 버리지 못했다. 그래서 다산이 유배지에서 썼던 증언(贈言) 네 편과 해배(解配) 후의 증언 한 편까지 넣어 도합 다섯 편의 증언을 이번 책에는 첨가했다. 모두 제자들에게 교훈 삼도록 써준 글로서 오늘의 세태에서는 꼭 필요한 내용일 것 같아서 더 넣게 된 것이다.

호한한 저서를 남긴 대학자 다산의 글이 어느 것인들 값지지 않으랴만, 특히 가서(家書) 가계(家誡) 증언들이야말로 다산의 인품과 철학사상 및 문학사상을 제대로 드러내준 글들이라는 정평이 있던 터였다. 인간 다산의 면모를 살필 수 있고 그의 세상과 학문에 대한 관심사가 어떤 것인가를 알아보는 데는 그 이상 좋은 자료가 없기 때문이었을 것이다. 유배생활이라는 극한적인 어려움 속에서도 전혀 좌절하지 않고 어떻게 삶을 살아가야 하고 어떤 책을 읽어야 하고 어떤 책을 저술해야 하는지 등, 그의 탁월한 학자적 모습이 옴소롬히 담겨 있는 내용이 바로 이 가서와 가계 들이다. 『유배지에서 보낸 편지』는 바로 이러한 다산정신의 정수가 담긴 글들을 번역하여 엮은 것이다.

그의 삶 전체를 엿보는 데 가장 적합하다고 생각되어 역자는 이 책에 대한 애착을 지금껏 버리지 못하면서 살아가고 있다.

하나의 책을 세번째로 다시 출간하는 때를 맞이하여 역자는 한없이 많은 일들이 생각난다. 22년 전 그처럼 수업에 찌들면서 난해한 다산의 글을 번역하던 때의 감회가 새롭다. 어처구니없는 온갖 이유로 교수직도 얻지 못하고 시들어가는 친구를 구제라도 하려는 듯 그처럼 번역작업을 독촉했던 다정한 친구 조태일 시인은 끝내 세상을 떠난 지 세 해째 되었다. 사실 그 친구의 강고한 독촉이 없었다면 애초에 이 책은 출간될 수 없었다. 그가 출판사 '시인사'를 차리고 억지로 번역을 강요해서 초판의 책이 빛을 볼 수 있었다. 그의 뜨거운 우정에 언제나 감사할 수밖에 없다. 다시 한 번 그의 명복을 빈다.

이 책이 출간된 이후로도 역자는 언제나 바쁜 나날을 보냈지만 그런 속에서도 다산의 시문집 『애절양』과 『다산산문선』도 번역하여 출간할 수 있었다. 최근에는 공역으로 『다산문학선집』과 『다산논설선집』도 출간하였다. 방대한 『역주 흠흠신서』도 네 권으로 완역해냈으며 『다산시정선』도 두 권으로 번역하여 출간하였다. 이러한 작업들의 발단이 바로 『유배지에서 보낸 편지』이기 때문에 그 의미는 더욱 크지 않을 수 없다. 해박한 다산의 저서들을 번역하는 일은 사실 엄두를 낼 수 없는 일이었지만, 그것을 한 차례 번역했다는 용기 때문에 다른 것들이 가능했기에 내게는 어느 책 중에서도 이 책이 갖는 뜻이 크다고 할 수 있다.

　요즘처럼 가족윤리가 무너지고 사제 간의 의리도 깡그리 파괴된 때, 우리는 다산의 서간문을 통해서 가족의 중요함과 사제 간의 정다운 의리를 복원해야 한다는 생각을 하지 않을 수 없다. 그가 그렇게 강조했던 효(孝)와 제(弟)의 정신이나 스승과 제자의 간절한 이야기들에서 현대인이 삶의 방향을 점검할 수 있지 않을까 하는 생각도 들고, 어떤 시가 좋고 시는 어떻게 지어야 하며, 문장공부는 어떻게 해야 하며 글은 어떻게 써야 하는가 등의 내용에서 오늘의 문학이 지향해야 할 바가 어디인가도 짐작할 수 있지 않을까 하는 생각도 든다.

　이제 다산의 산문에서 손을 놓을까 싶기도 하다. 이만하면 다산의 생각과 뜻을 자유롭게 서술한 산문이나 시의 영역은 대체로 번역된 셈이기 때문이다. 다산의 경세학도 상당 부분 번역되었고 시문집도 대부분 번역 출간된 상태이므로 이후로는 다산의 경학(經學)에 매달리려는 마음이 생긴다. 특히 그의 사서(四書)에 대한 연구서들을 번역하려는 충동이 일고 있다. 일부 번역된 것도 있으나 그의 사상과 철학의 이해에 불가피한 영역이 바로 그 대목이기 때문이다. 시간과 정력이 허용하는 한 그쪽에 마음을 기울이고 싶다.

　아직도 미숙하고 불분명한 번역이지만 손을 대고 22년, 현대 독자들에게 교훈적인 다산의 서간문을 새롭게 선보일 수 있다는 점에서 기쁘기 한이 없다. 어려움 속에서도 양서 간행에 심

혈을 기울이는 창비사 여러분들에게 고마운 마음을 전하면서
글을 마친다.

2001년 초여름 박석무

무상한 세월, 벌써 만 30년이 되었다. 그냥 한 세대가 지나가버렸다. 팔팔하던 삼십대 후반의 역자는 허연 머리의 예순을 훌쩍 넘겼다.

1979년 군사독재가 기승을 부려 국민들이 참담하게 살아가던 무렵, 참으로 소루하고 거친 번역으로 다산의 편지글 모음집 『유배지에서 보낸 편지』를 시인사에서 11월 20일 출간했다. 나라의 주인인 국민은 모두 유배당하고, 독재자와 그에게 아부하고 굴종하던 몇몇 사람들이 나라의 주인인 양 권력을 농단하고 있을 때, '유배지'라는 말 자체가 일반의 관심거리가 되었던 모양이다. 그해 12월 3일자 『동아일보』는 '화제(話題)의 책'이라는 제목으로 이 책에 대한 박스기사를 싣기도 했다. 일간지에서는 책 소개가 드물었던 당시의 사정으로 보자면, 표지사진도 곁들이고 책의 내용까지 요약하여 훌륭하게 책 소개를 해주었다.

1991년 더이상 출판활동이 어려웠던 시인사에서 창작과비평사(창비)로 판권이 넘어가면서 개역증보판을 내고, 2001년 다시 가필하고 증보하여 초록빛 차 색깔의 표지로 바꾸어 다시 발간했다. 그런 지 8년 만에 초간 이후 30주년을 맞으면서 25쇄의 책이 나왔다. 독자들에게 정말로 감사드린다. 아직도 부족하기만 한 책을 그렇게 즐겨 읽어주시다니. 그래서 30주년 기념으로 새롭게 책을 내면서 서툴고 엉성한 번역문을 다시 가필하고 손을 보았다.

아우 약횡(若鐄)에게 준 편지, 젊은 스님과 젊은 제자에게 준 글을 추가로 넣고, 초간본에 실렸으나 뒤에 나온 책에 빠진 글도 넣어서 네번째 증보판을 간행한다. 고향의 아내 홍씨가 시집을 때 입었던 다홍치마를 유배지의 남편에게 보내면서 시작된 '하피첩(霞帔帖)' 사연은 유배지의 편지로서는 색다른 글이기 때문에 이번 책에서는 사진과 함께 해설을 실었다. 어머니의 치마에 쓰고 그린 아버지의 글과 그림은 아들과 딸에게 더없이 귀중한 선물이니 그것을 빼놓은 유배지의 편지는 의미가 반감될 수밖에 없지 않겠는가. 남편을 잊지 못하던 아내의 사랑도 절절하건만, 사랑을 받은 남편은 아들과 딸에게 그 사랑을 더 크게 넘겨주었으니 얼마나 애틋하고 간절한 사연인가. 또한 이번 책에서는 각 글의 제목도 '부치노라' '보거라' '답하노라' 같은 형태에서 독자의 이해를 돕고자 편지의 내용을 반영하는 방식으로 바꾸었다. 다산 같은 해박한 학자의 한문글을 완전무결하게 번역해내기는 쉬운 일이 아니다. 세월 따라 고치고 가필했으나 부족하다고 여기는 부분은 아직도 많다.

30년 동안 광고의 힘을 빌리지 않고도, 입에서 입으로 전해져 이 책은 독자들의 많은 사랑을 받았다. 대학에서는 『대학국어』에 게재되어 교재로도 활용되고 있으며, 일부는 고등학교 국어교과서에도 실려 모든 국민에게 알려진 책이 되고 말았다. 기본적으로는 다산 선생의 높은 지적 풍모와 훌륭한 인간미에 감동받았기 때문이겠지만, 서툰 번역이나마 한글로 옮겨진 다산의 글이라는 이유 때문에 그러한 결과가 나왔으리라 믿는다. 더 많은 사람들이 귀한 다산의 정신과 사상을 체득하여, 변화되고 개혁하는 나라, 모두가 공평하고 평등하게 잘 사는 나라가 되는 데 기여하기를 바라 마지않는다.

이번 글의 교열에 힘을 보태준 이영진 시인에게 고마움을 표하고, 좋은 책의 출판에 정성을 다하는 창비 식구들의 노고에도 감사의 뜻을 전한다.

2009년 추분절 북한산 아래 고전번역원에서
박석무 삼가 씀

## 2부  두 아들에게 주는 가훈

# 3부　둘째 형님께 보낸 편지

# 4부    제자들에게 당부하는 말

## 일러두기

1   지은이 주석의 경우, 본문 속에 방주(傍註)로 처리하고 '지은이'라 표기하였다.

2   옮긴이 주석의 경우, 간략한 주석은 본문 속에 방주로 처리하고('옮긴이' 표기는 생략), 좀더 설명을 필요로 하는 주석은 번호를 붙여 각주(脚註)로 처리하였다.

# 두 아들에게 보낸 편지

1부는 다산이 신유옥사(辛酉獄事)에 연루되어 애매하게 귀양살이를 떠난 1801년부터 귀양살이가 풀려 고향으로 돌아온 1818년 사이, 다산의 나이로는 40세부터 57세까지 두 아들에게 보낸 편지 26편을 모두 번역해서 수록한 것이다. 『여유당전서(與猶堂全書)』에는 '서(書)' 부분 끝에 수록되어 있고, 『열수전서(洌水全書)』(한국학중앙연구원 소장 필사본)에서는 「속집 3」 '증언(贈言)' '가계(家誡)' 다음에 '가서(家書)'라는 항목으로 배열해놓았다. 이 편지들을 언뜻 보면 시대순으로 배열된 듯한 감이 있는데 그렇지는 않은 것 같다. 그래서 여기서는 다산이 보낸 편지와 아들의 편지를 보고 답장한 글〔答〕을 구분하고, 또 보낸 편지도 '부치노라〔寄〕'와 '보거라〔示〕'를 구분해서 가능한 대로 연월일의 순차를 맞춰보려고 했다.

이 편지들을 읽어보면 세상을 어떻게 살아야 하고, 무슨 공부를 어떤 방법으로 해야 하는가를 알 수 있는 한편, 불의와 조금도 타협하지 않는 다산의 매서운 선비정신을 엿볼 수 있다. 더구나 어렵고 외로운 유배생활에서 자신의 고달픔을 토로하지 않으면서 오직 아들들이 훌륭한 사람으로 성장하기를 원하는 아버지의 간절한 바람을 자상히 기술하고 있어 더욱 감동적이다.

# 귀양길에 올라서

寄二兒

1801년 3월 2일 하담(荷潭)에 도착해서 쓰다.


어머니를 잘 보살펴드려라


이별할 때[1]의 회포야 말해서 무엇하랴. 언제 네 어머니를 모시고 시골로 갔는지? 아무쪼록 곧 돌아가서 조용히 지내기 바란다.

　나는 길 떠난 후 나날이 몸과 기운이 좋아지고 있다. 그믐날은 죽산(竹山)에서 잠을 자고 초하룻날에는 가흥(嘉興)에서 묵었고 이제 막 아버님 묘소에 도착해서 걷잡을 수 없는 눈물을 한바탕 뿌렸구나. 귀양을 보내도 아버님 묘소가 있는 곳을 지나게 해주시니 어딘들 임금의 은혜가 미치지 않는 곳이 있겠느냐? 감사하고 감사할 뿐이다.

---

1　다산은 1801년 2월 28일 서울 남대문 밖의 석우촌(石隅村)에서 가족과 이별하고 귀양길에 오른다.

떠나올 때 보니 너희 어머니 얼굴이 몹시 안됐더라. 늘 잊지 말고 음식 대접과 약시중을 잘해드리거라. 이만 줄인다(초아흐렛날에야 유배지인 경상도 장기長鬐에 도착하다 ─ 지은이).


## 가신 이에 대한 그리움

무척 애타게 기다리다 너희들 편지를 받으니 한결 마음이 놓이는구나. 무장(武牂)[2]의 병이 아직 덜 나았고 어린 딸애의 병세가 악화되어간다니 크게 걱정이 된다. 내 병은 약을 먹고부터는 그런대로 나아지는 듯하고 공포증과 몸을 반듯이 세울 수 없던 증세 등도 호전되었다. 다만 왼쪽 팔의 통증이 아직 정상으로 돌아가지는 못했어도 점점 차도가 있는 것 같다.

이달에 들어서는 공적인 일과 사적인 일로 슬픔이 크고[3] 밤낮으로 가신 이에 대한 그리움을 견딜 수 없으니 이 어인 신세인가. 더 말하지 말기로 하자(6월 17일 ─ 지은이).

---

2  무장 다산의 큰아들 정학연(丁學淵, 1783~1859)의 아명. 호는 유산(酉山).
3  공적인 일과 사적인 일로 슬픔이 크고 공적으로는 정조의 승하(1800년 6월) 1주기를 맞은 다산의 심경을 표현한 것이다. 사적으로는 다산의 형 정약종이 참형을 당하는 등 집안이 풍비박산된 데 대한 애통한 마음을 표현한 것으로 추측된다.

선비의 마음씨를 가져라

날짜를 헤아려봤더니 지난번 편지를 받은 지 82일 만에 너희들 편지를 받았더구나. 그사이에 내 턱밑에 준치 가시 같은 하얀 수염 일고여덟 개가 자라났다. 네 어머니가 병이 난 것은 그렇다손 치더라도 큰며느리까지 학질을 앓았다니 더욱 초췌해졌을 얼굴을 생각하면 애가 타 견딜 수 없구나. 더구나 신지도(薪智島)에서 귀양살이하는 형님[丁若銓][4]의 일을 생각하면 마음이 미어진다. 반년간이나 소식이 깜깜하니 어디 한세상에 같이 살아 있다고 하겠느냐. 나는 육지에서 생활해도 괴로움이 이러한데 머나먼 섬 생활이야 오죽할까. 형수님의 정경 또한 측은하기만 하구나. 너희는 그분을 어머니같이 섬기고 사촌동생 육가(六哥)[5]를 친동생처럼 지극한 마음으로 보살펴주거라.

　내가 밤낮으로 빌고 원하는 것은 오직 문장(文牂)[6]이 열심히 독서하는 일뿐이다. 문장이 능히 선비의 마음씨를 갖게 된다면야 내가 다시 무슨 한이 있겠느냐? 이른 새벽부터 밤늦게까지

---

4　정약전 조선 후기의 학자(1758~1816). 호는 손암(巽菴). 다산의 둘째 형으로 병조좌랑을 지냈다. 1801년 신유옥사 때 신지도로 귀양 갔다가 흑산도로 옮겨져 그곳에서 죽었다. 『현산어보(玆山魚譜)』를 지었다.
5　육가 정약전의 아들 정학초(丁學樵, 1791~1807)의 아명. 다산은 학초가 요절하자 몹시 슬퍼하며 묘지명을 지어주기도 했다.
6　문장 다산의 둘째 아들 정학유(丁學游, 1786~1855)의 아명.

부지런히 책을 읽어 이 아비의 간절한 소망을 저버리지 말아다오. 어깨가 저려서 다 쓰지 못하고 이만 줄인다(9월 3일―지은이).


## 꼭 읽어야 할 책

너희들은 도(道)가 이루어지고 덕(德)이 세워졌다고 여겨서 다시는 책을 읽지 않으려 하느냐. 금년 겨울에는 반드시 『서경(書經)』과 『예기(禮記)』 중에서 아직 읽지 못한 부분을 다시 읽는 것이 좋겠다. 또한 사서(四書)와 『사기(史記)』도 반드시 능숙하게 읽어야 할 것이다. 역사책을 읽고 자신의 견해를 적는 '사론(史論)'은 그동안 몇 편이나 지었느냐? 근본을 두텁게 배양하고 얄팍한 지식은 마음속 깊이 감추어두기를 간절히 바라고 바란다.

내가 저술에 마음을 두고 있는 것은 당장의 근심을 잊기 위해서만이 아니다. 한 집안의 아버지나 형이 되어 귀양살이하는 지경에 이르러서 저술이라도 남겨 나의 허물을 벗고자 하는 것이니, 어찌 그 뜻이 깊다고 하지 않겠느냐? 예(禮)에 관한 학설에 유의하지 않을 수 없으니 『독례통고(讀禮通考)』[7] 네 갑(匣)[8]을 학손(鶴孫)이 편에 보낸다.

---

7  『독례통고』 중국 청나라 학자 서건학(徐乾學, 1631~1694)이 편찬한 상례(喪禮)에 관한 책.
8  갑 책갑. 책의 크기에 맞추어 만든 작은 상자.

신유옥사(1801) 당시 서울에 머물고 있던 다산은 2월 8일 사간원에서 임금에게 올린 계(啓, 윗사람에게 올리는 글의 한 형식)로 인해 그다음 날 새벽에 잡혀가 19일 동안 문초를 받고 27일 밤 감옥에서 나와 28일 귀양길에 올랐다.

이 서간은 유배길에 오른 다산이 네 차례에 걸쳐 두 아들에게 띄운 것을 한데 묶은 것으로 보인다. 첫 편지에는 서울의 석우촌에서 가족과 이별한 뒤 죽산, 가흥을 거쳐 3월 2일 충주 하담에 도착하여 선영에 고별인사를 드리고 3월 9일 유배지인 경상도 장기에 도착했음을 알리고 있다. 경상도 장기에서 쓴 편지로는 유일하게 전해지는 것이다. 가족과 이별하고 귀양길에 오른 이때의 심경이 시「석우별(石隅別)」「사평별(沙坪別)」「하담별(荷潭別)」에 잘 나타나 있다. 유배지인 장기에서 읊은 시「기성잡시(鬐城雜詩)」「장기농가(長鬐農歌)」에는 이곳의 풍속과 농민들의 애환이 생생히 표현되어 있다.

다산은 1801년 10월에 황사영 백서(黃嗣永帛書) 사건으로 다시 체포되어 조사를 받은 뒤 11월에 전라도 강진으로 유배지를 옮기게 된다.

# 참다운 공부길

寄二兒

이하 강진에서 귀양 살면서 쓰다.
1802년 12월 22일

## 오직 독서만이 살아나갈 길이다

이 세상의 사물 중에는 자연 그대로 완전하고 좋은 것이 있는데 이런 것을 기이하다고 떠들썩하게 말할 필요가 없다. 다만 파손되거나 찢어진 것을 어루만지고 다듬어 완전하게 만들어야만 바야흐로 그 공덕을 찬탄할 수 있듯이, 죽을병에 걸린 사람을 치료해서 살려야 훌륭한 의원이라고 부르고 위태로운 성(城)을 구해내야 이름난 장수라 일컫는다. 지금 명문가 고관의 자제들처럼 좋은 옷과 멋진 관을 쓰고 다니며 집안 이름을 떨치는 것은 못난 자제라도 누구나 할 수 있는 일이다. 이제 너희들은 폐족(廢族)[1] 집안의 자손이다. 그러므로 더욱 잘 처신하여

---

1 　폐족 무거운 죄를 지어서 벼슬이나 출셋길이 막힌 집안. 반대어는 청족(淸族).

본래보다 훌륭하게 된다면 이것이야말로 기특하고 좋은 일이 아니겠느냐?

폐족으로서 잘 처신하는 방법은 오직 독서밖에 없다. 독서는 사람에게 있어서 가장 중요하고 깨끗한 일일 뿐만 아니라, 호사스러운 집안 자제들에게만 그 맛을 알도록 하는 것도 아니고 또 촌구석 수재들이 그 깊은 경지를 넘겨다볼 수 있는 것이 아니기 때문이다. 반드시 벼슬하는 집안의 자제로서 어려서부터 듣고 본 바도 있는데다 너희들처럼 중간에 재난을 겪은 젊은이들만이 진정한 독서를 할 수 있는 것이다. 그들이 책을 읽을 수 없다는 것이 아니라 뜻도 의미도 모르면서 그냥 글자만 읽는 것은 독서라 할 수 없기 때문이다.

삼대를 계속해오지 않은 의원 집안이 아니면 그의 약을 먹지 않는 것과 마찬가지로 반드시 몇 대를 내려가면서 글을 하는 집안이라야 문장에 능할 수 있는 것이다. 돌이켜보건대 내 재주가 너희들보다 조금은 더 나을지 모르지만, 어려서는 방향을 알지 못하였고 나이 열다섯에야 비로소 서울 유학을 해보았으나 이곳저곳 기웃거리기만 했지 얻은 것이라곤 아무것도 없었다. 그후 스무살 무렵에 처음으로 과거공부에 전력을 기울였더니 소과(小科, 생원과 진사를 뽑는 과거)에 합격하여 태학(太學, 성균관)에 들어가게 되었다. 여기서 또다시 대과(大科, 문과) 응시과목인 변려문(騈儷文)[2]에 골몰하다가 규장각으로 옮겨가서는 그 과제에 응하느라고 한갓 글귀만을 다듬는 공부에 거의 10년이나 몰두하였다. 그뒤로 또 책을 교열하고 펴내는 일에 분주하다가 황해도 곡산부사(谷山府使)가 되어서는 백성을 다스리는 일에 정신을 쏟았다. 다시 서울로 돌아와서는 신헌조(申獻朝)·민명혁(閔命爀) 두 사람의 탄핵을 받았고,[3] 이듬해 정조대왕이 승하하신 비통함을 당해 서울과 시골을 바삐 오르내리다가 지난봄에 유배형을 받기에 이르렀으니, 거의 하루도 독서에 전념할 수가 없었다.

그러므로 내가 지은 시나 문장은 아무리 맑은 물로 씻어낸다 해도 끝내 과거시험 답안 같은 틀을 벗어날 수 없고 조금 괜찮은 것일지라도 관각체(館閣體)[4]의 기운을 면할 수 없는 것이다. 그리고 나는 머리털과 수염이 이미 희끗희끗하고 정기도 시들고 말았다. 이것은 다 운명이구나.

너희들 중에 학연의 재주와 기억력은 젊은 시절의 나보다는 조금 떨어지는 듯하나, 열 살 때 지은 네 글을 나는 스무 살 적

---

2  변려문 중국의 육조와 당나라 때 성행한 한문 문체. 문장이 대구로 구성되어 있어 읽는 이에게 아름다운 느낌을 주며, 4자로 된 구와 6자로 된 구를 배열하기 때문에 사륙문(四六文)이라고도 한다.
3  정조는 황해도 곡산부사로 있던 다산을 형조참의에 제수하여 중책을 맡겼으나 1799년 6월 사간원 대사간 신헌조(1752~?)와 사간원 헌납 민명혁(1753~1818)이 다산을 비방하는 상소를 올렸다. 이로 인해 다산은 관직을 영원히 떠나겠다는 사직상소[辨謗辭同副承旨疏]를 올리고 이듬해 봄에 가족과 함께 고향으로 돌아갔다.
4  관각체 조선시대 홍문관·예문관·규장각의 문사(文士)들이 주로 쓰던, 격식을 갖춘 문체.

에도 짓지 못했을 것 같고 근래에 지은 글은 지금의 나로서도 미치지 못할 것이 더러 있으니, 그것은 네가 효과적으로 공부하는 길을 택했고 견문이 조잡하지 않기 때문이 아니겠느냐.

네가 곡산에서 공부하다 집으로 돌아간 뒤 내가 과거공부를 하라고 했었지. 당시 주위에서 너를 아끼던 문인이나 시를 짓던 선비들은 본격적인 학문을 하게 할 일이지 과거 따위나 보게 하느냐고 모두 나를 욕심쟁이라고 나무랐고 나도 마음이 허전했었다. 그런데 이제 너는 과거에 응시할 수 없게 되었으니 과거공부로 인한 걱정은 안 해도 되겠구나.

내 생각에는 너는 이미 진사가 되고 과거에 급제할 실력이 족히 된다고 본다. 글을 알면서도 과거 때문에 오는 제약을 벗어나는 것과 진사가 되고 급제한 사람이 되는 것 중 어느 편이 나은 일인가는 말하지 않더라도 잘 알 것이다. 너야말로 참으로 독서할 때를 만난 것이다. 지난번에 말했듯이 가문이 망해버린 것 때문에 오히려 더 좋은 처지가 되었다는 게 바로 이런 것 아니겠느냐.

너희들 중 학유의 재주와 역량을 보면 큰애(학연)보다 주판한 얼쯤 부족한 듯하나 성품이 자상하고 무엇이든지 생각해보는 사고력이 있으니, 진정으로 열심히 책 읽는 일에 온 마음을 기울이면 어찌 형을 따를 수 없다고 하겠느냐. 근래에 보니 글이 조금 나아졌기에 내가 알 수 있다.

독서를 하려면 반드시 먼저 근본을 확립해야 한다. 근본이란 무엇을 일컬음인가. 학문에 뜻을 두지 않으면 독서를 할 수 없으며, 학문에 뜻을 둔다고 했을 때는 반드시 먼저 근본을 확립해야 한다. 근본이란 무엇을 일컬음인가. 오직 효제(孝弟)[5]가 그것이다. 반드시 먼저 효제를 힘써 실천함으로써 근본을 확립해야 하고, 근본이 확립되고 나면 학문은 자연스럽게 몸에 배어들고 넉넉해진다. 학문이 이미 몸에 배어들고 넉넉해지면 특별히 순서에 따른 독서의 단계를 강구하지 않아도 괜찮다.

또한 나는 천지간에 의지할 곳 없이 외롭게 서 있는지라 마음 붙여 살아갈 것이라고는 글과 붓이 있을 뿐이다. 간혹 마음에 드는 글을 한 구절이나 한 편을 지으면 혼자서 읊조리거나 감상하다가 이윽고 이 세상에서 오직 너희들에게만 보여줄 수 있겠구나 생각한다. 그런데 너희들 생각은 독서에서 이미 연(燕)나라나 월(越)나라처럼 멀리 떨어져나가서 문자를 쓸데없는 물건 보듯 하는구나. 세월이 흘러 몇 년이 지나 너희들이 나이 들어 신체가 장대해지고 수염이 텁수룩해지면 얼굴을 마주해도 밉상스럽기만 하지 아버지의 책을 읽으려고나 하겠느냐. 내가 보기에는 천하에 불효자였던 조(趙)나라의 조괄(趙括)[6]은

---

5  효제 효성과 공경. 부모에 대한 효도와 형제에 대한 우애.
6  조괄 중국 전국시대 조나라의 명장으로 이름을 날린 조사(趙奢)의 아들. 조괄은 일찍이 병법을 배워 장수가 되었으나 진나라 군대에 참패하여 죽고 말았다. 아버지가 전한 병법을 열심히 읽기만 했지 제대로 활용할 방법을 몰랐기 때문에 패했다는 이야기가 전한다. 다산은 조괄이 조사의 글을 잘 읽고 후대에 전했기 때문에 어진 아들이라고 했다.

아버지의 글을 잘 읽었기 때문에 나중에는 어진 아들이 되었다고 생각한다. 너희들이 참으로 책을 읽으려고 하지 않는다면 내 저서는 쓸모없는 것이 되고 말 것이다. 내 저서가 쓸모없다면 나는 할 일이 없어 앞으로 눈을 감고 마음을 쓰지 않아 흙으로 빚은 사람처럼 될 것이다. 그러면 열흘이 못 가서 병이 날 것이고 이 병을 고칠 수 있는 약도 없을 것이다. 그렇다면 너희들이 독서하는 것이 내 목숨을 살리는 일 아니겠느냐? 너희들은 이런 이치를 생각해보거라.

## 세상을 구했던 책을 읽어라

내가 앞서 누누이 말했듯이 청족(淸族)[7]은 비록 독서를 하지 않는다 해도 저절로 존중받지만 폐족이 되어 세련된 교양이 없으면 더욱 가증스러운 일이 아니겠느냐. 사람들이 천하게 여기고 세상에서 얕잡아보는 것도 서글픈 일일진대 하물며 지금 너희들은 스스로를 천하게 여기고 얕잡아보고 있으니 자신을 비참하게 만드는 일이다. 너희들이 끝끝내 배우지 아니하고 스스로를 포기해버린다면 내가 저술하고 간추려놓은 것들을 앞으로 누가 모아서 책으로 엮고 정리하며 교정하겠느냐? 이 일을

---

7  청족 깨끗하고 이름 있는 집안. 대대로 절개와 의리를 숭상해온 집안.

못 한다면 내 책들은 더이상 전해질 수 없을 것이며, 내 책이 후세에 전해지지 않는다면 후세 사람들은 단지 사헌부(司憲府)의 계문(啓文)[8]과 옥안(獄案)[9]만 믿고서 나를 평가할 것이 아니냐? 그렇게 되면 나는 어떤 사람으로 취급받겠느냐? 아무쪼록 너희들은 이런 점을 생각해 다시 분발하여 공부해서 내가 이어온 실낱같은 우리 집안의 글하는 전통을 더욱 키우고 번창하게 해보아라. 그러면 세상에서 다시 빛을 보게 될 것은 물론 아무리 대대로 벼슬 높은 집안이라 하더라도 우리 집안의 청귀(淸貴, 고귀함)와는 감히 견줄 수 없을 것이니, 무엇이 괴롭다고 이런 일을 버리고 도모하지 않느냐?

요즈음 한두 젊은이들이 원(元)나라·명(明)나라 때의 경조부박하고 망령된 사람들이 가난과 괴로움을 극한적으로 표현한 말들을 모방해 절구(絶句)나 단율(短律)을 만들어 당대의 문장인 것처럼 자부하며 거만하게 남의 글이나 욕하고 고전적인 글들을 깎아내리는 것은 내가 보기에 불쌍하기 짝이 없다. 반드시 처음에는 경학(經學)[10]공부를 하여 밑바탕을 다진 후에 옛날의 역사책을 섭렵하여 옛 정치의 득실과 잘 다스려진 이유와 어지러웠던 이유 등의 근원을 캐보아야 한다. 또 모름지기 실

---

8 계문 왕에게 일정한 양식을 갖춰서 올리는 글로, 여기서는 탄핵문을 말함.
9 옥안 죄인의 범죄 사실을 조사한 서류나 재판기록.
10 경학 유교의 사상과 교리를 써놓은 『역경』『서경』『시경』『예기』『춘추』 『대학』『논어』『맹자』『중용』 등의 경서(經書)를 연구하는 학문.

용의 학문, 즉 실학(實學)에 마음을 두고 옛사람들이 나라를 다스리고 세상을 구했던 글들을 즐겨 읽도록 해야 한다. 마음에 항상 만백성에게 혜택을 주어야겠다는 생각과 만물을 자라게 해야겠다는 뜻을 가진 뒤에야만 바야흐로 참다운 독서를 한 군자라 할 수 있다. 그러한 사람이 된 뒤에 혹 안개 낀 아침, 달 뜨는 저녁, 짙은 녹음, 가랑비 내리는 것을 보면 문득 마음에 자극이 와서 한가롭게 생각이 떠올라 그냥 운율이 나오고 저절로 시가 될 때 천지자연의 음향이 제소리를 내는 것이다. 이것이 바로 시인이 제 역할을 해내는 경지일 것이다. 나보고 너무 현실성 없는 이야기만 한다고 하지 말거라.

최근 수십년 이래로 한 가지 괴이한 논의가 있어 우리 문학을 아주 배척하고 있다. 우리나라의 옛 문헌이나 문집에는 눈도 주지 않으려 하니 이야말로 병통이 아니고 무엇이겠느냐? 사대부 자제들이 우리나라의 옛일을 알지 못하고 선배들이 의논했던 것을 읽지 않는다면 비록 그 학문이 고금을 꿰뚫고 있다 해도 그저 엉터리가 될 뿐이다. 다만 시집 같은 것이야 서둘러 읽을 필요는 없겠지만 상소문, 비문, 서간문 등을 읽어 모름지기 안목을 넓혀야 한다. 또『아주잡록(鵝洲雜錄)』[11]『반지만록(盤池漫錄)』[12]『청야만집(靑野謾輯)』[13] 등도 두루 찾아서 널리 읽

---

**11**『아주잡록』조선 영조 때 홍중인(洪重寅)이 당쟁에 관한 기록을 모은 책으로, 남인(南人)에 관계된 기록이 많다.
**12**『반지만록』조선시대 야사집으로 작자는 미상.

어보아야 할 것이다.


## 사소한 일에 유의하여 효도하는 길


어버이를 섬기는 일은 그 뜻을 거역하지 않는 것이 가장 중요하다. 여인들은 의복이나 음식, 거처에 관심이 많으므로 어머니를 섬기는 사람은 사소한 일에 유의해야만 효성스럽게 섬길 수 있을 것이다. 『예기』의 「내칙(內則)」편에는 음식에 관한 소소한 예절들이 많이 적혀 있는데, 이것은 성인의 가르침이란 물정(物情)을 알게 하는 데서 출발하는 것이지 결코 동떨어지고 미묘한 곳에서 시작되지 않음을 알게 해준다.

요즘 사대부 집안에서 부녀자들이 부엌에 들어가지 않는 것을 예사로 여긴 지 오래다. 네가 한번 생각해보아라. 부엌에 들어간들 무엇이 그리 손해가 되겠는가? 다만 잠깐 연기를 쏘일 뿐이다. 그런데 연기 좀 쏘이고 시어머니의 환심을 얻으면 효부가 되고 법도 있는 집안을 꾸릴 수 있으니 이는 효도이며 지혜로운 일이 아니겠느냐? 또 너희 형제는 새벽이나 늦은 밤에 방이 차가운지 따뜻한지 항상 살피고, 요 밑에 손을 넣어보고 차면 항상 따뜻하게 몸소 불을 때드리되 이런 일은 종들에게

---

13 『청야만집』 조선시대 이희겸(李喜謙)이 편찬한 야사집으로, 고려 말에서 숙종 때까지의 야사를 정리했다.

시키지 않도록 하거라. 그 수고로움이야 잠깐 연기 쏘이는 일에 지나지 않지만, 네 어머니는 무엇보다 더 기분이 좋을 것인데, 너희들은 이런 일을 왜 즐거이 하지 않느냐? 계집종과 사내종은 아들이나 며느리가 효도를 극진히 하지 못하여 어머니나 시어머니가 한탄하는 마음을 품게 되면 그 틈을 노려 주인마님의 상에 장 한 숟갈, 맛있는 과일 하나라도 더 올려 환심을 사고 골육 사이를 더욱 이간시키려고 할 것이다. 이것은 아들이나 며느리가 잘못하기 때문이지 남녀 종들이 나빠서 그런 것은 절대로 아니다. 마땅히 이런 것을 거울삼아 온갖 방법을 다 짜내어 어머니를 기쁘게 해드리도록 하여라.

두 아들이 효자가 되고, 두 며느리가 효부가 된다면 나야 유배지인 금릉(金陵)[14]에서 이대로 늙어 죽는다 해도 아무 유감이 없다. 힘쓸지어다.

---

14 금릉 전남 강진(康津)의 옛 이름.

# 세상에서 가장 악하고 큰 죄

寄二兒

『기년아람』에 대하여

『기년아람(紀年兒覽)』[1]을 나도 처음에는 좋은 책이라 생각했는데 요즈음 자세히 읽어보니 소문처럼 좋지는 않더구나. 내가 보기에 책을 지은 본래의 뜻은 해박함을 과시하고 자랑하는 데 있고, 실용적이고 실리적인 것에 기준을 세우지 않았기 때문에 그 저술한 내용이 번잡하여 요점이 적고 산만하기만 하더라. 이제 한두 가지 예를 들어보자.

천황(天皇)과 지황(地皇)의 성명은 세상을 다스리는 선비들이 즐겨 말하는 바가 아니다. 정통의 경서에는 요(堯)임금 때부터, 정통의 역사책에는 황제(黃帝) 때부터 역사가 시작되었다

---

1  『기년아람』 조선 영조 때 이만운(李萬運)·이덕무(李德懋) 등이 지은 역사책. 8권 4책으로 이루어짐.

고 적혀 있다. 따라서 황제 이상은 햇수[年數]만 제시해야 할 것이고, 정통의 경서에 전해오는 것처럼 편성해서는 안 될 것이다. 요임금 이하 아래쪽의 네 글자를 끊어내어 칸을 질러 우리나라 연대를 기록한 경우는 고금의 역사책을 다 뒤져봐도 이런 예가 없다.

또 파계(派系)라는 두 글자도 문리에 맞지 않는다. 파(派)라는 것은 분류(分流)라 하고 족당(族黨)의 지분(支分)을 족파(族派)라 부를 수 있는 것인데, 여기에 그 부모를 기록하면서 파계라고 항목을 붙였으니 옳을 리가 없다. 저서에서 제일 신중해야 할 일은 항목을 세워 분류하는 일이다. 고실(故實)[2]이라 한 것도 이름이나 호(號) 속에 나누어 실었고, 고이(攷異)[3]라고 한 것도 더러는 각각의 항목 아래 섞어서 싣기도 하였다. 저서에서 가장 신중해야 할 일은 조례(條例, 조목에 대한 규정)인데 이토록 뒤죽박죽 해놓아선 안된다.

천황씨의 성명은 두 가지가 있는 게 아닌데 왜 고이 속에다 실어놓았는지 모르겠다.

화한합운이신축위원년(和漢合運以辛丑爲元年, 『죽서기년竹書紀年』에는 갑오甲午로써 원년을 삼고 있다—지은이)이라 한 것도 마땅히 화한합운원년신축(和漢合運元年辛丑)이라 해야 옳은데 이(以)와 위(爲) 두 글자가 들어간 것은 우리나라 식의 글 쓰는 투를

---

2    고실 전거로 삼을 만한 옛일. 옛날의 전례(前例)나 실례(實例).
3    고이 전설이나 기록 등이 상반되게 전해오는 것을 따로 기록한 것.

못 버린 것일 게다.

대충 보더라도 글자마다 흠투성이고 구(句)마다 잘못투성이라 이루 다 지적할 수 없을 정도다. 잘 다듬어 요령 있게 편집한다면 한두 권으로 압축할 수 있어 읽기에도 편할 것을 이렇게 만들어놓았구나. 내가 유배생활에서 풀려나 집에 돌아가서 열흘 정도만 수고하면 될 텐데…… 다만 『외국기년(外國紀年)』한 권만은 값싼 종이에다 우선 대강대강 베껴서 곁에 놔두고 참고할 수 있도록 준비해두면 좋겠다. 너도 소문만 듣고 실속 없이 좋은 책으로 여겼으니 젊은이의 안목이 우습구나.

『탐진악부(耽津樂府)』[4]를 네가 이토록 칭찬하는 것은 무엇 때문이냐? 아버지와 아들 사이에는 칭찬하는 법이 아니다.


『마과회통』과 『일지록』


너는 왜 『마과회통(麻科會通)』[5] 홍씨본(洪氏本) 한 질을 사서 집에 있는 책과 분명히 대조하여 그 책이 내 책을 통째로 인용했는지 부분적으로 인용했는지를 밝히지는 않고 늘 전해들은 이야기만 가지고 애매모호하게 내게 알려오느냐? 만일 홍씨본이

---

4  『탐진악부』 다산이 탐진에서 귀양 살면서 그 지방의 민요와 민담을 채집하여 한시로 옮겨놓은 시집. 탐진은 강진의 옛 이름.
5  『마과회통』 다산이 황해도 곡산부사를 지낼 때 쓴 의서(醫書).

내 책을 모두 베껴 쓴 것이 사실이라면 이는 반드시 홍 초관(哨 官)<sup>6</sup>을 통해서 얻은 것이리라.

『일지록(日知錄)』<sup>7</sup>은 그 학술과 논의가 모두 내 뜻에 드는 것은 아니다. 이 책의 본질은 고담정론(高談正論, 여기에서 정론이란 진짜 정론이 아니라 일반 사람이 말하는 정론―지은이)을 만들어 명성을 보전하려고 애쓴 것이기 때문에 걱정하는 마음과 진실되고 절실한 마음을 볼 수가 없다. 그가 시대를 근심하고 세상을 개탄한 것도 모두 뒤죽박죽이 되어 분명하지 않고, 그 뜻이 밖으로 드러나 있다. 나같이 강직한 사내들이나 때때로 주목하게 될 뿐이다. 또 역사의 전기(傳記) 중에서 인용한 말과 자기 학설이 뒤섞여 책이 매우 헝클어져 있다. 내가 일찍이『성호사설(星湖 僿說)』<sup>8</sup>에 대해 후세에 전할 만한 정본이 못된다고 말한 것은, 이 책이 옛사람의 글에다 자기의 논의를 뒤섞어서 이루어졌기에 올바른 체제를 갖추지 못했기 때문이다. 이제『일지록』도 이와 똑같고 더욱이 그 예론은 아주 잘못되어 어그러진 데가 많구나.

---

6  초관 조선시대 한 초(哨, 약 100명을 단위로 하던 군대의 편제)를 거느리던 종구품 무관 벼슬.
7  『일지록』 중국 청나라 때 학자 고염무(顧炎武)가 지은 책. 경학(經學)·사학(史學)·문학·정치·사회·지리·풍속 등 여러 문제를 다루었고, 고증학의 학풍을 일으킨 저서로 알려져 있다.
8  『성호사설』 조선 숙종 때 학자 성호 이익(李瀷)이 평소에 지은 글을 모아 엮은 책.

## 성의(誠意)와 성신(誠身)의 공부

마음대로 웃고 행동하는 것을 어찌 나무랄 수 있으랴? 진실로 하늘이 알아주는 효자라면 그 아버지가 귀양살이하는 것을 생각하여 모습이 초췌해지도록 근심하는 것이 훌륭한 처신이다. 그런데 너희들은 이미 평범한 인간이니 때때로 마음대로 웃고 행동하는 것 또한 자연스러운 일상사이다. 그런 한 가지 일 때문에 너희들을 생각할 때마다 슬프고 쓰라린 마음 견딜 수가 없구나. 일가친척 어른들께서 너희들에게 상을 당했을 때처럼 행동하라고 꾸짖고 나무란다고 하였는데, 내가 아직 죽지도 않았는데 어찌 성급하게 머리를 풀고 얼굴을 새까맣게 하여 웃지도 말라 하는지?

너희들의 억울함에 대해서는 내가 이미 말했는데 이제 와서 어찌 너희들을 꾸짖을 수 있겠느냐마는, 자식으로서 최소한의 예절과 평소의 행실은 바로 새벽에 문안드리고 저녁에 이부자리를 보살펴드리는 일이다. 나야 이곳에 멀리 떨어져 있어 어쩔 수 없지만 큰형님은 연세가 이미 많으시니 너희들이 아침에 한 번 찾아뵙고 저녁에 다시 가서 살펴드리는 것이 도리다. 이것은 겨우 사람의 모습을 갖춘 자로서 그만둘 수 없는 일이니라.

내가 너희들더러 불성실하다고 한 것에 대해서는 그렇지 않다고 변명할 수 없으리라. 내가 시킨 일을 불성실하게 거행한 일이 손가락으로 꼽을 수 없을 정도인데 하물며 그 나머지 일에 있어서랴. 이후로는 모름지기 착한 마음을 불러일으켜 『대학(大學)』의 「성의장(誠意章)」[9]과 『중용(中庸)』의 「성신장(誠身章)」[10]을 벽에다 써붙이고 크게 용기를 내어 굳건히 딛고 서서 물살이 센 여울을 배 타고 거슬러 올라가듯 성의공부에 힘써 나아가는 것이 좋을 것이다. 성의공부는 모름지기 먼저 거짓말하지 않는 일부터 시작해야 한다. 한마디의 거짓말을 세상에서 가장 큰 죄악으로 여겨야 하니 이것이 성의공부로 들어가는 첫 길목임을 명심하거라.

---

**9** 「성의장」『대학』의 편명으로 자신의 뜻을 속이지 않는 마음공부의 요체를 설명한 내용.

**10** 「성신장」『중용』의 편명으로 자신의 몸을 참되게 지니는 내용으로 수신의 방법을 설명함.

# 선조의 행적과 일가친척을 알라

寄二兒

무릇 국사(國史)나 야사(野史)를 읽다가 집안 선조들의 사적(事蹟)[1]이 나오는 부분을 보게 되면 즉시 뽑아내 한 권의 책에 기록해두어라. 선배들의 문집을 볼 때도 마찬가지다. 이렇게 오래도록 하다보면 책이 되어 집안 족보 중에서 빠진 곳을 보충할 수 있을 것이다. 비록 방계 선조들의 사적이라 할지라도 함께 뽑아놓았다가 그분들의 자손에게 전해주는 것이 효도를 넓혀가는 방법이다.

혹 선배들이 우리 선조들의 일을 기록해놓은 것 중에서 차이가 있는 것을 발견하면 즉시 연월일을 고찰해서 잘못을 밝히도록 하여라. 또 선조들이 가깝게 사귀던 분들에 대해서는 반드시 그 후손을 찾아 어느 집인지 알아두었다가 나중에 혹시 이

---

1   사적 일의 실적이나 공적. 이루어놓은 일. 업적.

들을 만나게 되면 다정하게 선대 때부터 지내오던 정의(情誼)[2]를 이야기하여라. 이것이 바로 훌륭한 자손의 행실이니 마땅히 힘써주기 바란다.

아울러 성(姓)이 다른 멀지 않은 친척에 대해서도 마땅히 자세히 알아두어야 한다. 증조모의 집안은 6촌까지(같은 증조할아버지에서 나옴―지은이), 조모의 집안은 8촌까지의 범위 안에서 기록하여 한 권의 책으로 만들어두었다가 혹시 서로 만나거든 친척 관계를 밝히고 서로의 정을 나누는 것이 바로 사대부의 풍도와 규범이다.

---

2  정의  서로 사귀어 친해진 정. 교분.

# 진실한 시를 짓는 데 힘쓰거라

寄淵兒

1808년 겨울

학연이는 내 가르침을 받거라

네 동생 학유의 재주는 너에 비하면 조금 부족한 것 같다. 그런데 올해 여름 고시(古詩)와 산부(散賦)[1]를 짓게 했더니[2] 좋은 작품들이 많이 나왔다. 가을 무렵에는 『주역(周易)』을 베끼는 일에 힘쓰느라 독서를 많이 못했지만 그애의 견해는 제법이었다. 요즘은 『좌전(左傳)』을 읽는데 옛 임금들의 전장(典章)[3]이라든지 대부(大夫)들의 사령(辭令)[4]의 법도 등을 거의 다 배워 아주 잘 알고 있으니 꽤 볼만한 경지에 이르렀다. 그런데 너는 본래

---

**1**　산부　산문 형식으로 된 한시의 하나.
**2**　둘째 아들 학유는 1808년 봄에 전라도 강진으로 내려가 머물며 아버지로부터 직접 가르침을 받고 있었다.
**3**　전장　제도와 문물을 아울러 이르는 말. 혹은 규칙을 적은 글.
**4**　사령　남을 응대하는 말.

네 동생에 비해 재주가 좀더 낫고 어렸을 때 읽어서 익힌 것이 동생보다 잘 갖추어져 있으니 이제라도 용맹스럽게 뜻을 세워 분연히 향학열을 돋운다면 서른이 넘기 전에 응당 대학자로서 이름을 얻을 것이다. 그러니 쓰이면 나아가 도를 행하고 쓰이지 않으면 물러나 은거하는 일〔用舍行藏〕[5]은 말할 필요도 없다. 자질구레한 시율로 더러 명성을 얻는다 해도 쓸모없는 일이니, 아무쪼록 이번 겨울부터 내년 봄까지 『상서(尚書)』와 『좌전』을 읽도록 하여라. 비록 어려워서 읽을 수 없는 곳이나 난삽하고 의미가 깊은 곳일지라도 이미 다 주석이 달려 있으니 마음을 가라앉히고 잘 연구하면 읽을 수 있을 것이다. 그리고 『고려사(高麗史)』 『반계수록(磻溪隨錄)』[6] 『서애집(西厓集)』 『징비록(懲毖錄)』[7] 『성호사설』 『문헌통고(文獻通考)』[8] 등의 책을 읽고 요점을 골라 옮기는 일도 그만두어서는 안 되느니라.

네 학문도 점점 때를 넘기고 있는데 너는 집안 사정으로 봐

---

**5** 용사행장(用舍行藏)이라는 사자성어는 『논어』 「술이」편에 나오는 말로, 등용되면 나아가 역량을 발휘하고 등용되지 않으면 물러나 때를 기다린다는 뜻이다. 군자의 처신을 말한 것이다.

**6** 『반계수록』 조선 중기의 실학자 반계 유형원(柳馨遠)이 통치제도에 관한 개혁안을 중심으로 저술한 책. 22년간 조사·연구하고 친우와 토론을 거쳐 완성했다.

**7** 『서애집』 『징비록』 조선 선조 때의 문신 서애 유성룡(柳成龍)의 저서로, 『서애집』은 시문집이고, 『징비록』은 임진왜란에 대해 적은 책이다.

**8** 『문헌통고』 중국 원나라 때의 마단림(馬端臨)이 고대부터 송대(宋代)까지의 여러 제도에 관한 것을 정리한 책.

서는 집을 떠나 유학하는 것이 좋을 것 같다. 이곳에 와서 나와 같이 지내는 것이 가장 마땅할 테지만 대의를 모르는 집안 아낙네들이 틀림없이 놓아주지 않을 것 같구나. 네 동생의 학문이나 식견은 바야흐로 봄기운이 돌아 모든 초목이 움터오를 듯한 기세로구나. 네 처지를 딱하게 여겨 동생을 보내려다가 차마 보내지 못한다. 지금 생각으로는 내년을 넘기고 경오년(1810) 봄에나 보낼 수 있겠다. 너도 그날까지 허송세월을 해서는 안 된다. 백번 생각해보아도 집에서 공부할 생각이라면 머물러 기다렸다가 네 아우와 교대하여 이곳으로 오거라. 만약 사정상 전혀 가망이 없으면 내년 봄 날씨가 화창해진 뒤 온갖 일을 과감히 떨쳐버리고 내려와서 같이 공부하도록 하자. 이는 단연코 결행하지 않으면 안 된다. 왜냐하면 첫째로 날로 네 마음씨가 무너지고 행동거지가 비루해지니 이곳에 와서 내 가르침을 받는 것이 좋을 것 같다. 둘째로 안목이 좁고 다급해지는데다 뜻과 기상이 막히고 엷어지니 이곳에 와서 내 가르침을 받는 것이 좋겠다. 셋째로는 경전공부의 수준이 거칠고 재주와 식견이 공소(空疎, 내용이 별로 없고 허술함)해졌기에 이곳에 와서 내 가르침을 받는 것이 좋을 것이다. 소소한 사정이야 돌아보거나 고려해서는 안 되리라.

## 시는 나라를 걱정해야

접때 성수(惺叟) 이학규(李學逵)[9]의 시를 읽어보았다. 그가 너의 시를 논평하며 잘못을 잘 지적하였으니 너는 당연히 수긍해야 한다. 그의 자작시 중에 꽤 좋은 것이 있기는 하더라만 내가 좋아하는 바는 아니었다. 오늘날 시는 마땅히 두보(杜甫)의 시를 모범으로 삼아야 할 것이다. 모든 시인들의 시 중에서 두보의 시가 왕좌를 차지하고 있는 것은 『시경(詩經)』의 시 3백 편의 의미를 온전히 계승하였기 때문이다. 『시경』에 있는 모든 시는 충신, 효자, 열녀, 그리고 좋은 벗들의 간절하고 진실한 마음의 발로다. 임금을 사랑하고 나라를 근심하는 내용이 아니면 그것은 시가 아니고, 시대를 아파하고 세속에 분개하는 내용이 아니면 그것은 시가 아니며, 아름다운 것을 아름답다 하고 미운 것을 밉다 하며 착함을 권장하고 악함을 징계하는 뜻이 담기지 않으면 그것은 시가 아니다. 따라서 뜻이 세워져 있지 않고 학문은 설익었으며 삶의 대도(大道)를 아직 배우지 못하고 군주를 도와서 백성에게 혜택을 주려는 마음가짐을 지니지 못한 사람은 시를 지을 수가 없는 것이니, 너도 그 점에 힘쓰기 바란다.

---

9   이학규 조선 후기의 학자(1770~1835). 다산의 영향을 받은 학자로 신유옥사에 연루되어 24년(1801~1824)이나 경상도 김해에서 귀양살이를 했다. 유배지에서도 다산과 소식을 주고받은 것으로 보인다.

두보의 시는 역사적 사건을 시에 인용하는 데 있어서 흔적이 보이지 않아 스스로 지어낸 것 같지만, 자세히 살펴보면 다 출처가 있으니 두보야말로 시성(詩聖)이 아니겠느냐? 한유(韓愈)의 시는 글자 배열법에 모두 출처가 있으나 어구는 스스로 많이 지어냈으니 그분은 바로 시의 대현(大賢, 어질고 뛰어난 사람)이라 할 수 있다. 소동파(蘇東坡)의 시는 구절마다 역사적 사실을 인용했는데 인용한 태가 나고 흔적이 있어 얼핏 보아서는 의미를 알아볼 수 없으나 이리저리 살펴보아 인용한 출처를 캐내고 나서야 그 의미를 겨우 알아낼 수 있으니, 그는 시인으로서 박사(博士)라 칭할 수 있을 것이다. 소동파의 시로 말하자면, 우리 삼부자의 재주로 죽을 때까지 시에만 전념한다면 그 근처쯤 갈 수는 있겠지만 사람이 태어나 세상에서 할 일도 많은데 무엇 때문에 그따위 짓이나 하고 있겠느냐? 그러나 역사적 사실을 전혀 인용하지 않고 풍월(風月)이나 읊고 장기나 두고 술 먹는 이야기를 주제로 시를 짓는다면 이거야말로 서너 집 모여 사는 벽지 시골 선비의 시에 지나지 않는다. 차후로 시를 지을 때는 역사적 사실을 인용하는 일에 주안점을 두도록 하여라.

우리나라 사람들은 역사적 사실을 인용한답시고 걸핏하면 중국의 일이나 인용하고 있으니 이것 또한 볼품없는 짓이다. 아무쪼록 『삼국사기(三國史記)』 『고려사』 『국조보감(國朝寶鑑)』[10]

---

**10** 『국조보감』 조선왕조 역대 군왕의 치적에서 모범이 될 만한 일을 실록(實錄)에서 뽑아 편찬한 편년체 역사책.

『여지승람(輿地勝覽)』[11]『징비록』『연려실기술(燃藜室記述)』[12](이도보李道甫가 모은 책—지은이) 및 우리나라의 다른 글 속에서 그 사실을 뽑아내고 그 지방을 고찰하여 시에 인용한 뒤에라야 후세에 전할 수 있는 좋은 시가 나올 것이며 세상에 명성을 떨칠 수 있을 것이다. 혜풍(惠風) 유득공(柳得恭)[13]이 지은 「십육국회고시(十六國懷古詩)」는 중국 사람들도 책으로 간행해서 즐겨 읽던 시인데, 그것은 바로 우리나라 사실을 인용했기 때문이다.『동사즐(東史櫛)』은 본디 이럴 때 쓰려고 만들어놓은 것인데 지금은 대연(大淵)[14]이가 너에게 빌려줄 리가 없으니 우선 중국의 십칠사(十七史)[15]에 있는 「동이열전(東夷列傳)」 가운데서 이름난 자취를 뽑아놓았다가 사용하면 될 것이다.

---

11 『여지승람』『신증동국여지승람』의 약칭. 조선 중종 때 관(官)에서 편찬한 인문지리서.

12 『연려실기술』조선 후기의 학자 이긍익(李肯翊)이 조선왕조의 중요한 역사적 사실을 여러 책에서 뽑아 엮은 역사책. 다산은 이 책의 저자를 '이도보(李道甫)'라고 했는데, 도보는 이긍익의 아버지 이광사(李匡師)의 자이다. 아버지의 저술을 계승하여 아들이 완성했기 때문에 다산이 아버지의 업적으로 착각한 듯하다.

13 유득공 조선 정조 때의 실학자(1749~1807). 자는 혜풍·혜보(惠甫), 호는 영재(泠齋)·고운당(古芸堂). 실학파 학자로『발해고(渤海考)』를 저술했고,「이십일도회고시(二十一都懷古詩)」를 지었다.

14 대연 조선 후기의 학자 한치윤(韓致奫, 1765~1814)의 자.『해동역사(海東繹史)』를 편찬했다.

15 십칠사『사기』『한서』『후한서』『삼국지』등 중국 태고(太古)에서 오대(五代)까지의 17가지 정사(正史)를 말함.

이 편지는 1808년(47세) 봄에 전라도 강진(康津)에서 큰아들 학연에게 보낸 것이다. 이 해 봄에 정약용은 강진읍에서 백련사 서쪽에 위치한 다산(茶山, 지금의 강진군 도암면 만덕리 귤동부락 뒷산)으로 거처를 옮기고, '다산'이란 호를 쓰기 시작했다. 이 무렵 둘째 아들 학유가 아버지 곁에서 공부에 전념하여 학문이나 식견을 넓혀가자 다산은 큰아들에게도 이곳에 내려와 자신의 가르침을 받기를 간곡히 권유했다. 편지에는 큰아들이 아버지의 가르침을 받아야 하는 이유와 오늘날 시는 어떠해야 하는가가 소상히 담겨 있다. 시에 대한 다산의 관점이나 시작(詩作) 태도가 잘 드러나 있는 유명한 글이다.

# 올바른 처신에 대하여

寄兩兒

## 남의 도움을 바라지 말고 도와줘라

너희들은 편지에서 항상 버릇처럼 말하기를 일가친척 중에 긍휼히 여겨 돌보아주는 사람이 한 사람도 없다고 하면서 험난한 물길 같다느니, 꼬불꼬불 길고 긴 험악한 길을 살아간다느니 한탄하고 있는데, 이는 모두 하늘을 원망하고 사람을 미워하는 말투니 큰 병통이다. 내가 전에 벼슬할 때에는 조그마한 근심이나 질병이 생기면, 다른 사람들이 크게 돌봐주곤 했다. 날마다 찾아와서 안부를 묻는 사람도 있었고, 안아서 부축해주는 사람도 있었고, 약을 보내주고 양식까지 대주는 사람도 있어서 너희들이 이런 일에 익숙해진 것 같다. 그래서 항상 은혜를 베풀어줄 사람이나 바라면서 가난하고 천한 사람의 본분을 망각하고 있는 것이다. 예나 지금이나 남의 도움이나 받으면서 살라는 법은 애초부터 없었다. 더구나 우리 일가친척은 서울과 시골에 뿔뿔이 흩어져 산 지 오래되어 서로 베푸는 정이 없었다. 지금 서로 공박하지 않는 것만도 두터운 은혜일 텐데 어떻게 돌봐주고 도와주는 일까지 바라겠느냐? 오늘날 이처럼 집안이 패잔(敗殘)하긴 했지만 다른 일가들에 비하면 오히려 부자라 할 수도 있겠다. 다만 우리보다 못한 사람을 도와줄 힘이 없을 뿐이다. 남을 돌볼 여력은 없으나 그렇게 극심하게 가난하지도 않으니, 바로 남의 도움을 받지 않아도 될 처지라는 뜻 아니겠느냐? 모든 일은 안방 아낙네들로부터 일어나니 유심히 살펴서 조처하고 남의 은혜를 받고자 하는 생각을 버린다면 저절로 마음이 평안하고 기분이 화평스러워져 하늘을 원망하거나 사람을 원망하는 그런 병통은 사라질 것이다.

여러 날 밥을 끓이지 못하는 일가들이 있을 텐데 너희는 쌀되라도 퍼다가 굶주림을 면하게 해주고 있는지 모르겠구나. 눈이 쌓여 추위에 쓰러져 있는 집에는 장작개비라도 나눠주어 따뜻하게 해주고, 병들어 약을 먹어야 할 사람들에게 한 푼이라도 쪼개서 약을 지어 일어날 수 있도록 도와주고, 가난하고 외로운 노인이 있는 집에는 때때로 찾아가 무릎 꿇고 모시어 따뜻하고 공손한 마음으로 공경해야 하고, 우환(憂患)이 있는 집에 가서는 근심스러운 얼굴빛과 걱정스러운 눈빛으로 그 고통을 나누고 잘 처리할 방법을 함께 의논해야 할 것인데, 너희들은 잘들 하고 있는지 궁금하구나. 이런 몇 가지 일도 하지 못하면서 너희들은 어찌하여 여러 일가에서 황급히 달려와 너희들의 위급하고 어려운 일을 도와주길 바라는 것이냐? 남이 어려울 때 자기는 은혜를 베풀지 않으면서 남이 먼저 은혜를 베풀어주기만 바라는 것은 너희들이 지닌 그 나쁜 근성이 아직 없어지지 않았기 때문이다. 이후로는 평상시 일이 없을 때라도 항상 공손하고 화목하며 삼가고 자기 마음을 다하여, 다른 일가들의 환심을 얻는 일에 힘쓰되 마음속에 보답받을 생각을 갖지 않도록 하거라. 나중에 너희에게 근심 걱정할 일이 생겼을 때 그들이 돌봐주지 않더라도 부디 원망을 품지 말고 바로 미루어 용서하는 마음으로 '그분들이 마침 도울 수 없는 사정이 있거나 도와줄 힘이 미치지 않기 때문이구나'라고 생각하여라. 가벼운 농담일망정 '나는 전번에 이리저리해주었는데 저들은 이렇구나!' 하는 소리를 절대로 입 밖에 내뱉지 말아야 한다. 이러한 말이 한 번이라도 입 밖에 나오면 지난날 쌓아놓은 공과 덕이 하루아침에 재가 바람에 날아가듯 사라져버리고 말 것이다.


큰아버지 섬기기를 아버지처럼


너희들은 의지할 만한 사람이 아무도 없는〔四顧無親〕 처지에서 성장하였지만 어린 시절은 유복하게 살아왔기 때문에 아들이나 동생이 되어 아버지나 형님을 섬기는 법, 집안어른들을 섬기는 법에 대해 아직 보고 들은 게 없을 것이다. 또한 궁핍한 상황에 어떻게 처신해야 하는지도 아직 익숙지 못할 것이다. 그렇기 때문에 몸과 마음을 다해 남을 대할 줄도 모르면서 남이 먼저 자기에게 도움을 주기만 바라고, 가정에서의 행실을 잘 닦지 않고서 이웃 사람들의 칭찬이나 바라고 있으니 될 법이나 한 일이냐. 전에 동지(同知)[1] 벼슬을 지낸 방계(傍系)의 고조할아버지뻘 되는 분이 계셨다. 일흔이 넘은데다 중풍을 앓아서 몹시 거동이 불편하셨지만 조반을 잡수신 후에는 날마다 지팡이를 짚고 우리 집에 오셔서 "우리 종손을 하루라도 안 만나볼 수가 있겠는가"라고 말씀하시곤 했다. 하물며 너희가 일흔 살 잡수신 노인께서 종증손(從曾孫)[2]에게 한 것만큼도 큰아버지를 섬기지 않는대서야 말이 되겠느냐? 이후로는 날마다 이른 아침에 일어나 먼저 안방에 들러 어머니의 안부를 살핀 다음 동쪽 집에 사시는 큰아버지께 문안을 드리고 돌아와서 독서를 시작하도록 하여라. 여러 숙모들께는 점심때나 저녁 무렵에 틈이 나는 대로 들러보면 된다.

큰아버지가 팔이 아팠을 때 너는 바로 찾아가 뵙고 뽕나무 벌레 똥을 주워다가 식초에 담근 쑥과 섞어 약을 달이고 약단지를 씻으며 곁에서 시중들고 아침저녁으로 늘 떠나지 않고 밤

---

1  동지 동지중추부사(同知中樞府事). 조선시대 중추부에 속한 종이품 벼슬.
2  종증손 자기 형제의 증손자.

에는 모시고 자면서 연연해하며 차마 물러나지 못하는 그런 극진한 마음으로 그분을 봉양해본 적이 있느냐? 설령 너희들이 그렇게 극진히 섬겼다고 치자. 요즈음 그분이 긍휼히 보살펴주지 않으시더라도 너희는 오히려 더욱 효도하고 공경하며 예를 다하면서 감히 미워하고 원망하지 말아야 될 텐데 그렇게 하지도 못한 주제에 무슨 더 할 말이 있느냐? 무릇 스스로 할 일을 다 하고 하지 말아야 될 일을 삼가며 살아도 부형(父兄)들의 가슴엔 원망이나 불평이 쌓일 수 있다. 평상시에는 이런 감정들을 내색하지 않다가 응당 간섭해야 될 일이 있을 때 자기도 모르게 폭발할 수 있는 것이다. 그럴 때 너희들은 그 일만 가지고 생각하기 때문에 '이 일이 왜 내가 잘못한 일인가, 왜 이같이 처리하시는가'라고 서운해하겠지만 실은 오래전의 잘못 때문이지 단순히 이번 잘못 때문만은 아니다. 곰곰이 생각해보도록 하거라.

독실하게 행실을 닦아 부형의 마음을 기쁘게 해드리도록 하여라. 큰아버지 섬기는 일에는 특별히 따로 정해진 예절이 없고 오직 자기 아버지 섬기는 것과 똑같이 하면 되는 것이다. 너희들이 느낀 바 있어 진실된 마음으로 행실을 바르게 한다면 한 달도 못 가서 큰아버지의 마음이 풀릴 것이다.

# 먼저 모범을 보이거라

寄兩兒

너희들이 종형제들에게 모범을

이제 너희 사촌들이 대여섯 명 되는데 내가 만약 임금의 은혜를 입어 살아서 고향 땅을 밟게 된다면 이 아이들을 가르치는 일에 전념하고 싶다. 내가 가르치고자 하는 것은 효제(孝弟)에 근본을 두고 경사(經史)[1]와 예악(禮樂), 병농(兵農)과 의약(醫藥)의 이치를 꿰뚫게 해주는 일이다. 짐작건대 4, 5년이 못 되어 그 성과가 찬란할 것이고 비록 폐족 집안이긴 하지만 시(詩)와 예(禮)의 가르침은 돋보일 것이니, 이것이 바로 내가 아침저녁으로 북쪽을 바라보며 빨리 풀려 돌아가기를 기원하는 이유이다. 이것이 나의 큰 계획인데 그러자면 너희들이 먼저 아버지를 섬

---

1   경사  경서(經書)와 사기(史記)를 아울러 이르는 말.

기듯 큰아버지를 섬기는 모범을 세워야 한다. 그래야 봉륙(封六)[2]이나 칠복(七福)[3]이가 비로소 자기 아버지처럼 나를 섬기게 될 것이 아니겠느냐? 너희들이 좋지 않은 본보기를 남겨 우리 아버지만 아버지고 큰아버지나 작은아버지는 집안사람 가운데 조금 더 가까운 사람 정도로만 생각한다면, 그애들 또한 내게 와서 경사나 예악을 배우려 하지 않을 것이니 어떻게 효나 제의 행실을 가르쳐줄 수 있겠느냐? 그러므로 큰아버지 섬기기를 아버지 섬기듯 하여 봉륙이나 칠복이에게 모범을 보여야 한다. 나의 이 계획은 참으로 큰 것이니 비록 너희들 마음에 썩 내키지 않더라도 힘써 내 뜻을 따라주기 바란다.


과일·채소·약초를 재배하도록


시골에 살면서 과수원이나 남새밭을 가꾸지 않는다면 세상에서 버림받는 일이 될 것이다. 나는 지난번 국상(國喪)이 나서 경황이 없는 중에도 만송(蔓松, 노송나무) 열 그루와 전나무 한두 그루를 심어둔 적이 있다. 내가 지금까지 집에 있었다면 뽕나무가 수백 그루, 접붙인 배나무가 몇 그루, 옮겨 심은 능금나무가 몇 그루 정도는 됐을 것이다. 닥나무는 지금쯤 이미 밭을 이

---

**2** 봉륙 다산의 둘째 형 정약전의 아들 학초의 아명.
**3** 칠복 다산의 맏형 정약현의 아들.

루었을 것이고 옻나무도 다른 밭 언덕으로 뻗어나갔을 것이고,
석류도 몇 그루 되고, 포도도 덩굴이 뻗어 있을 것이고, 파초도
네댓 뿌리는 족히 가꾸었을 것이다. 불모지에는 버드나무도 대
여섯 그루 심었을 거고, 유산(酉山)[4]의 소나무도 이미 여러 자쯤
자랐을 거다. 너희는 이런 일을 하나라도 했는지 모르겠구나.
너희들이 국화를 심었다고 들었는데 국화 한 이랑은 가난한 선
비의 몇 달 식량이 될 수도 있는 것이니 한낱 꽃구경에만 그치
는 것이 아니다. 지황, 반하, 도라지, 천궁(川芎) 따위나 쪽나무와
꼭두서니 등에도 모두 마음을 기울여 잘 가꾸어보도록 하여라.

　남새밭 가꾸는 데는 땅을 반반하게 고르고 이랑을 바르게 하
는 일이 중요하며, 흙은 가늘게 부수고 깊게 갈아 분가루처럼
부드러워야 한다. 씨는 항상 고르게 뿌려야 하고, 모종은 아주
성기게 해야 한다. 아욱 한 이랑, 배추 한 이랑, 무 한 이랑씩 심
어두고 가지나 고추 등속도 마땅히 따로따로 구별하여 심어야
한다. 그런데 마늘이나 파를 심는 데 가장 힘써야 한다. 미나리
도 심을 만한 채소다. 또 한여름 농사로는 오이만 한 것도 없느
니라.

　비용을 절약하고 농사에 힘쓰면서 겸하여 아름다운 이름까
지 얻을 수 있는 것이 바로 이 일이다.

---

4　유산 다산의 고향 마을 마재의 뒷산. 나중에 다산의 큰아들 정학연의 호
　가 됨.

# 허례허식을 경계하라

寄兩兒

1803년 정월 초하루

## 폐족도 성인이나 문장가가 될 수 있다

새해가 밝았구나. 군자는 새해를 맞으면서 반드시 그 마음가짐이나 행동을 새롭게 해야 한다. 나는 소싯적 새해를 맞을 때마다 꼭 일 년 동안 공부의 과정을 미리 계획해보았다. 예를 들면 무슨 책을 읽고 어떤 글을 뽑아 적어야겠다는 식으로 계획을 세워놓고 꼭 그렇게 실천하곤 했다. 때론 몇 개월 못 가서 사고가 발생하여 마음먹은 대로 되지 않을 때도 있었지만, 아무튼 좋은 일을 행하고자 했던 생각이나 발전하고 싶은 마음은 없어지지 않아 많은 도움이 되었다. 내가 지금까지 너희들 공부에 대해서 글과 편지로 수없이 권했는데도 너희는 아직 경전이나 예악(禮樂)의 의문스러운 점에 관해 한 번도 묻질 않고 역사책에 관한 논의도 보여주지 않고 있으니 어찌된 셈이냐? 너희들이 내 말을 이다지도 무시한단 말이냐? 도회지에서 자라난 너희들이 어린 시절에 보고 배운 것이 대부분 문전의 잡객(雜客)[1]이나 시중드는 하인, 아전 들이어서 말씨나 마음씨가 약삭빠르고 비천해진 것이다. 그래서 이런 못된 병이 골수에 박혀 너희 마음속에 선(善)을 즐기고 학문에 힘쓰려는 뜻이 전혀 없는 것이다. 내가 밤낮으로 애태우며 돌아가고 싶어하는 것은 너희들 뼈가 점점 굳어지고 기운이 거칠어져 한두 해 더 지나버리면 완전히 내 뜻을 저버리고 보잘것없는 생활로 빠져버리고 말 것 같은 초조감 때문이다. 지난해에는 그런 걱정 때문에 병을 얻어 여름 내내 병환으로 고생했다. 10월 이후에는 더 말하지 않겠으니 너희들도 내 심정을 이해할 수 있을 것이다.

그렇더라도 마음속에 약간의 성의만 있다면 아무리 난리 통이라 하더라도 진보할 수 있을 것이다. 너희들은 집에 책이 없느냐? 몸에 재주가 없느냐? 눈이나 귀에 총명이 없느냐? 어째서 스스로 포기하려 하느냐? 영원히 폐족으로 지낼 작정이냐? 너희 처지가 비록 벼슬길은 막혔어도 성인(聖人)이 되고 문장가가 되고 지식과 이치에 통달한 선비가 되는 일이야 꺼릴 것이 없지 않느냐? 꺼릴 것이 없을 뿐만 아니라 과거공부하는 사람들이 빠지는 잘못을 벗어날 수도 있고, 가난하고 곤궁하여 고생하다보면 마음이 단련되고 지혜와 생각이 깊어져 인정(人

---

1 잡객 대수롭지 않은 손님.

情)이나 사물의 진실과 거짓을 옳게 판단할 수 있는 장점까지 가지게 된다. 그런 까닭에 선배로서 율곡(栗谷)과 같은 분은 어버이를 일찍 여의고 그 어려움을 참고 견디어 얼마 안 있어 마침내 지극한 도(道)를 깨쳤고, 우리 집안의 선조 우담(愚潭)[2] 선생께서도 세상 사람들의 배척을 받고서 더욱 덕이 높아졌으며, 성호(星湖, 이익) 선생께서도 난리를 당한 집안에서 이름난 학자가 되었으니, 이분들 모두 당대의 고관대작 집안의 자제들이 미칠 수 없는 훌륭한 업적을 남겼다는 것은 너희도 일찍부터 들어오지 않았느냐? 폐족에서 재주 있는 걸출한 선비가 많이 나오는 것은, 하늘이 재주 있는 사람을 폐족에서 태어나게 하여 그 집안에 보탬이 되게 하려는 것이 아니다. 부귀영화를 누리려는 마음이 학문하려는 마음을 가리지 않아 책을 읽고 이치를 궁리하여 진면목과 바른 뼈대를 얻을 수 있기 때문이다. 평민으로서 배우지 않으면 못난 사람이 되고 말지만 폐족으로서 배우지 않는다면 마침내는 도리에 어긋나 비천하고 더러운 신분으로 타락하게 된다. 아무도 가깝게 지내려 하지 않아 결국 세상의 버림을 받게 되고 혼인길마저 막혀 천한 집안과 결혼하게 되며, 물고기의 입술이나 강아지의 이마 몰골을 한 자식이 태어나면 그 집안은 영영 끝장나는 것이다.

내가 유배생활에서 풀려 몇 년간이라도 너희들과 생활할 수

---

**2** 우담 조선 숙종 때 학자 정시한(丁時翰, 1625~1707)의 호. 다산의 5대조 정시윤(丁時潤)의 재종형.

만 있다면 너희들의 몸과 행실을 바로잡아 효제(孝弟)를 숭상하고 화목하게 지내는 일에 습관이 들도록 할 것이다. 경사(經史)를 연구하고 시례(詩禮)를 담론하면서 3, 4천 권의 책을 서가에 진열하고, 일 년 정도 먹을 양식을 걱정하지 않도록 원포(園圃)³에 뽕나무·삼·채소·과일·화초·약초 들을 심어 잘 어울리게 하여 그것들이 무성하게 자라는 것을 구경하면서 즐거워할 것이다. 마루에 올라 방에 들면 거문고 하나, 투호(投壺)⁴ 하나, 붓·벼루·책상·도서 들이 단아하고 깨끗하게 놓여 있어 기뻐할 만하며, 때때로 반가운 손님이 찾아오면 닭을 잡고 회를 떠서 탁주 한잔에 풋나물 즐겁게 먹으며 서로 더불어 고금의 일을 논의하면서 흥겹게 산다면 비록 폐족이라 하더라도 안목 있는 사람들이 부러워할 것이다. 이렇게 한두 해 세월이 흐르다보면 반드시 집안이 다시 흥하게 되지 않겠느냐? 이 점 깊이 생각해보도록 하여라. 이런 일조차 하지 않을 것이냐?

## 힘써야 할 세 가지 일

요즈음 학문 가운데 예전과는 달리 오로지 반관(反觀)⁵이라 이

---

3  원포 정원과 밭. 과실나무와 채소 따위를 심어 가꾸는 뒤란이나 밭.
4  투호 투호놀이 때 '화살을 던져 넣는 병'을 말함.
5  반관 중국 송나라 학자 소강절(邵康節)이 주장한 객관적 입장의 학문 태도.

름을 붙이고 외모를 단정히 하는 것을 허식이라 지목하는 경향이 있다. 약삭빠르고 방탕하게 그리고 마음을 풀어놓고 살기 좋아하는 젊은이들은 이러한 학문풍조를 듣고 제 세상 만난 듯 기뻐하며 결국은 예절을 잃고 제멋대로 처신하고 만다. 나도 전에 이런 풍조에 물들어 늙어서도 몸에 예절이 익지 않아 후회해도 고치기 어려우니 매우 한스러울 뿐이다. 지난번에 너희들에게서 옷깃을 여미고 무릎 꿇고 앉아 단정하고 장중하고 엄숙한 얼굴빛을 가꾸려는 모습을 한 번도 보지 못했으니, 이는 내 습관이 한번 옮겨가서 너희들 꼴이 된 것이리라. 이 점은 먼저 외모부터 단정히 해야만 마음을 안정시킬 수 있다는 성인의 가르침을 전혀 모르는 탓이다.

비스듬히 드러눕고 옆으로 삐딱하게 서서 아무렇게나 지껄이고 눈알을 이리저리 굴리면서 경건한 마음을 가질 수 있는 사람은 이 세상에 없다. 때문에 몸을 움직이는 것〔動容貌〕, 말을 하는 것〔出辭氣〕, 얼굴빛을 바르게 하는 것〔正顔色〕, 이 세 가지〔三斯〕가 학문하는 데 있어 가장 우선적으로 마음을 기울여야 할 일이다. 진실로 이 세 가지에 힘을 쏟지 않는다면, 비록 하늘의 이치에 통달하고 재주가 있으며 다른 사람보다 뛰어난 식견을 갖추었다 할지라도 결국은 발꿈치를 땅에 붙이고 바로 설수 없어 어긋난 말씨, 잘못된 행동, 도적질, 대악(大惡), 이단(異端)이나 잡술(雜術) 등으로 흘러 걷잡을 수 없게 될 것이다.

나는 이 삼사(三斯)를 서재(書齋)의 이름으로 삼고 싶었다. 다시 말하면 이 세 가지는 난폭하고 거만함을 멀리하는 것, 비루하고 천박함을 멀리하는 것, 미더움을 가까이하는 것을 말한다. 이제 너희 덕성의 발전을 위하여 삼사재(三斯齋)라는 이름을 선물하니 당호로 삼고 삼사재기(三斯齋記)를 지어 다음에 오는 인편에 보내라. 나 또한 너희를 위해 기(記)[6]를 하나 짓겠다. 너희들이 또 하나 할 일은 이 세 가지에 대한 잠언(箴言)을 짓되 삼사잠(三斯箴)이라 이름하면 될 것이다. 이것은 정부자(程夫子, 정자의 높임말)가 지은 『사물잠(四勿箴)』[7]의 아름다운 뜻을 계승하는 일과 같으니, 그렇게 되면 더할 나위 없이 큰 복이 될 것이다. 간절히 바란다.

---

6  기 한문 문체의 하나로 사물에 대해 사실대로 적은 글.
7  『사물잠』 송나라 때 학자 정자(程子)가 지은 잠언.

# 『주서여패』라는 책을 만들도록

寄兩兒

지난해『고려사』에서 긴요한 말들을 뽑아 책을 만들라고 말했
는데 이제 와서 생각해보니 이 일은 너희들에게 급한 일이 아
닌 것 같구나. 이제 한 권의 좋은 책이 될 수 있는 체재를 보내
니 이 체재에 의거해『주자전서(朱子全書)』중에서 가려 뽑아
책을 만들어보거라. 뒷날 인편에 보내오면 내가 잘되었는지 잘
안되었는지 감정해보겠다. 책이 완성된 후에는 좋은 종이에 깨
끗이 적고, 내가 지은 서문을 앞에 실어 항상 책상 위에 놓아두
고 아침저녁으로 암송하도록 하여라.

　책 이름은 '주서여패(朱書余佩)'라 하도록 하자.
편목(篇目)[1]은 12조로 하는데 1. 입지(立志, 뜻을 세우는 것과 관련된
내용) 2. 혁구습(革舊習, 묵은 습관을 고치는 것과 관련된 내용) 3. 수방

---

1　편목　책의 내용을 나누는 큰 단락의 제목이나 수효를 말함.

심(收放心, 방심을 거두어 마음을 다잡는 것과 관련된 내용) 4. 검용의(檢容儀, 용모와 몸가짐을 단속하는 것과 관련된 내용) 5. 독서 6. 돈효우(敦孝友, 효도와 우애를 돈독히 하는 것과 관련된 내용) 7. 거가(居家, 가정생활과 관련된 내용) 8. 목족(睦族, 집안 간의 화목과 관련된 내용) 9. 접인(接人, 사람을 접대하는 것과 관련된 내용) 10. 처세(處世) 11. 숭절검(崇節儉, 근검절약을 숭상하는 것과 관련된 내용) 12. 원이단(遠異端, 이단을 멀리하고 배척하는 것과 관련된 내용)으로 하여라.

지금은 너희들의 힘이 모자라 많은 책 중에서 널리 채록하기가 힘들 것이니 『주자서(朱子書)』 한 책에서만 골라내 각 편목마다 12조씩 넣어 책을 만들어라.

'목족'편의 각 조목을 채우기가 힘들면 『사서집주(四書集注)』에서 보태고 그래도 부족하면 『소학(小學)』에서 보충하되, 그럴 때는 항상 '주자왈(朱子曰)'이라는 세 자를 써넣어 표시하도록 하여라(가령 『소학』 중에서 뽑아 쓸 때 『소학』의 장공예張公藝라는 분의 일을 쓰려고 하면 너희는 이렇게 써라. '朱子曰張公藝云云'—지은이).

『주자서』는 모든 것이 순숙(純熟)[2]하고 혼후(渾厚)[3]해서 처음 배우는 사람은 더러 싫증을 내기 쉽다. 너희는 모든 힘을 기울여 그 날카롭고 심각하며 뛰어나서 놀랄 만한 어구들을 뽑아 이를 처음 접하여 아직 배우는 데 익숙지 않은 사람들에게 좋은 자극이 될 수 있도록 하여라. 순숙하고 혼후한 것에 대해서

2  순숙 완전히 익음. 원숙.
3  혼후 온화하고 인정이 두터움.

는 뒤에 다시 이야기하도록 하자.

조(條)마다 6~7줄이 넘지 않도록 하여라(120자를 한계선으로 함―지은이). 간혹 색다른 깨우침이 될 만한 빼어난 어구들이 나올 때는 한 줄이나 한두 구절이라도 좋다. 잠(箴)·명(銘)·송(頌) 같은 글에서 뽑을 만한 것이 있으면 뽑아도 된다.

'혁구습'편의 조목에는 눕기를 좋아하는 것, 농담 잘하는 것, 성질내는 것, 바둑이나 장기에 미치는 것, 권모술수 쓰는 것, 속이는 것 등이 있을 것이다. 이는 율곡 선생이 지은 『격몽요결(擊蒙要訣)』의 예(例)를 바꾼 것이다(율곡은 성인이 되겠다고 스스로 기약해야 뜻을 세웠다고 하고, 그 뜻을 세워야 학문을 하게 된다고 했음―지은이).

'목족'편에 12조가 다 차지 않으면 이웃과 화목하는〔和隣〕 조목 몇 개를 따다 보충해도 되는데, 그럴 때는 그 편목 아래에 작은 글씨로 '화린부(和隣附)'라는 석 자를 넣어주는 것이 좋다.

120자로 제한하면 부득불 본문을 줄이지 않을 수 없을 것이니, 머리 부분이나 끝부분을 줄이면 된다. 줄인 부분에서 또 구절을 줄이게 되면 본래의 뜻을 잃어버리기 쉽기 때문이다.

'처세'편에 해당하는 것은 사람 사귀는 법, 나아가고 물러나는 법, 일에 응하고 사물을 대하는 법 등인데, 그것을 뽑을 때는 자신의 일에 비추어 너희들이 꼭 지니고 살았으면 하는 것을 주로 고르고, 영달(榮達)한 사람들한테 필요한 행위규범 같은 것은 생략해도 괜찮다.

『주자전서』에 이르기를 "큰 바위를 뽑아내려면 반드시 뿌리째 뽑아야 한다. 바위의 표면만 약간 깎아낸다면 무슨 일이 이루어지겠느냐"(제1권 15장—지은이)라고 했다면 이것은 반드시 '혁구습'편에 넣어야 한다.

"학문을 하는 것은 마치 배를 상류로 저어 올라가는 일과 같다. 물결이 평온한 곳에서는 그대로 가도 괜찮지만, 여울이 심한 급류를 만나면 사공은 잠시도 삿대를 느슨하게 잡아서는 안된다. 또한 힘을 주어 그대로 저어 올라가야 하니 한 발짝도 늦추어서는 안 되고 조금이라도 물러나면 배는 올라가지 못한다"(앞장의 아래 조목—지은이)라고 하였는데 이 조항은 마땅히 '입지' 편에 넣어야 한다.

저(這)라는 글자는 '이것(此)'이라는 뜻이고 나(那)라는 글자는 '저것(彼)'이라는 뜻이고 임지(恁地)라는 것은 '이러이러하다(如許)'는 뜻이다. 이외에도 이해하기 어려운 말이 있으면 편지로 묻도록 하거라(글을 뽑아내서 책을 만드는 방법은 한 조목을 뽑으면 그것으로 미루어 나머지 세 가지도 짐작할 수 있도록 해야 한다—지은이).

『주자전서』 가운데는 기굴(奇崛)[4]하고 돌올(突兀)[5]하고 참담하고 맹렬하며, 놀랍고 무섭고 기쁘고 즐길 만한 말들이 매우 많다. 혹 12편목에 해당되지 않아 뽑으려 해도 넣을 곳이 없고 버리기에는 너무나 긴요해서 이럴까 저럴까 결정하기 어려운 것이 있거든, 둘째를 시켜서 따로 뽑아 몇 편으로 분류한 다음

---

4  기굴 기이하고 독특함. 매우 특출함.
5  돌올 두드러지게 뛰어남. 높이 우뚝 솟음.

이름을 붙여 책 뒤에 붙이도록 하거라. 이 책을 2월 보름께 보내온다면 마음이 너무 기뻐 벌떡 일어나 춤이라도 출 것 같다. 너희들이 이 아비를 생각하는 마음이 조금이라도 있다면 급히 서둘러 착수하기 바란다.

# 『제경』을 만드는 법

寄兩兒

옛날에 안지(顔芝)[1]는 『효경(孝經)』을 전했고 마융(馬融)[2]은 『충경(忠經)』을 지었고 진덕수(眞德秀)[3]는 『심경(心經)』을 편찬했다. 너희들은 『제경(弟經)』을 짓겠다니 매우 좋은 일이다. 차례와 편목이 잘 정돈되어 난잡하지 않아야 하므로 시험 삼아 아래와 같이 짜보았다. 다시 생각해보고 확정하도록 하여라.

제1 원본(原本, "효제라는 것은 인(仁)을 행하는 근본이니라" 구절 같은 『논어』 『맹자』 『중용』 『예기』 가운데 격언 10여 조목을 뽑아 머리로 삼는다―지은이)

제2 기거(起居, 가장 아랫목에는 앉지 않고 문 한가운데 서지 않으며 빨

---

1  안지 중국 한나라 초기의 학자.
2  마융 중국 후한(後漢)의 학자(79~166).
3  진덕수 중국 송나라의 주자학자(1178~1235).

리 가고 천천히 지나가는 행동 같은 것—지은이)

제3 음식(飮食, 입을 크게 벌리고 밥을 마구 퍼넣는 일이나, 남의 집에 가서 국 간을 맞추지 않는 일 같은 것—지은이)

제4 의복(衣服, 비단저고리나 바지 등을 입지 않는 일 같은 것—지은이)

제5 언어(言語, 남의 말을 표절하지 않는 일 같은 것—지은이)

제6 시청(視聽, 남의 은밀한 곳을 엿보지 말며, 안 들리는 말을 숨어서 듣지 않는 일 같은 것—지은이)

제7 집사(執事, 모시고 앉을 자리에서 지팡이나 활, 화살을 집어드리는 일 같은 것—지은이)

제8 추공(推功, 공경(弟)한다는 것은 사냥하는 일에서도 나이 많은 분을 우대한다는 것, 밭 가는 사람이 밭 경계를 양보하는 일 같은 것. 양로養老나 향음주례鄕飮酒禮 같은 일—지은이)


모든 조목에 경서(經書)나 예서(禮書) 중 성현들의 말씀 12조를 윗부분에 써넣고, 아랫부분에는 『소학』 『명신록(名臣錄)』 십칠사(十七史) 등에 있는 효자들의 훌륭한 행실에 대한 전기를 적어넣어야 하며, 정한봉(鄭漢奉)의 『일찬(日纂)』[4] 『퇴계언행록(退溪言行錄)』 『해동명신록(海東名臣錄)』[5] 『조야수언(朝野粹言)』[6]

---

4   『일찬』 『작비암일찬(昨非庵日纂)』을 줄인 말. 정한봉은 중국 명나라의 관인학자로 『작비암집(昨非庵集)』 『작비암일찬』 등을 남겼다.
5   『해동명신록』 일명 『국조명신록』. 효종 때 김육(金堉)이 조선왕조 개국 이래 유명한 신하의 행적을 편찬한 책.
6   『조야수언』 『조야첨재(朝野僉載)』와 『소대수언(昭代粹言)』을 아울러 일

같은 책 가운데서 공경[弟]에 적절한 좋은 말과 선행의 글을 간
단히 줄여 12조로 만든 다음 그 아랫부분에 적어넣어라.

킬는 말로, 조선시대 야사로 알려졌다. 『소대수언』은 정도응(鄭道應)이
편찬한 것이다.

# 『거가사본』을 편찬하라

寄兩兒

주자(朱子)가 말하길 "화합하여 잘 지내는 것〔和順〕은 집안을 질서 있게 하는〔齊家〕 근본이요, 부지런하고 검소한 것은 집안을 다스리는〔治家〕 근본이요, 독서는 집안을 일으키는〔起家〕 근본이요, 천리에 따르는 것은 집안을 지켜나가는〔保家〕 근본이다" 했으니, 이것은 이른바 가정생활〔居家〕의 네 가지 근본이다. 얼마 전에 어떤 사람이 내게 옛사람의 격언을 기록해달라기에 객지인 이곳에 책이 없어서 이 네 가지를 편목으로 삼아 네댓 권의 책 가운데 명언과 지론(至論)을 뽑아 편집하여 책으로 만들어주었다. 그러나 그 사람은 자세히 살펴보지도 않고 너무 비현실적인 소리라 여겨 꼬깃꼬깃 구겨서 버리고 말았다. 이런 천박한 풍속을 비웃고 말 일이지만 다만 그 책이 없어진 것이 애석할 뿐이다. 너희들이 이런 편목에 의거해 정자나 주자의 책, 『성리대전(性理大全)』이나 『퇴계언행록』 『율곡집』 『송

명신록(宋名臣錄)』『설령(說鈴)』[1]『작비암일찬(昨非庵日纂)』『완위여편(宛委餘篇)』[2] 및 우리나라 여러 현인들의 기술(記述) 중에서 자료를 모아 편집하여 서너 권을 만든다면 좋은 책 하나가 될 것이다.

효성〔孝〕·공경〔悌〕·사랑〔慈〕, 부부간의 화목〔夫和婦順〕, 친척간의 화목〔睦親戚〕, 계집종과 사내종을 부리는 일〔御婢僕〕 등의 올바른 행실에 관계되는 것은 마땅히 제가(齊家)의 근본에 넣고, 밭 갈고 길쌈하는 이야기나 입고 먹는 일에서 경계될 만한 교훈, 가축 기르는 법이나 전원 가꾸는 여러 이야기는 마땅히 치가(治家)의 근본에 넣고, 뜻을 세우는 일, 공부하는 일, 나쁜 일을 버리고 좋은 일을 따르는 것, 사물의 이치를 궁구하는 일, 책을 간수하는 일, 책을 베끼는 일, 책 읽기를 좋아하는 일, 책을 아끼는 일에 관계된 이야기는 마땅히 기가(起家)의 근본에 넣을 것이며, 음덕을 쌓고 성내는 일을 절제하는 것, 분수에 만족하는 일, 곤궁함에 처해서도 느긋한 것, 일을 처리하는 것, 사물에 응대하는 것, 하늘이 부여한 운명을 즐거워하는 것, 자신의 본분을 아는 것 등은 물론 사욕을 막고 천리(天理)를 따르는 말들은 마땅히 보가(保家)의 근본에 넣어야 할 것이다. 이를 합

---

1  『설령』 중국 청나라 때 오진방(吳震方)이 편찬한 책으로, 자잘한 이야기를 모은 책.
2  『완위여편』 중국 청나라 때 조인호(趙仁虎)의 문집.

하여 '거가사본(居家四本)'[3]이라 칭하고 책상 위에 놓아두고 항상 읽는다면 어찌 심신에 크게 유익하지 않겠느냐? 너희들은 부디 힘쓰도록 하여라.

---

3  거가사본  집안 생활의 바탕을 이루는 네 가지 덕목.

# 『비어고』를 만드는 법

寄兩兒

『비어고(備禦攷, 방비와 방어에 관한 고찰)』에 관해서는 아직 편목을 다 정리하지 못했다만 지금까지 수집해둔 것도 그리 적은 분량은 아니다. 아무튼 다음에 적은 것에 의거하여 더 수집해서 만들도록 하거라. 그러나 『무비지(武備志)』[1]의 범례를 꼭 따를 필요는 없다.

── 일본고(日本考), 여진고(女眞考), 거란고(契丹考), 몽고고(蒙古考), 말갈고(靺鞨考), 발해고(渤海考), 유구고(琉球考), 탐라고(耽羅考), 하이고(鰕夷考, 울릉도〔于山國〕를 첨부할 것─지은이), 해적고(海賊考), 토적고(土賊考).

── 한병고(漢兵考, 한무제, 수양제, 당태종·당고종이 정벌해온 내용─지은이), 역내고(域內考, 삼국시대의 전쟁과 견훤과 궁예 등 포함─지은

---

1 『무비지』 중국 명나라 때 군무에 종사하던 모원의(茅元儀)의 병서.

이) 등은 항상 공격당하는 쪽을 주체로 삼을 것(신라가 백제를 쳤을 때는 백제를 주체로 하여 쓰고 고구려나 다른 나라의 침략을 곁들여 적을 것—지은이).

— 삼별초(三別抄)는 반드시 해적고에 넣고 이시애(李施愛)의 난과 이괄(李适)의 난 등은 토적고에 넣을 것.

— 예맥(濊貊)과 가락국(駕洛國) 등의 자잘한 싸움도 반드시 역내고 끝에 첨부할 것.

— 관방고(關防考), 성지고(城池考), 군제고(軍制考), 진보고(鎭堡考), 기계고(器械考), 장수고(將帥考), 교련고(敎鍊考) 등도 넣을 것.

— 척계광(戚繼光)의 『기효신서(紀效新書)』[2]나 모원의(茅元儀)의 『무비지』 같은 책에서 우리나라에 관계된 사례나, 『무예도보(武藝圖譜)』[3] 『병장도설(兵將圖說)』[4] 같은 책에서도 중요한 것은 꼭 뽑아 넣을 것.

— 봉수고(烽燧考)는 성지고의 끝부분에 첨부해도 무방하다.

일본고나 여진고 등은 반드시 두 가지로 분류해야 하는데, 전벌(戰伐)[5]이나 조빙(朝聘)[6]을 한 부류로 묶어서 전략고(戰略

---

2  『기효신서』 중국 명나라 때 장수 척계광이 지은 병서로, 이 책의 진법(陣法)이 임진왜란 이후 우리나라에 도입되어 오군영제에 이용되었다.

3  『무예도보』 정조의 명을 받아 만든 병서 『무예도보통지』를 말함.

4  『병장도설』 문종의 명으로 편찬한 『진법(陣法)』을 수정한 병서.

5  전벌 싸워서 정벌함.

6  조빙 제후를 알현하는 나라와 나라 사이에 서로 사신을 보내는 일.

考)의 예를 본받아 기록하고, 그곳의 풍요(風謠)·물속(物俗)·토산(土産)·궁실(宮室)·성곽(城郭)·주차(舟車)의 제도 등을 또 한 부류로 하여 점탁(占度)을 외이고(外夷考)에 실었던 예에 따르면 된다.

『서애집(西厓集)』『백사집(白沙集)』[7]『오리집(梧里集)』[8]『오봉집(五峯集)』[9]『오음집(梧陰集)』[10]『월정집(月汀集)』[11]『월사집(月沙集)』[12]『한음집(漢陰集)』[13]『계곡집(谿谷集)』[14]『지봉집(芝峯集)』[15]『노저집(鷺渚集)』[16]『이충무공전서(李忠武公全書)』[17]『자암집(紫巖集)』[18] 등은 모두 긴요한 책들이다.

압록강 어귀부터 여순(旅順)만 입구까지, 금주(金州)의 산동성(山東省)에서 절강성(浙江省)과 복건성(福建省)의 남쪽까지 연해가 안전한지 위험한지와 당시 조빙하던 항로를 반드시 적어넣어야 한다.

---

7　『백사집』 조선 선조 때 명신 백사 이항복(李恒福)의 문집.
8　『오리집』 조선 선조 광해군 때 재상 오리 이원익(李元翼)의 문집.
9　『오봉집』 조선 선조 광해군 때 공신 오봉 이호민(李好閔)의 문집.
10　『오음집』 조선 선조 때 재상 오음 윤두수(尹斗壽)의 문집.
11　『월정집』 조선 선조 광해군 때 문신 월정 윤근수(尹根壽)의 문집.
12　『월사집』 조선 선조 인조 때 문신 월사 이정귀(李廷龜)의 문집.
13　『한음집』 조선 선조 때 재상 한음 이덕형(李德馨)의 문집.
14　『계곡집』 조선 인조 때 문신 계곡 장유(張維)의 문집.
15　『지봉집』 조선 선조 인조 때 문신 지봉 이수광(李睟光)의 문집.
16　『노저집』 조선 선조 때 재상 노저 이양원(李陽元)의 문집.
17　『이충무공전서』 조선 선조 때 무신 충무공 이순신(李舜臣)의 저술.
18　『자암집』 조선 인조 때 문신 이민환(李民寏)의 문집.

── 책을 지을 때는 항상 연대의 선후가 상세해야만 고험(考驗)[19]할 수 있는 것이니 전벌과 조빙 같은 것은 조목마다 꼭 그때의 연대를 기록해넣어야 한다.

---

19 고험  자세히 고찰하고 조사하는 것을 말함.

# 거짓말을 입 밖에 내지 말라

寄兩兒

부형이나 일가친척 중에 더러 잘못이 있으면 어찌 숨길 수 있겠느냐마는 거짓말을 입 밖에 내는 것을 내 평생 본 적이 없다. 우리 집안에서 우리 아버지 삼 형제[1]분과 진천공(鎭川公)[2] 형제분, 해좌공(海左公)[3] 형제분, 직산공(稷山公)[4] 형제분 등이 한때 종중(宗中, 문중)에 명망이 있었는데 단 한 번도 거짓말을 하다 탄로났다는 말을 들은 적이 없다. 나는 지금까지 살아오면서 세상의 많은 사람을 보아왔는데 비록 고관대작들이라 할지

---

1 아버지 삼 형제 아버지는 정재원(丁載遠), 숙부는 정재운(丁載運), 계부는 정재진(丁載進).
2 진천공 진천현감을 지낸 다산의 삼종조부(三從祖父, 할아버지의 종숙부의 아들) 되는 정지덕(丁志德).
3 해좌공 조선 후기의 문신 정범조(丁範祖, 1723~1801). '해좌'는 그의 호. 예문관 제학을 지냈다.
4 직산공 직산현감을 지낸 정시한(丁時翰)의 현손(玄孫) 정술조(丁述祖)와 그의 형 정헌조(丁憲祖)를 지칭.

라도 그가 한 말을 공평하게 검토해보면 열 마디 중 일곱 마디가 거짓이더구나. 어렸을 때부터 서울거리에서 자라난 너희들은 이런 거짓말하는 습관에 잘못 물든 게 없는지 모르겠다. 이제부터라도 거짓말을 하지 않도록 온 힘을 다 써라.

편지 중에 글자 한 자라도, 평소 주고받는 말 중에 한 마디라도 반드시 살펴서 털끝만큼도 사실에 어긋나지 않게 한다면 위로 조상들의 모범을 본받는 길이 될 것이다. 그분들을 본받으면 비루하고 어긋나는 말이나 얍삽한 시정(市井)의 말투를 닮지 않게 될 것이니, 이는 우리 집안사람이면 시골에 사는 사람도 다 그러했고 심지어 어린애들까지도 그렇게 해왔다. 소천(苕川)[5]·용인(龍仁)·법천(法泉)[6]의 일가들도 마찬가지였다. 멀리 황해도나 영남 지방 일가들까지 다 그렇게 해왔는데 유독 서울 물 먹은 사람들만 더러 나쁜 습성이 들었으니, 너희들은 힘써 고치도록 노력해야 할 것이다. 그러면 머지않아 좋아질 수 있다.

지금 우리 집안은 폐족이 되었고, 여러 일가들도 갈수록 쇠약해지고 있다. 옛날 우러러볼 만한 풍류나 문장들이 근자에 와서 삭막해졌는데, 너희들은 본래 우리 집안이 이렇구나 생각하고 선조들을 따라가려는 노력을 하지 않으려는 것 같다. 그러나 끝을 보면 그 근본을 헤아릴 수 있고, 흐르는 물을 건너다보면 수원지를 찾아낼 수 있다는 말이 있으니, 우리 집안이 참

---

5    소천 소내. 다산이 살던 마을로 지금의 경기도 남양주시 조안면 능내리.
6    법천 강원도 원주 근방의 지명. 정시한의 후손들이 모여 사는 집성촌.

으로 어떤 집안이었나를 알아줄 사람이 있을 것이다. 아무쪼록 너희가 힘을 합쳐 30년 전의 옛 모습을 만회할 수 있다면 너희야말로 참으로 효자이고 어여쁜 자손이라 할 것이다.

세상에서 우리 정씨(丁氏) 가문을 일컬어 야박한 풍속을 가졌다고 하는 것이 하나 있는데, 그것은 이미 시집간 고모 자매의 경우에는 남편 집안에서 인도해 오지 않으면 서로 만나주지 않으며, 내외종 자매인 경우에는 남편 집안에서 인도해 와도 만나주지 않는 것이다. 이는 얼핏 보면 야박한 것 같지만 이런 법도는 지킬 만한 것이니 예부터 전해오던 것을 쉽게 고쳐버리는 것은 온당치 못한 일이다. 그러나 아버지 쪽으로는 10촌[組免] 이내의 부녀자들에게까지 설날에 반드시 세배드리는 것은 후한 풍속이 아니겠느냐?

사람 사는 집에는 화목한 기운이 있도록 힘써야 한다. 일가끼리 자리를 같이한다거나 가끔 친한 손님이 찾아오면 기쁜 마음으로 맞아 대접하고 하룻밤이라도 더 주무시고 가게 하여 마음을 흐뭇하게 해주어야 한다. 만약 단정하게 무릎 꿇고 앉아 천천히 안부만 묻고는 말도 하지 않고 웃지도 않으며 하품이나 하고 기지개를 켜면서 무뚝뚝하게 대하여 손님을 어색하게 만들어 손님이 일어나 가겠다고 하면 만류도 하지 않고 보낼 때도 마루에서 내려오지도 않는다면, 사람들이 상대해주지 않을 것이고 필경 평생의 복을 망쳐버리게 될 것이니 부디 깊이 조심하도록 하거라.

# 같은 페족이라도 무리를 짓지 말라

寄兩兒

안타까운 일이로고! 한가구(韓可久)[1] 어머님은 우리 형제들이 응당 숙모처럼 모신 분으로 옛날 자주 찾아가 뵙곤 했다. 너희들도 그러한 정분을 공손히 닦도록 해야 한다. 더구나 가구(可久)라는 분은 지키기 어려운 의리를 변절하지 않고 지켰으니 더욱 감사해야 할 텐데, 너희는 어찌하여 사내종이 서울 갈 때 권숙인(權淑人)[2]께 공손히 문안을 드려 옛날에 다정하게 지내던 정분을 유지하지 않았느냐? 어쨌든 큰애는 권숙인의 생신날을 알아내어 그 무렵 나는 과일이라도 보내드리고 또 남거(南居)[3] 어르신 제삿날에도 과일을 보내어 제수(祭需)에 보태 쓰시도록 하여라.

---

1   한가구  다산의 아버지 친구 한광부(韓光傳)의 아들.
2   권숙인  한가구의 어머니인 듯하다.
3   남거  한광부의 호.

우리 집 종이 전해준 이야기를 들으니, 어떤 소년이 두 집안의 상주들과 함께 무뢰배들을 모아 계집종의 남편 집에 찾아가 여종에게 먹을 것을 요구하여 다 먹고는 주먹질과 발길질을 했다 하는데, 참으로 놀랄 일이다. 진실로 글공부를 하고 행실을 삼가 착한 본성을 지켜나가지 않으려거든 차라리 잔약하고 용렬하게 오그라들어서 없어져버려야 한다. 지금 떼거리를 지어 마을 거리를 횡행하면서 이따위 못된 짓을 계속하고 있다니 머지않아 도적이 될 것이 뻔한 이치다. 그 징조가 대단히 좋지 않으며 사람의 모골을 송연하게 하는구나. 너희도 그자들과 인척 관계가 있다 하여 멀리 끊어버리지 않는다면 장차 큰 낭패를 당할 것이다. 무릇 폐족들끼리는 서로 동정하는 마음을 품고 있기 마련이어서 서로 관계를 청산하지 못하고 결국은 같이 수렁에 빠져버리는 수가 많은데, 부디 마음에 새겨 의지를 굳게 가져라.

# 제사상은 법도에 맞게 차려야 한다

寄兩兒

여기 『제례고정(祭禮考定)』[1]이라는 책 한 권 보내는데 이것이야말로 내 평생의 뜻이 담긴 책이다.

태뢰(太牢)와 소뢰(少牢)[2]라는 것을 세상 사람들은 오직 소 한 마리, 양 한 마리, 돼지 한 마리와 크고 작은 제기(祭器)의 차례로만 알지, 하늘의 뜻과 땅의 조화는 까마득히 모르고 있다. 옛사람들이 잔치를 베풀고 제사를 지낼 때는 다 등급이 있어 태뢰·소뢰·특생(特牲)·특돈(特豚)·일정(一鼎)·포해(脯醢)[3] 등 여섯 가지 중에 가려서 사용했으며, 채소 하나 과일 하나라도 더하거나 빠뜨릴 수 없었다. 옛 임금들의 법과 제도가 엄격하

---

1  『제례고정』 다산이 1808년 완성한 책. '제례고정'은 '제사의 예절을 고찰하여 정한다'는 뜻이다.

2  태뢰·소뢰 나라에서 제사를 지낼 때 소, 양, 돼지를 바치던 일.

3  특생·특돈·일정·포해 나라에서 제사를 지낼 때 바치던 제물의 종류.

고 세밀했던 점 또한 그와 같았느니라.

태뢰라는 것은 천자(天子)나 제후(諸侯)가 사용하는 물건이다. 그런데 요즈음 순시에 나선 감사(監司)를 대접하는 것을 보면 음식이나 그릇 수가 태뢰의 다섯 배는 될 것이다. 옛말에 음식이 흘러넘치고 주색잡기에 계속 빠져 있으면 불행이 가까워 온다고 했으니, 요즘 벼슬아치들을 두고 한 말일 것이다. 제례(祭禮)에 관한 이 책은 단지 제사에 관한 것만은 아니다. 이것은 서울 사람이나 시골 사람 할 것 없이 사객(使客)⁴을 접대할 때, 혼인할 때, 회갑연을 베풀 때 등 모든 잔치음식을 차릴 때 적용할 수 있도록 만들어놓은 것이니, 이것을 본받아 잘 지켜 분수에 넘지 않도록 한다면 세상의 교화에 도움이 될 것이다.

내가 이 책을 몇 년 전에만 만들었어도 우리 선왕(정조)께 올려 전국에서 고루 시행될 수 있게 했을 텐데, 책을 완성하고 나니 슬퍼 나도 모르게 흐느끼게 되는구나.

---

4  사객 임금의 명령을 받들고 다니는 사신이나 사절.

# 사대부가 살아가는 도리

寄游兒

## 양계를 해도 사대부답게

네 형이 멀리서 와서 기쁘기는 하다만 며칠간 함께 지내면서 이야기를 주고받아보니 옛날에 가르쳐준 경전의 이론을 하나도 제대로 대답하지 못하고 우물우물하니 슬픈 일이로구나. 왜 이렇게 되었겠느냐? 어린 날에 화(禍)를 만나 혈기를 빼앗기고, 정신을 지키지 않고 놓아버렸기 때문일 것이다. 조금만 정신을 차리고 때때로 점검하고 지난날 배운 것을 복습했더라면 어찌 이 지경에 이르렀겠느냐? 한스럽고 한스럽다. 네 형이 이러하니 너야 오죽하겠느냐? 문학(文學)이나 사학(史學)에 꽤 취미가 있던 네 형이 이렇게 된 것을 보면 전혀 손도 대지 못한 너야 알 만하겠구나.

내가 집에 함께 있으면서 너희들을 가르쳤는데도 듣지 않았다면 이런 일은 다른 집안에서도 혹 있을 수 있다. 하지만 지금 나는 멀리 귀양을 와서 풍토병이 심한 남쪽 변방에서 겨우 목숨을 부지한 채 외롭고 불쌍하게 지내며 밤낮으로 너희들에게 희망을 걸고 때때로 뜨거운 마음을 쏟아 편지를 보내고 있는데, 너희들은 이것을 한번 얼핏 읽어보고 고리짝 속에 처넣고는 마음에 두지 않으니 이래서야 되겠느냐?

네가 닭을 기른다고 들었는데 양계(養鷄)는 참으로 좋은 일이긴 하지만 이것에도 품위 있는 것과 비천한 것, 깨끗한 것과 더러운 것의 차이가 있다. 농서(農書)를 잘 읽고 좋은 방법을 골라 시험해보아라. 색깔별로 나누어 길러도 보고, 닭이 앉는 홰를 다르게도 만들어보면서 다른 집 닭보다 더 살찌고 알을 잘 낳을 수 있도록 길러야 한다. 또 때로는 닭의 정경(情景)을 시로 지어보면서 짐승들의 실태를 파악해보아야 하느니, 이것이야말로 책을 읽는 사람이 하는 양계다. 만약 이(利)만 보고 의(義)는 보지 못하며, 기를 줄만 알지 그 취미는 모르고, 애쓰고 억지쓰면서 이웃의 채소 가꾸는 사람들과 아침저녁으로 다투기나 한다면 이것은 서너 집 모여 사는 시골의 못난 사람들이나 하는 양계다. 너는 어떤 식으로 하고 있는지 모르겠구나. 이미 닭을 기르고 있으니 아무쪼록 앞으로 많은 책 중에서 닭 기르는 법에 관한 이론을 뽑아낸 뒤 차례로 정리하여 『계경(鷄經)』 같은 책을 만든다면, 육우(陸羽)[1]의 『다경(茶經)』, 혜풍(惠風) 유득공(柳得恭)의 『연경(煙經)』과 같은 좋은 책이 될 것이다. 세속적인 일을 하면서도 맑은 운치[淸致]를 띠려면 언제나 이런 식으로 하면 된다.


## 독서는 어떻게 할 것인가


네가 열 살 전에는 몸이 연약해서 자주 잔병을 앓더니만 요즈음 들으니 힘줄과 뼈마디가 굳세고 씩씩하며, 정신력도 있어서 거칠고 고달픈 일도 견딜 만하다니 가장 반가운 일이구나. 무릇 남자가 독서하고 행실을 닦으며 집안일을 보살필 때는 응당 거기에 전념할 수 있어야 하는데 정신력이 없으면 아무 일도 되지 않는다. 정신력이 있어야만 근면하고 민첩할 수 있고, 지혜도 생기며, 업적도 세울 수 있다. 진정으로 마음을 견고하게 세워 똑바로 앞을 향해 나아간다면 태산이라도 옮길 수 있다.

나는 몇 년 전부터 독서에 대하여 깨달은 바가 큰데, 마구잡이로 그냥 읽어내리기만 한다면 하루에 백번 천번을 읽어도 읽지 않는 것과 다를 바가 없다. 무릇 독서하는 도중에 의미를 모르는 글자를 만나면 그때마다 널리 고찰하고 세밀하게 연구해서 그 근원을 터득하여 글 전체를 이해할 수 있어야 한다. 날마다 이런 식으로 책을 읽는다면 수백 가지의 책을 함께 보는 것

---

1 육우 중국 당나라 때 문인. 차에 관한 정보를 집대성한 『다경』을 지어 '다성(茶聖)' '다신(茶神)'이라는 칭호를 얻었다.

과 같다. 이렇게 읽어야 책의 의미를 훤히 꿰뚫어 알 수 있게 되는 것이니 이 점 깊이 명심하거라.

예컨대 「자객전(刺客傳)」[2]을 읽을 때 기조취도(旣祖就道)[3]라는 구절을 만나 "조(祖)[4]라는 것은 무슨 뜻입니까?"라고 물으면, 선생은 "이별할 때 지내는 제사다"라고 대답할 것이다. "그렇다면 그러한 제사에다 꼭 '조'라는 글자를 쓰는 뜻은 무엇입니까?"라고 다시 묻고 선생이 "잘 모르겠다"라고 대답하면, 집에 돌아와 자서(字書)를 꺼내 '조'자의 본뜻을 찾아보고 또한 자서에 있는 것을 근거로 하여 다른 책까지 들추어 그 글자를 어떻게 해석했는지 고찰해서 그 근본 뜻뿐만 아니라 지엽적인 뜻도 캐도록 하여라. 또한 『통전(通典)』[5]이나 『통지(通志)』[6] 『통고(通考)』[7] 등의 책에서 조제(祖祭)[8]의 예를 모아 책을 만들면 오래도록 남을 책이 될 것이다. 이렇게 하면 전에는 한 가지도

---

2 「자객전」 사마천(司馬遷)이 지은 『사기』의 편명으로 「자객열전」을 말한다.

3 기조취도 먼 길을 떠날 때 아무 탈 없도록 길의 신(道神)에게 제사를 지내고 떠나는 것을 말한다.

4 조 옛날 황제(黃帝)의 아들 누조(累祖)가 여행을 좋아하다가 길에서 죽었기 때문에 '조(祖)'라는 글자는 길에다 제사 지낸다는 뜻으로 쓰인다.

5 『통전』 중국 당나라 때 두우(杜佑)가 편찬한 책으로 상고시대부터 당 현종(玄宗)까지의 제도의 변천 과정을 살펴본 책이다.

6 『통지』 중국 남송시대 학자 정초(鄭樵)가 지은 책으로, 중국 상고로부터 수나라 때까지의 기전체(紀傳體) 통사이다.

7 『통고』 중국 원나라 때 마단림(馬端臨)이 고대부터 송나라 때까지의 여러 제도에 관한 것을 모은 책으로 원래 이름은 『문헌통고』이다.

8 조제 상례에서 발인하기 전에 영결을 고하는 제사의 한 가지.

모르고 지냈던 네가 이때부터는 그 내력까지 완전히 알게 될 것이고, 비록 이름난 유학자〔鴻儒〕라도 조제에 대해서는 너와 경쟁하지 못할 것이 아니겠느냐? 이러한데 우리가 어찌 주자의 격물(格物)공부를 크게 즐기지 않겠느냐? 오늘 한 가지 물건에 대하여 이치를 캐고 내일 또 한 가지 물건에 대하여 이치를 캐는 사람들도 이렇게 착수하는 것이다. 격(格)이라는 것은 맨 밑까지 완전히 다 알아낸다는 뜻이니 밑바닥까지 알아내지 못한다면 아무런 의미가 없다.

『고려사』는 빨리 보내주지 않으면 안 되겠다. 거기에서 가려 뽑는 방법은 네 형에게 상세히 가르쳐주었으니 형에게 자세하게 배워라. 아무튼 이번 여름 동안에 너희 형제가 정신을 집중하고 힘을 기울여 『고려사』에서 가려 뽑는 일을 끝마치기 바란다.

초서(鈔書)[9]하는 방법은 반드시 먼저 자기 뜻을 정해서 만들려는 책의 규모와 항목을 세운 뒤에 남의 책에서 간추려내야 일관된 묘미가 있게 된다. 만약 그 규모와 항목 외에도 꼭 뽑아야 할 곳이 있으면 별도로 책을 만들어놓고 좋은 것이 있을 때마다 기록해넣어야만 힘을 얻을 곳이 있게 된다. 물고기를 잡으려고 그물을 쳐놓았는데 기러기란 놈이 걸렸다고 해서 어찌 버리겠느냐?

---

9  초서  책에서 중요한 내용을 뽑아 옮겨 씀.

## 술 마시는 법도

네 형이 왔을 때 시험 삼아 술 한잔을 마시게 했더니 취하지 않더구나. 그래서 동생인 너의 주량은 얼마나 되느냐고 물었더니 너는 네 형보다 배(倍)도 넘는다 하더구나. 어찌 글공부에는 이 아비의 버릇을 이을 줄 모르고 주량만 아비를 훨씬 넘어서는 거냐? 이거야말로 좋지 못한 소식이구나. 네 외할아버지 절도사공(節度使公)[10]은 술 일곱 잔을 거뜬히 마셔도 취하지 않으셨지만 평생 동안 술을 입에 가까이하지 않으셨다. 벼슬을 그만두신 후 늘그막에 세월을 보내실 때에야 비로소 수십 방울 정도 들어갈 조그만 술잔을 하나 만들어놓고 입술만 적시곤 하셨다.

나는 아직까지 술을 많이 마신 적이 없고 내 주량을 알지도 못한다. 벼슬하기 전에 중희당(重熙堂)[11]에서 세 번 일등을 했던 덕택으로 소주를 옥필통(玉筆筒)에 가득 따라서 하사하시기에 사양하지 못하고 다 마시면서 혼잣말로 "나는 오늘 죽었구나"라고 했는데 그렇게 심하게 취하지 않았다. 또 춘당대(春塘臺)[12]에서 임금을 모시고 공부하던 중 맛난 술을 큰 사발로 하

---

**10** 절도사공 다산의 장인 홍화보(洪和輔, 1726~91)로 함경북도 절도사를 지냈다.

**11** 중희당 세자가 거처하던 곳인 동궁을 말한다.

나씩 하사받았는데, 그때 여러 학사(學士)들이 곤드레만드레가 되어 정신을 잃고 혹 남쪽을 향해 절을 하고 더러는 자리에 누워 뒹굴고 하였지만, 나는 내가 읽을 책을 다 읽어 내 차례를 마칠 때까지 조금도 착오 없게 하였다. 다만 퇴근하였을 때 조금 취기가 있었을 뿐이다. 그랬지만 너희들은 지난날 내가 술을 마실 때 반 잔 이상 마시는 걸 본 적이 있느냐?

참으로 술맛이란 입술을 적시는 데 있다. 소 물 마시듯 마시는 사람들은 입술이나 혀에는 적시지도 않고 곧장 목구멍에다 탁 털어넣는데 그들이 무슨 맛을 알겠느냐? 술을 마시는 정취는 살짝 취하는 데 있는 것이지, 얼굴빛이 홍당무처럼 붉어지고 구토를 해대고 잠에 곯아떨어져버린다면 무슨 술 마시는 정취가 있겠느냐? 요컨대 술 마시기 좋아하는 사람들은 병에 걸리기만 하면 폭사(暴死)하기 쉽다. 주독(酒毒)이 오장육부에 배어들어가 하루아침에 썩어 물크러지면 온몸이 무너지고 만다. 이것이야말로 크게 두려워할 만한 일이다.

나라를 망하게 하고 가정을 파탄시키는 흉패한 행동은 모두 술 때문이었기에 옛날에는 뿔이 달린 술잔을 만들어 조금씩 마시게 하였고, 더러 그러한 술잔을 쓰면서도 절주(節酒)할 수 없었기 때문에 공자께서는 "뿔 달린 술잔이 뿔 달린 술잔 구실을 못하면 뿔 달린 술잔이라 하겠는가!"라고 탄식하였다. 너처럼

---

12 춘당대 창경궁 안에 있는 대(臺, 높고 평평한 건축물).

배우지 못하고 식견이 없는 폐족 집안의 사람이 못된 술주정뱅이라는 이름까지 붙게 된다면 앞으로 어떤 품(品)을 가진 사람이 되겠느냐? 조심하여 절대로 입에 가까이하지 말거라. 제발이 천애(天涯)의 애처로운 아비의 말을 따르도록 해라. 술로 인한 병은 등에서도 나고 뇌에서도 나며 치루(痔漏)[13]가 되기도 하고 황달도 되어 별별 기괴한 병이 발생하니, 한번 병이 나면 백 가지 약도 효험이 없다. 너에게 바라고 바라노니 입에서 딱 끊고 마시지 말도록 해라.

『사기』와 『예기』 읽는 법

네가 지금도 『사기』를 읽고 있다니 그런대로 괜찮은 일이다. 옛날에 고정림(顧亭林)[14]은 『사기』를 읽을 때, 「본기(本紀)」나 「열전(列傳)」편의 경우에는 마치 한 번도 손대지 않은 듯했고, 「연표(年表)」나 「월표(月表)」편의 경우에는 손때가 까맣게 묻었으니 그런 방법이 제대로 역사책 읽는 법이다.

『기년아람(紀年兒覽)』 『대사기(大事記)』[15] 「역대연표(歷代年

---

13  치루 치질의 한 가지. 항문 주위에 작은 구멍이 생겨 고름이나 똥물이 흐르는 병.
14  고정림 중국 청나라 초기의 고증학자 고염무(顧炎武, 1613~1682).
15  『대사기』 중국 송나라 때 여조겸(呂祖謙)이 지은 역사책.

表)」[16] 같은 것은 반드시 그 범례(凡例)를 상세히 읽어보아라. 『국조보감(國朝寶鑑)』에서 뽑아 연표를 만들고 더러는 『대사기』나 「압해가승(押海家乘)」[17]에서 뽑아 연표를 만들어 중국의 연호(年號)와 여러 나라의 임금들이 왕위에 오른 햇수를 자세히 고찰하여 책으로 만들어놓고 비교해보면 우리나라 일이나 선조들의 일에 있어서 그 큰 줄거리를 알 수 있어 시대의 앞뒤를 구별하는 데 도움이 될 것이다.

돌아가신 아버지께서 나에게 보내주신 편지가 아직도 고리짝 속에 남아 있느냐? 없어지진 않았는지 걱정이다. 혹 남아 있다면 그 가운데서 자잘한 일상의 일들은 모두 삭제하고 훈계해주신 이야기와 기억될 만한 말들을 모아 그 시기별로 안배하여 추려서 한 권의 책으로 만들었으면 좋겠다. 내가 이곳에 있어 직접 만들지 못하는 것이 한스럽기만 하구나.

『사기』를 다 읽거든 『예기』를 읽도록 하여라. 『예기』 49편은 한 군데도 버릴 곳이 없다. 특히 그중에서도 「단궁(檀弓)」 「문왕세자(文王世子)」 「예기(禮器)」 「내칙(內則)」 「명당위(明堂位)」 「대전(大傳)」 「학기(學記)」 「악기(樂記)」 「제법(祭法)」 「제의(祭義)」 「애공문(哀公問)」으로부터 「방기(坊記)」 「표기(表記)」 「치의(緇衣)」 「문상(問喪)」 「삼년문(三年問)」 「유행(儒行)」 「관의(冠義)」 이하의 7편은 모두 읽어야 한다. 이것을 모두 읽고는 다시

---

**16** 「역대연표」 『사기』에 나오는 연표.
**17** 압해가승 다산의 본관인 압해정씨 집안의 기록.

「곡례(曲禮)」 등 읽지 않은 데를 취하여 상세히 의리를 연구하고 사물의 이름을 세밀히 분석하여 처음부터 끝까지 다 마친 뒤 다시 시작해서 충분하게 의미를 알아낸다면 『예기』를 유감 없이 읽었다 할 수 있다.

# 둘째 형님을 회상하며

寄二兒

1816년 6월 17일

6월 초엿샛날은 바로 어지신 둘째 형님(손암 정약전)께서 세상을 떠나신 날이다. 슬프도다! 어지신 이께서 이처럼 곤궁하게 세상을 떠나시다니 원통한 그분의 죽음 앞에 나무나 돌멩이도 눈물을 흘릴 일인데 무슨 말을 더 하랴! 외롭기 짝이 없는 이 세상에서 다만 손암 선생만이 나의 지기(知己)였는데 이제는 그분마저 잃고 말았구나. 지금부터는 내가 학문을 연구하여 비록 얻은 것이 있다 하더라도 누구에게 상의를 해보겠느냐. 사람이 자기를 알아주는 지기가 없다면 이미 죽은 목숨보다 못한 것이다. 네 어미가 나를 알아주지 못하고, 자식이 이 아비를 알아주지 못하고, 형제나 집안사람들이 모두 나를 알아주지 못하는데, 나를 알아주던 분이 돌아가셨으니 슬프지 않겠는가? 경서에 관한 240책의 내 저서를 새로 장정하여 책상 위에 보관해놓았는데 이제 그것을 불사르지 않을 수 없겠구나.

율정(栗亭)[1]에서 헤어진 것이 이렇게 영원한 이별이 되고 말았구나. 더욱더 슬프디슬픈 일은 그같은 큰 그릇, 큰 덕망, 심오한 학문과 정밀한 지식을 두루 갖춘 어른을 너희들이 알아모시지 않았고 너무 이상만 높은 분, 낡은 사상가로만 여겨 한 가닥 흠모의 뜻을 보이지 않은 것이다. 아들이나 조카들이 이 모양인데 남들이야 말해 무엇하랴. 이것이 가장 슬픈 일이지 다른 것은 애통할 것이 없다.

요즘 세상에 고을 사또가 서울로 영전했다가 다시 그 고을로 돌아오면 고을 백성들이 길을 막으며 거부한다는 소리는 들었어도, 귀양살이하는 사람이 다른 섬으로 옮겨가려는데 본디 있던 곳의 사람들이 길을 막으며 더 있어달라고 했다는 말은 우리 형님 말고는 들은 적이 없다.

집안에 형님같이 큰 덕망을 갖춘 분이 계셨으나 자식이나 조카들이 알아주질 않았으니 참으로 원통한 일이로다. 돌아가신 선왕(정조)께서 신하들의 인품을 일일이 파악하고 우리 형제에 대해 말씀하시기를 "아무개는 형이 아우보다 낫다"라고 하셨다. 슬프도다. 우리 임금님만은 형님을 알아주셨느니라.

---

1 율정 전남 나주시 북쪽에 있는 주막거리. 강진으로 유배 가던 다산과 흑산도로 유배 가던 형 정약전이 이곳에서 생시에 마지막으로 이별했다. 율정은 현재 동신대학교에서 삼도면으로 가는 도중의 '밤남정'이라는 마을이다. 행정구역으로는 나주시 대호동 지역.

다산과 그의 둘째 형 정약전은 1801년 신유옥사가 일어나자 처음에는 경상도 장기와 완도군 신지도에서 각각 귀양살이를 하다가 다시 서울에 잡혀 올라와서 조사를 받고 그해 11월 귀양지를 옮기게 된다. 두 형제는 함께 서울을 출발해 전라도 나주에 이르러 율정의 주막집에서 하룻밤을 묵고 다산은 강진으로, 약전은 흑산도로 이배된다. 율정은 형제가 생시에 마지막 이별을 고한 곳이다.

이 편지는 1816년 흑산도 우이보(牛耳堡)에서 귀양 살던 약전 형님의 부음을 듣고 자기 집에 애통한 마음을 전한 것이다. 다산은 형제들 중에서 둘째 형 약전과 평소에 가장 가깝게 지냈고 그를 지기(知己)로 여기면서 덕망 있는 큰 학자로서 존중해왔다. 약전은 흑산도에 들어가 살면서 섬사람들의 인심을 얻고 『현산어보』를 지었다.

다산은 시 「율정의 이별(栗亭別)」에서 형과 작별하는 애달픈 심정을 비통하게 노래했고, 정약전의 일대기인 「선중씨묘지명(先仲氏墓誌銘)」에서 그의 인품과 학문 등에 대해 자상히 기술했다. 이 편지를 이해하는 데 좋은 참고가 된다. 이들 시와 산문은 각각 송재소 편역 『다산시선』(창비)과 박석무 편역 『다산산문선』(창비)에 번역되어 있다.

# 일본과 중국의 학문 경향

示二兒

일본에서는 요즈음 이름난 유학자가 배출되고 있다는데, 물부 쌍백(物部雙柏)[1]이 바로 그런 사람으로 호를 조래(徂徠)라 하고 해동부자(海東夫子)라 일컬으며 제자들을 많이 거느리고 있다. 지난번 수신사(修信使)가 오는 편에 소본염(篠本廉)[2]이라는 학 자의 글 세 편을 얻어왔는데 글이 모두 정예(精銳)하더구나. 대 개 일본이라는 나라는 원래 백제에서 책을 얻어다 보았는데 처 음에는 매우 몽매하였다. 그후 중국의 절강 지방과 직접 교역 을 트면서 좋은 책을 모조리 구입해갔다더라. 책도 책이려니와 과거를 통해 관리를 뽑는 그런 잘못된 제도가 없어 제대로 학

---

1   물부쌍백 일본 에도시대의 유학자 오규 소라이(荻生徂徠, 1666~1728).
    물부쌍백(物部雙柏)은 물부쌍송(物部雙松)의 오기로 보임.
2   소본염 일본 에도시대의 유학자 사사모토 지쿠도(篠本竹堂, 1743~1809).
    저서『북사이문(北槎異聞)』이 있고, 퇴계 이황의 학문을 연구한 학자이다.

문을 할 수 있었기 때문에 지금 와서는 그 학문이 우리나라를 능가하게 되었으니 부끄럽기 짝이 없는 일이다.

옹담계(翁覃溪)[3]의 경설(經說)을 대략 한두 가지 읽어보았더니 어두운 곳을 잘 밝혀놓았더구나. 그의 제자 중에 섭동경(葉東卿)[4]이란 사람 역시 고증학을 주로 하였지만 태극도(太極圖)·역구도(易九圖)·황극경세서(皇極經世書)·오행설(五行說) 등도 명백히 분석하였다. 아마도 그 박식함은 모서하(毛西河)[5]보다 뒤지지 않으며 정밀하게 연구한 점은 모서하보다 뛰어나다고 할 수 있을 것이다.

---

**3**  옹담계 중국 청나라 때 고증학자 옹방강(翁方綱, 1733~1818)의 호. 다산이나 추사 김정희와 서간 왕래가 있었다.

**4**  섭동경 중국 청나라 때 학자로 다산과 교유가 있었다.

**5**  모서하 중국 청나라 초기의 학자 모기령(毛奇齡, 1623~1713). '서하'는 그의 호.

# 시의 근본

## 示二兒

시에 힘쓰는 것이 긴요한 일은 아니나 성정(性情)을 도야하려면 시를 읊는 것도 상당히 도움이 된다. 그러나 요즈음 경향을 보면 예스러우면서 굳세고, 기이하면서 우뚝하고, 웅장하면서 막힘이 없고, 한가하면서 심원하고, 맑으면서 환하고, 거리낌없이 자유로운 기상에는 전혀 마음을 기울이지 않고, 단지 가늘고 미미하고 자질구레하고 경박하고 촉급한 언어에만 힘쓰고 있으니 개탄할 일이다. 단지 율시(律詩)[1]만 짓는 것은 우리나라 사람들의 비루한 습관으로 실제 5자나 7자로 된 고시(古詩)는 한 수도 볼 수 없으니, 그 지취(志趣)가 낮고 엷은 것과 기질이 짧고 껄끄러운 것은 반드시 바로잡지 않으면 안 될 것이다.

내가 요즈음 다시 생각해보아도 자기 뜻을 사실적으로 표현

---

1 　율시　한시(漢詩)의 한 종류로 8구로 되어 있다. 5자씩 되어 있는 것은 5언 율시, 7자로 되어 있는 것은 7언 율시.

하거나 회포를 읊어내는 데는 4자로 된 시만큼 좋은 것이 없다고 본다.

후대의 시인들은 남을 모방하는 것을 혐오하여 마침내 4자로 시 짓는 일을 그만두게 되었다. 하지만 요즈음 나의 처지는 4자시 짓기에 아주 좋구나. 너희들도 풍아(風雅)[2]의 근본 뜻을 깊이 연구하고 그후에 도연명(陶淵明)[3]이나 사영운(謝靈運)[4]의 뛰어난 점을 본받아 4자로 된 시를 짓도록 하여라.

무릇 시의 근본은 부자·군신·부부 사이의 떳떳한 도리를 밝히는 데 있으니, 더러는 그 즐거운 뜻을 펴기도 하고, 더러는 그 원망하고 사모하는 마음을 드러내기도 한다. 그다음으로는 세상을 걱정하고 백성들을 긍휼히 여겨 항상 힘없는 사람을 구원해주고 재산 없는 사람을 구제해주고 싶어 마음이 흔들리고 가슴이 아파서 차마 그냥 두지 못하는 그런 간절한 뜻을 가져야 바야흐로 시가 되는 것이다. 만약 자기 자신의 이해에만 연연한다면 그 시는 시라고 할 수 없을 것이다.

---

2  풍아 『시경』에 실린 '풍'과 '아'의 시로, 곧 『시경』의 시를 말함.
3  도연명 중국 동진(東晉) 때 시인 도잠(陶潛, 365~427). '연명'은 자이고, 호는 오류선생(五柳先生). 「귀거래사(歸去來辭)」가 유명하다.
4  사영운 중국 남송 때 시인(385~433). 산수시(山水詩)의 길을 열었다.

# 인의예지는 실천에서 발현된다

示兩兒

## 오륜도 다 무너져버렸구나

사람들은 항상 오륜(五倫) 오륜 해쌓지만 붕당의 화(禍)가 그치지 않고 정치인을 반역죄로 몰아넣는 옥사(獄事)가 자주 일어나고 있으니 이는 군신(君臣)의 의리가 무너진 것이다. 또 아버지의 대를 잇는 입후(立後, 양자를 들이는 것)의 의리가 밝혀져 있지 않아 지손(支孫)[1]이나 서자(庶子)가 제멋대로 하고 있으니 이는 부자유친(父子有親)이 없어진 것이며, 기생을 금지하지 않아 고을 수령들이 모두 기생에게 빠져 있으니 이는 부부유별 (夫婦有別)이 문란해진 것이다. 노인들을 보살펴 봉양하지 않고 새파란 귀족 자제들이 교만을 피우고 있으니 이는 장유유서(長

---

1    지손 지파(支派, 맏이가 아닌 자손에서 갈라져 나간 파)의 자손.

幼有序)가 파괴된 것이며, 과거만을 위주로 하고 도의(道義)를 가르치지 않으니 이는 붕우유신(朋友有信)도 어긋나버린 것이다. 성인은 이 다섯 가지의 잘못을 반드시 바꾸어야 한다.


## 『주역』에 대하여


『주역』에서 말하기를 "태극(太極)은 양의(兩儀)를 낳고, 양의는 사상(四象)을 낳고, 사상은 팔괘(八卦)를 낳는다"고 했는데, 요새 점쟁이들은 노음(老陰)과 소음(少陰), 노양(老陽)과 소양(少陽)을 사상이라 하고 있다. 그러나 노(老)나 소(少) 같은 말은 경전에서는 찾아볼 수 없다(점쟁이들의 말대로라면 음양이 음양을 낳는 것이지 양의가 사상을 낳는 것은 아니라는 것과 같다―지은이). 우번(虞翻)[2]이라는 사람은 사시(四時)를 사상이라 하였지만 사시는 팔괘를 낳을 수 없는 것이니 그럴 수가 없다. 사상의 상(象)이란 천(天)·지(地)·수(水)·화(火)를 형상(形象)한다는 뜻이다. 천·지·수·화는 제 스스로 형상을 이루고 있는 것이지, 다른 물질과 섞여 있는 것이 아니다. 그러므로 천이 화에 의탁하여 바람〔風〕이 되고, 화는 천에서 갈라져 우레〔雷〕가 되고, 수가 지를 깎아서 산(山)이 되고(산이란 저절로 된 것이 아니라 땅이 깎여서 된다―지

---

**2**   우번 중국 삼국시대 오나라 사람.『주역』에 밝았으며, 저서『역주(易注)』가 있다.

은이), 지가 수를 가두어 못〔澤〕이 된 것이니 이 네 가지가 여덟 가지를 낳는다는 뜻이다(천이란 하나의 큰 기운이다―지은이).

양의란 천과 지다. 천과 화가 합하여 천이란 이름이 있게 되었고, 지와 수가 합하여 지란 이름이 있게 되었으니, 혜성이 나타나는 것은 화의 증험이며 습한 것이 건조한 것과 구분되는 것은 물이 차 있다는 증거다(바다와 육지의 높이가 같으면 땅이 차지하는 부분이 적다―지은이). 태극이라는 것은 선천(先天)의 최초 형태다. 태극이 분리되어 천·지가 되고, 천·지가 퍼져나가 천·지·수·화가 되고, 천과 화가 서로 작용해 풍(風)과 뇌(雷)가 되고, 지와 수가 주고받아 산(山)과 택(澤, 못)이 되기 때문에 사상이 팔괘를 낳는다는 것이다.

효·제·자

오전(五典)과 오교(五敎, 아버지는 의롭고 어머니는 사랑하고 형은 우애하고 아우는 공손하고 자식은 효도함―지은이)를 요약하면 효도〔孝〕와 공경〔弟〕과 사랑〔慈〕이다. 군신·부부·장유·붕우는 오전·오교에는 들어 있지 않은데, 그렇다고 해서 등한시한다는 뜻은 아니다.

효도를 하게 되면 반드시 충성스럽게 되고, 공경을 하면 반드시 공손하게 되며, 힘쓰지 않아도 부부는 화합하게 되고, 친구들 사이에 신의를 지킬 수 있게 되기 때문이다.

공자의 제자인 유자(有子)가 『논어』에서 사랑을 빼고 효도·공경만을 이야기한 것은 사랑은 새나 짐승도 행할 수 있기 때문일 것이다. 또 공자의 제자인 증자(曾子)가 간추려서 『효경(孝經)』이라는 책을 만든 것은 효도만 하고 공경은 하지 말라는 것이 아니라 효도 하나만 제대로 하게 되면 모든 착한 일은 저절로 행해진다는 뜻에서다.

부부유별이란 각자가 그 짝을 배필로 삼고 서로 남의 배필을 침범하지 않는다는 것이다. 그러므로 '부부가 분별이 있는 후에야 부자(父子)가 친애하게 된다'고 한 것이니, 창부(娼婦, 창녀)와 가까이해서 얻은 아들은 그 아비를 알지 못하는 것이 바로 그러한 연유다. 부부 사이에 서로 분별은 없고 손님 대하듯이 공경하기만 한다면 부자 사이의 친애함에 무슨 도움이 되겠느냐(경전 가운데 부부유별의 증거가 셀 수 없이 많으니 그것을 모아보도록 하여라—지은이).

천시(天時)가 있고 인시(人時)가 있기 때문에 자(子)·축(丑)·인(寅)의 정월(正月)이 있는 것인데, 다만 축이 정월이 되는 것을 잘 모르겠다. 그러나 또 『시경』 「빈풍(豳風) 7월」의 서문에 '주공(周公)이 지은 것'이라 했는데(성왕成王 때 지음—지은이), 4·5월부터 10월까지는 하나라 달력을 기준으로 한 것이다. 또 거기서 말한 일지일(一之日), 이지일(二之日)이라는 것은 해가 궤도를 한 바퀴 돌아 다시 동지(冬至)에서 시작되기 때문에 자월(子月)을 일지일이라고 하는 것이다. 일(日)을 따라 궤도를 돌기 때문에 일(日)이라 하는 것이지, 월(月)과 혼동하여 일(日)이라 하는 것이 아니다.

『서경』의 「소고(召誥)」에 보이는 낙읍(洛邑)을 경영한 역사(役事)도 바로 중춘(仲春, 봄이 한창인 때)이었다. 만약 중춘이 축월(丑月, 음력 섣달)이라 한다면 날씨가 춥고 얼어붙어 토목공사를 시작하기가 어려웠을 것이다. 『시경』의 「소아(小雅)」나 「대아(大雅)」에 실려 있는 모든 시들이 모두 하나라 달력과 들어맞으니, 자월을 정월로 삼는 것은 주나라 말엽에 이루어진 것이리라.

인의예지(仁義禮智)라는 것은 행동과 일로써 이를 실천한 후에야 비로소 그 본뜻을 찾을 수 있으며, 가엾고 불쌍히 여기거나〔惻隱〕 옳지 못함을 부끄러워하고 착하지 못함을 미워하는〔羞惡〕 마음도 안으로부터 나오는 것이다. 이(理)를 말하는 사람[3]이 인의예지를 각각 낱개로 떼어놓고 이것들이 마음속에 감

---

3  이(理)를 말하는 사람 주자를 가리킨다. 주자는 『사서집주(四書集註)』에서 인·의·예·지를 모두 '이(理)'로 해석하여 이른바 주자학 즉 성리학을 수립하였고 이후 성리학은 동양 중세의 모든 학술의 근본적 주조(主潮)가 되었다. 다산은 주자의 해석을 비판하고 인·의·예·지란 실천에서 온다고 보았다. 다산의 이 경학사상은 전통적인 유학사상에서 벗어나 실학사상의 요체를 이루는 것이다. 그런데 '지은이 주'에서 밝힌 것처럼 명례방, 곧 오늘의 명동 근방에서 권철신·권일신 등 성호 이익의 제자들이 강의를 하였을 때 다산은 형 약전·약종 등과 함께 들었다. 후일 이들은 모두 서학(西學, 천주교)에 감염된 사람이라 하여 신유년(1801) 탄압 때 권씨 형제와 형 약종은 죽고 다산과 약전은 귀양을 가게 된다.

추어져 있다고 하는데 이건 틀린 것이다. 마음속에 있는 것은 다만 측은(惻隱)이나 수오(羞惡)의 근본일 뿐이니 이것을 인의예지라고 불러서는 안 된다(옛날 명례방明禮坊에서 강의를 받을 때 이 설說을 들었는데 주자 이전의 해석이다—지은이).

퇴계는 오로지 심성(心性)을 주체로 삼았기 때문에 이발(理發)과 기발(氣發)을 주장했고(도심道心이란 이발이고 인심人心은 기발이며 사단四端과 칠정七情 또한 그러하다—지은이), 율곡은 도(道)와 기(器)[4]를 통론했기 때문에 기발은 있어도 이발은 없다 하였다. 두 현인이 주장한 바가 각각 다르니 말이 같지 않아도 아무런 해가 되지 않는다. 그런데도 동인(東人)의 선배들이 기(氣)를 성(性)으로 인식했다고 그분(율곡)을 배척하는 것은 지나친 일이다.

---

4   도와 기 『주역』에서는 "형이상자(形而上者)를 도(道)라 하고, 형이하자(形而下者)를 기(氣)라 한다"라고 하여 이성(理性)은 '도'로, 형질(形質)은 '기'로 본다.

# 폐족은 백배 더 노력해야 한다

答二兒

우리는 폐족이니 더욱 노력하라

너희들의 편지를 받으니 마음이 놓인다. 둘째의 글씨체가 조금 좋아졌고 문리도 향상되었는데, 나이가 들어가는 덕인지 아니면 열심히 공부하고 있는 덕인지 모르겠구나. 부디 자포자기하지 말고 마음을 단단히 먹고서 부지런히 책을 읽는 데 힘쓰거라. 그리고 책의 중요한 내용을 뽑아 옮겨 적거나 책을 짓는 일도 혹시라도 소홀히 하지 않도록 해라. 폐족이 되어 글도 못하고 예절도 갖추지 못한다면 어찌되겠느냐. 보통 집안 사람들보다 백배 열심히 노력해야만 겨우 사람 축에 낄 수 있지 않겠느냐? 내 귀양살이 고생이 몹시 크긴 하다만 너희들이 독서에 정진하고 몸가짐을 올바르게 하고 있다는 소식만 들리면 근심이 없겠다. 큰애가 4월 열흘께 말을 사서 타고 온다 하였는데, 벌써 이별할 괴로움이 앞서는구나(1802년 2월 초이레 — 지은이).


## 독서의 참뜻

종〔奴〕 석(石)이가 2월 초이렛날 되돌아갔으니 짐작해보건대 오늘쯤에나 집에서 편지를 받아보겠구나. 이달에 들어서면서 더욱 마음의 갈피를 못 잡겠구나. 내가 너희들의 의중을 짐작 해보건대 공부를 그만두려는 것 같은데, 정말로 무식한 백성이나 천한 사람이 되려느냐? 청족(淸族)으로 있을 때는 비록 글을 잘하지 못해도 혼인도 할 수 있고 군역(軍役)도 면할 수 있지만, 폐족으로서 글까지 못한다면 어찌되겠느냐? 글하는 일이 그렇게 중요하지 않다고 할 수 있을지 몰라도 배우지 않고 예절을 모른다면 새나 짐승과 하등 다를 바 있겠느냐? 폐족 가운데서 왕왕 뛰어난 재주를 가진 이가 많은데 이것은 다른 이유가 있는 게 아니라 과거공부에 얽매이지 않기 때문이다. 그러니 과거에 응할 수 없게 됐다고 해서 스스로 꺾이지 말고 경전 읽는 데 온 마음을 기울여 글하는 사람의 자손까지 끊기게 되는 일이 없기를 간절히 바라고 바란다. 지난해 10월 초하룻날 입은 옷을 아직까지 그대로 입고 있어 몹시 견디기 어렵구나(1802년 2월 17일 — 지은이).

## 경전공부에 대하여

나는 예법에 관한 경전(禮書)공부를 귀양살이의 굴욕과 쓰라림 속에서도 하루도 거른 적이 없다. 의리의 정밀하고 오묘함은 마치 파의 껍질을 하나하나 벗기는 것과 같다. 네가 왔을 때 너에게 말해주었던 내용들은 거의가 정밀하지 못한 겉껍질에 지나지 않는다는 생각이 들어 그때 써놓은 것들은 대부분 버릴 작정이다. 해가 다 가기 전에 이론의 실마리를 대략은 파악해놓아야겠다.

곰곰이 생각해보니 중국의 진나라·한나라 이후 수천 년이 지난 지금 수천 리 떨어진 요동만 동쪽에 위치한 조선에서 공자·맹자 시대의 예법을 다시 파악해본다는 것은 중요한 일이라는 생각이 든다. 지금 마음 같아서는 저서가 완성되는 대로 네게 보내서 다시 한 벌 베끼게 하고 싶다만 뜻대로 될지 모르겠구나. 다만 한스러운 것은 내가 깨달은 명언이나 지극한 도리를 이야기할 곳이 없는 것이지만 어쩌겠느냐? 마융(馬融)이나 정현(鄭玄)[1]은 비록 유학자지만 권세가 대단하여 외당(外堂)에서는 제자들과 함께 학문을 논하면서도 내당(內堂)에서는 노래하는 기생을 두고 즐겼을 정도로 번화하고 호사스러운 부귀

---

1 마융·정현 중국 후한(後漢) 때의 훈고학(訓詁學)의 대가이며 경전 주석자로 사제 간이다.

를 누렸다. 그러니 의당 경전연구에는 정밀하지 못했으리라. 그 분들 뒤로 이어지는 공안국(孔安國)[2]이나 가규(賈逵)[3] 등도 유림 가운데서는 이름난 사람들이지만, 마음이나 기상이 정밀하지 못했기 때문에 그 논리 또한 아리송한 곳이 많다.

학자란 곤궁한 후에야 비로소 저술을 할 수 있다는 것을 이제 야 알겠구나. 매우 총명한 선비라도 지극히 곤궁한 지경에 놓여 종일 홀로 지내며 사람이 떠드는 소리라든가 수레가 지나가는 시끄러운 소리가 들리지 않는 고요한 시각에야 경전이나 예법 에 관한 정밀한 의미를 비로소 연구해낼 수 있는 것이다. 세상 에 이렇듯 교묘한 게 있겠느냐? 옛날 경전들을 고찰하고 나서 정현이나 가규의 설을 살펴보니, 거의 대부분이 잘못 해석되었 더구나. 책을 읽는다는 것이 이처럼 어렵다는 것을 알겠다.

남의 저서에서 도움이 될 만한 요점을 추려내어 책을 만들 때에는 우선 자기 자신의 학문에 주견이 뚜렷해야 판단기준이 마음에 세워져 취사선택하는 일이 용이할 것이다. 학문의 요령 에 대해서는 지난번에 대강 이야기했는데 너희들은 벌써 잊어 버린 모양이구나. 그렇지 않고서야 왜 남의 저서에서 요점을 뽑아내어 책을 만드는 방법에 대해 의심나는 것이 있다고 다시

---

2   공안국 중국 한나라 때의 학자로 공자의 11대손. 공자가 살던 집 벽에서 나온 과두(蝌蚪)문자로 쓰인 고문 경서를 금문(今文)으로 번역하여 이로 부터 고문학(古文學)이 시작되었다.
3   가규 중국 후한 때의 유학자.

똑같은 질문을 했느냐? 무릇 책 한 권을 볼 때 오직 나의 학문에 도움이 될 만한 것이 있으면 가려 뽑고, 그렇지 않다면 하나도 눈여겨볼 필요가 없는 것이니 백 권 분량의 책일지라도 열흘 정도의 공을 들이면 되는 것이다.

『고려사』에서 초서(鈔書)하는 공부는 아직도 손을 대지 않았느냐? 젊은 사람이 멀리 보는 생각과 꿰뚫어보는 눈〔長慮達觀〕이 없으니 탄식할 일이로구나. 너희들 편지에 군데군데 의심이 가고 잘 모르는 곳이 있어도 질문할 데가 없어서 한스럽다고 했는데, 과연 그처럼 의심이 나서 견딜 수 없다면 왜 조목조목 적어서 인편에 보내오지 않느냐? 아버지와 아들이면서 스승과 제자가 된다면 더욱 좋은 일이 아니겠느냐?

학문의 가장 중요한 요지는 효제(孝弟)로써 그 근본을 삼고, 예악(禮樂)으로써 아름답게 꾸미고, 정치와 형벌로써 도움을 주고, 병법(兵法)과 농학(農學)으로써 이익을 주어야 한다는 것이다(병법에는 부역이 포함되고 농학에는 재화 등이 포함됨―지은이). 초서하는 요령은, 한 종류의 책을 볼 때마다 거기에 들어 있는 명언이나 선행(善行) 중에서 『소학』에는 없지만 『소학』에 넣어도 될 만한 것이 있다면 골라 쓰는 것이다. 무릇 경전의 설(說) 가운데서 새롭고 근거가 있는 것은 채록하고(『예경』도 마찬가지―지은이), 글자의 근원, 구성원리, 체(體)·음(音)·의(義) 등에 관한 연구나 음운학에 관한 연구는 열 가지 중에 한 가지 정도만 채록해야 한다. 가령 『설령(說鈴)』 가운데 「유구기정(琉球記程)」

같은 것은 병법에 관한 것으로 취급해서 채록하고, 농학이나 의학에 관한 여러 학설은 먼저 집에 있는 책을 들춰보고 새로운 학설이라는 것을 확인한 후에 뽑아 적어야 한다.

# 막내아들이 죽다니

答兩兒

1802년 12월

우리 농아(農兒)가 죽었다니 비참하구나! 비참하구나! 가련한
아이…… 내 몸이 점점 쇠약해가고 있을 때 이런 일까지 닥치
다니, 정말 마음을 크게 먹을 수가 없구나. 너희들 아래로 무려
사내아이 넷과 계집아이 하나를 잃었다. 그중 하나는 낳은 지
열흘 남짓한 때 죽어버려서 그 얼굴조차 기억하지 못하겠고,
나머지 세 아이는 모두 세 살 때여서 품에 안겨 한창 재롱을 피
우다 죽었다. 이 세 놈들은 나와 네 어머니가 함께 있을 때 죽었
기에 딴은 운명이라 여길 수도 있어 이번같이 간장을 후벼파는
슬픔이 북받치지는 않았다.

　내가 이렇듯 먼 바닷가에 있어 못 본 지가 무척 오래인데 죽
다니! 그애의 죽음이 한결 서럽고 슬프구나. 생사고락의 이치
를 조금 깨달았다는 나의 애달픔이 이러할진대 하물며 아이를
품속에서 꺼내어 흙구덩이 속에 집어넣은 네 어머니의 슬픔이

야 어찌 헤아리랴! 그애가 살았을 때 어리광 부리던 말 한마디 한마디, 귀엽던 행동 하나하나가 기특하고 어여쁘게만 생각되어 귓가에 쟁쟁하고 눈앞에 삼삼할 것이다. 더구나 여자들이란 정이 많아 이성에 의지하지 못하기 십상인데 얼마나 애통스럽겠느냐? 나는 여기에 있는데다 너희들은 이미 장성하여 밉살스러웠을 것이니 너희 어머니가 목숨을 의탁하고 있던 것은 오직 그 아이였을 것이다. 더욱이 큰병을 앓고 아주 수척해진 무렵에 이런 일이 이어지니, 하루이틀 사이에 따라 죽지 않은 것만도 크게 기이한 일이구나. 내가 직접 그 일을 당했더라면 아버지라는 것도 잊은 채 다만 어머니들이 그러하듯 슬퍼하고 말았을 것이다. 아무쪼록 너희들은 마음과 뜻을 다 바쳐 어머니를 섬겨 오래 사시도록 하여라.

이다음부터라도 성심껏 타일러 두 며느리로 하여금 아침저녁으로 부엌에 들어가 맛있는 음식을 해드리고, 방이 찬지 따뜻한지 잘 살펴서 한시라도 시어머니 곁을 떠나지 않게 할 것이며, 고운 태도와 부드러운 낯빛으로 매사를 기쁘게 해드려라. 시어머니가 혹시 쓸쓸해하고 불편을 느끼시거든 더욱 정성스러운 마음으로 힘을 다하여 그 사랑을 얻도록 노력해야 한다. 마음에 조금의 틈도 없이 잘 화합하여 오래오래 가면 자연히 믿음이 생겨 안방에서는 화평스러운 기운이 한 움큼 솟아날 것이다. 이렇게 되면 천지가 화답하고 응하여〔和應〕 닭이나 개나 채소나 과일까지도 탈없이 무럭무럭 제명대로 자랄 것이고 일마다 맺히는 게 없어져 나 또한 임금의 은혜라도 입어 풀려서 돌아가게 될 것이다.

강진에 귀양 온 지 얼마 되지 않은 1802년 겨울에 넷째 아들 농장(農牂)이 네 살로 요절했다는 기별을 듣고 두 아들(학연·학유)에게 애통한 심경을 적어 보낸 글이다. 슬픔에 잠긴 다산은 아들의 묘지명[壙志]을 지어 보내 형들에게 무덤에서 읽어주게 하였다. 「농아광지(農兒壙志)」가 그것이다. 이 묘지명은 졸역『다산산문선』에 번역, 수록되어 있다.

# 열수에 대하여

答兩兒

검오장(黔敖章)[1]은 본래가 빠진 글이 없으며 참으로 간략하고 질박(質朴)한 고문(古文)의 모습을 보여주는 것이니 마땅히 배워두어야 할 문체니라.

만약 '검오(黔敖)'와 '아자(餓者, 굶주린 자)' 등의 글자에 집착할 것 같으면 그 당시의 사실적 모습이 싹 없어진다.

『양자방언(揚子方言)』에는 '조선열수지간(朝鮮洌水之間)'이라는 말이 자주 등장하는데 조선은 오늘날의 관서지방을 말하고 열수(洌水)[2]는 우리 집 앞의 강을 말한다(강화도를 열구(洌口)라고 하는 것을 보면 알 수 있다—지은이).

---

1  검오장 『예기』의 「단궁(檀弓) 하」편에 있는 장. 제(齊)나라에 큰 흉년이 들어 굶어 죽는 자가 속출하자 길거리에서 밥을 지어 굶주린 자(餓者)에게 먹였다는 '검오'라는 사람의 이야기를 담고 있다.

2  열수 한강을 말하며 다산의 집이 한강가에 있었다.

중국 사람들은 책을 짓고 저자의 이름을 기록할 때 그 당시 살던 곳을 중시하여 아무 곳에 사는 아무개라고 하지, 관향(貫鄕)[3]을 쓰지 않는다. 수수(秀水) 주이존(朱彝尊)[4]이라 하는 것은 집이 수수에 있기 때문이며, 회계(會稽) 장개빈(張介賓)[5]이라 하면 집이 회계에 있다는 뜻이다. 우리나라에서는 이러한 예를 알지 못하고 월사(月沙) 이정귀(李廷龜)[6]를 연안(延安) 이아무개라고 칭했고 호주(湖洲) 채유후(蔡裕後)[7]를 평강(平康) 채아무개라고 칭했으니 다 잘못된 것이다.

너희들은 이제부터 책을 짓거나 초서를 하는 경우에 열수 정 아무개라고 칭하도록 하여라. 열수라는 두 글자는 천하 어디에 내놓아도 구별하기 충분하고 자기 고향을 알 수 있게 해주니 아주 친절하다.

---

3  관향 본관, 본향. 성(姓)의 출자지(出自地) 또는 어느 한 시대에 정착했던 시조(조상)의 거주지를 말함.
4  주이존 중국 청나라 때 학자(1629~1709). '수수'는 지금의 중국 절강성(浙江省) 가흥(嘉興).
5  장개빈 중국 명말 청초 때 학자(1552~1639). '회계'는 지금의 중국 절강성 소흥(紹興).
6  이정귀 조선 중기의 문신(1564~1635). 본관은 연안(황해도), 호는 월사.
7  채유후 조선 중기의 문신(1599~1660). 본관은 평강(강원도), 호는 호주.

# 가난한 친척을 도와라

答二兒

덕수(德叟)[1]와 아우 철(鐵)[2]이 이곳에 와서 조금도 자리를 뜨지 않고 움직이지도 않으며 공부하고 있으니 기특하고 기쁜 마음 이루 말할 수 없구나. 철이네 집에 급한 일이 생기면 모름지기 때때로 찾아가서 일을 처리해주어라. 큰 추위나 홍수가 있으면 잊지 말고 식량이나 땔감을 대주어라. 이런 때 죽 한 그릇이라도 도와주는 것이 허름한 집 한 채 살 돈을 대주는 것보다 낫다. 요즘 우리 집안이 모두 흩어져버렸으니, 아무쪼록 편안히 살 수 있도록 마음을 다해 보살펴주어라.

---

1 덕수 다산의 서종고조(庶從高祖) 정도길(丁道吉)의 손자가 지로(志老)인 데, 그의 자가 덕수다.
2 철 누구인지 모름.

# 절조를 지키는 일

答淵兒

1816년 5월 3일

보내준 편지 자세히 보았다. 천하에는 두 가지 큰 기준이 있다. 하나는 옳고 그름의 기준이요, 다른 하나는 이롭고 해로움에 관한 기준이다. 이 두 가지 큰 기준에서 네 단계의 큰 등급이 나온다. 첫째는 옳음을 고수하고 이익을 얻는 것이 가장 높은 단계이고, 둘째는 옳음을 고수하고도 해를 입는 경우다. 셋째는 그름을 추종하고도 이익을 얻음이요, 마지막 가장 낮은 단계는 그름을 추종하고 해를 보는 경우다.

너는 내게 필천(筆泉) 홍의호(洪義浩)[1]에게 편지를 해서 항복을 빌고, 또 강준흠(姜浚欽)[2]과 이기경(李基慶)[3]에게 꼬리 치며

---

1  홍의호  조선 후기의 문신(1758~1826). 자는 양중(養仲), 호는 담녕(澹寧). 다산의 육촌처남으로 예조판서를 지냈다. 양자로 가서 육촌이고 혈맥으로는 사촌처남이다.

2  강준흠  조선 후기의 문신(1768~?). 자는 백원(百源), 호는 삼명(三溟). 천주교를 배척하던 공서파로서 채제공·정약용 등과는 반대 입장에 있

동정을 받도록 애걸해보라는 이야기를 했는데, 이것은 앞서 말한 세번째 등급을 택하는 일이다. 그러나 마침내는 네번째 등급으로 떨어지고 말 것이 명약관화한데 무엇 때문에 내가 그 짓을 해야겠느냐.

조 장령(趙掌令)의 상소는 내게 불행한 것이었다. 하루 사이에 나에 대한 상소를 정지시켜버리고 그에 대한 상소를 올렸으니(장령 조장한趙章漢은 갑술년 봄에 이기경이 다산에 관해 상소하는 것을 정지시키고, 이기경이 권유權裕의 죄를 비호하고 있다는 보고서를 올렸다─지은이). 이 일로 그들의 분노를 촉발시키는 일을 어찌 면할 수 있겠느냐? 그리고 이왕 일이 이렇게 되었으니 또한 순순히 받아들일 뿐이지 애걸한다고 무슨 보탬이 되겠느냐.

강준흠이 작년에 나의 일로 올린 상소는 그에게 있어 이미 쏘아버린 화살인지라 지금부터는 죽는 날까지 입을 다물지 않고 나에 대해 계속 욕하게 될 것이다. 이제 내가 애걸한다고 해서 그가 나에 대한 공격을 늦추고 자기 잘못을 후회하는 태도를 취하겠느냐? 이기경 역시 강준흠과 한통속인데, 강준흠을

---

었고, 사간원 정언과 사헌부 지평을 지냈다.
3  이기경 조선 후기의 문신(1756~1819). 자는 휴길(休吉), 호는 척암(瘠菴). 1791년(신해년) 우리나라 최초의 천주교 박해사건인 진산사건(珍山事件) 때 영의정 채제공을 천주교 탄압에 미온적이라 하여 공격하다가 함경도 경원에 유배되었고, 이후 다산 일파를 몰락시키는 역할을 하였다. 1794년 유배형에서 풀려나와 이듬해 지평에 복직되고 후에 병조정랑·정언·이조좌랑을 지냈다.

배반하고 나에게 너그럽게 대할 리가 없다. 그런데 그들에게 애걸한들 무슨 도움이 되겠느냐? 강준흠·이기경이 다시 뜻을 얻어 요직을 차지한다면 반드시 나를 죽이고 말 것이다. 죽이려 한다 해도 어찌할 수 없는 일이니, 오직 순순히 받아들일 수밖에 없다. 하물며 해배(解配, 유배에서 풀어줌)의 관문(關文)[4]을 막는 사소한 일을 가지고 절조를 잃어버려서야 되겠느냐.

비록 내가 절조를 지키는 사람은 아닐지라도 세번째 등급도 될 수 없다는 것을 알고 있으므로, 네번째 등급으로 떨어지는 것만은 면하려는 것이다. 만일 내가 애걸한다면 세 사람이 함께 모여 웃으며 말할 것이다. "저 작자는 참으로 간사한 사람이다. 지금은 애처로운 소리로 우리를 속이지만 다시 올라오게 되면 해치려는 마음으로 언젠가는 우리를 반드시 멸족시킬 것이니, 아아! 두려운지고." 그러면서 겉으로는 풀어주어야 한다고 빈말을 하고 뒷구멍으로는 빗장을 걸어 위기에 처하면 돌멩이라도 던질 것이니, 바야흐로 나는 독수리에게 잡힌 새 꼴이 되어 네번째 등급으로 떨어지게 될 것이 아니겠느냐. 나는 꼭 두각시가 아닌데 너는 무엇 때문에 나를 그들의 장단에 춤추게 하려느냐.

필천 홍의호와는 원래 털끝만큼의 원한도 없는 사이인데 갑

---

4  관문 조선시대 동등한 관서 상호 간이나 상급관서에서 하급관서로 보내는 문서. 당시 의금부에서 관문을 발송하여 다산을 유배에서 풀어주려고 했지만 강준흠이 상소하여 관문 발송을 막았다.

인년(1794) 이후로 까닭없이 내 몸에 허물을 뒤집어씌웠다. 그러다가 을묘년(1795) 봄에 이르러 원태(元台, 홍인호)[5]가 스스로 잘못 시기하였음을 알고서 명확히 설명해주자 지난날의 구설수는 물 흐르듯 구름 걷히듯 죄다 씻겨버렸다. 하지만 신유년(1801) 이래 편지 한 장 왕래가 없었으니 그 사람이 먼저 편지를 보내야 옳겠느냐, 내가 먼저 해야 옳겠느냐? 그 사람은 내게 안부편지 한 장 보내지 않으면서 오히려 나보고 편지가 없다고 허물하니, 이는 자신의 기세를 세워 나를 지렁이처럼 업신여기는 처사가 아니고 무엇이겠느냐? 그런데 너는 누가 먼저 편지를 보내는 것이 옳은가 생각해보지도 않고 고개를 조아리며 그 사람의 말에만 예예 하면서 지나왔으니, 너 또한 부귀영화에 현혹되어 부형을 천시하고 업신여기는 것이다. 그러니 어찌 슬프지 않겠느냐? 그는 나를 모욕해도 좋은 폐족으로 여겨 먼저 편지를 보내지 않는데 내가 이제 머리를 치켜올리고 얼굴을 우러르며 동정을 받으려 애걸하는 편지를 먼저 보내야 한다니 천하에 어찌 이런 일이 있겠느냐?

　내가 귀양이 풀려 돌아가느냐 못 돌아가느냐 하는 일은 참으로 큰일은 큰일이지만, 죽고 사는 일에 비하면 극히 잔다란 일이다. 사람이란 때로 물고기를 버리고 웅장(熊掌, 곰 발바닥)을 취

---

5　원태 다산의 육촌처남 홍인호(洪仁浩, 1753~1799). 홍의호의 형으로, 자가 원서(元瑞)인데 원서대감(元台)이라는 존칭으로 '원태'라고 불렸다.

하는[6] 경우도 있다만 귀양이 풀려 집에 돌아가느냐 못 돌아가느냐 정도의 잗다란 일로 다른 사람에게 잽싸게 꼬리를 흔들며 애걸하고 산다면, 만약 나라에 외침(外侵)이 있어 난리가 터질 때 임금을 배반하고 적군에 투항하지 않을 사람이 몇이나 있겠느냐? 내가 살아서 고향 땅을 밟는 것도 운명이고, 고향 땅을 밟지 못하는 것도 운명일 것이다. 사람이 해야 할 일을 다하지 않고 천명만을 기다리는 것 또한 이치에 합당하지 않지만, 너는 사람이 해야 할 일을 이미 다 했으니 이러고도 내가 끝내 돌아가지 못한다면 이것 또한 운명일 뿐이다. 강씨 그 사람이 어찌 나를 돌아가지 못하게 하겠느냐? 마음을 편히 갖고 염려하지 말고 세월을 기다리는 것이 마땅한 도리이니 다시는 이러쿵저러쿵하지 말거라.

---

6  물고기를 버리고 웅장을 취한다(舍魚而取熊掌) 『맹자(孟子)』「고자(告子) 상」편에 나오는 말로 더 좋은 것을 택한다는 뜻.

이 편지는 큰아들이 보낸 편지에 대한 답장으로, 바른 길이 아니면 걷지 않 겠다는 다산의 꼿꼿한 기개를 보여준다. 1814년(순조 14년) 4월 장령 조장 한이 사헌부에 나아가 상소하여 대계가 정지되었다. 대계가 정지되었다는 것은 죄인 명부에서 이름이 삭제되는 것을 의미한다. 이때 의금부에서 관문 을 발송하여 다산을 석방하려 했지만 강준흠의 상소로 막혀서 발송하지 못 해 유배가 풀리지 않았다. 아버지의 해배를 위하여 갖은 애를 쓰던 학연은 자신의 생각을 적어 아버지에게 편지를 띄웠으나, 다산은 아들에게 답신을 보내 천명을 기다리라고 준열히 타이른 것이다. 불의와 타협하지 않는 다산 의 깐깐한 선비정신이 그대로 드러나 있다.

# 사대부의 기상이란

答二兒

1816년 6월 4일

예로부터 돌아가셨다는 소식을 듣고 달려가는 예절은 부모상을 당했을 때만 행하는 것이 아니다. 그런데 너희 형제 중에 한 사람은 출타했어도 한 사람은 집에 있으면서 상 당했다는 소식을 듣고 달려가 곡했다는 이야기는 전혀 없고, 쓸데없이 이 아비를 꾸짖고 권세가의 명령(號令)을 전하면서 빨리 고개를 숙여 항복하라고 하고 있으니, 너희들은 어째서 이다지 한 점의 양심도 없느냐? 인간을 귀중히 여기는 까닭은 오로지 한 점의 양심이 있기 때문이니 그것이 있어야 군자다운 행실을 할 수 있는 것이다. 저 북지왕(北地王) 심(諶)[1] 같은 자도 나름대로 의리를 가지고 살았는데, 조그마한 이익 때문에 앞뒤 가리지 않고 마구 행동하란 말이냐. 너희들 심중에서 사대부다운 기상은 조

---

1   심 북지왕에 봉해진 유심(劉諶). 유비의 손자로 나라가 망할 때 자결했다.

금도 찾아볼 수 없구나. 매양 화려하고 으리으리한 집이나 호화롭게 차려진 음식을 보고서는 부러워서 군침을 흘리며 마음 가득히 흠모하고, 더구나 이 아비는 다시는 돌봐줄 필요가 없는 사람이라고 판단해서 별별 위협적인 수단을 동원해 차마 해서는 안될 짓을 하게 하려고 하니 이게 도대체 어찌된 일이냐? 남들이 이 아비를 짐승처럼 업신여기고 있는데도 너희들은 부끄러워할 줄 모르고 비굴한 짓을 하라고 보채며, 저들이 비웃으며 쌀쌀맞게 하는 말들을 감히 내게 전한단 말이냐. 저들의 권력이 묵은 불씨를 다시 일으켜 나를 공격하여 추자도나 흑산도로 쫓아보낸다 해도 나는 머리카락 하나 까딱하지 않겠다.

이기경 등이 채제공(蔡濟恭)[2]을 떠받드는 의중을 파악하는 것은 어렵지 않다. 서울과 경상도의 남인 사대부들이 모두 채제공을 부모처럼 사모하고 있기 때문에 쉽게 그런 마음을 불식시킬 수는 없는 노릇이다. 채제공을 공격하는 무리들로서는 끝내 남인들을 통합할 수 없기 때문에 그러한 짓거리를 하는 것이니, 그 뜻을 알기가 어렵지 않을 것이다.

---

2  채제공 조선 영조·정조 때의 문신(1720~1799). 자는 백규(伯規), 호는 번암(樊巖). 남인의 영수. 좌의정으로 있을 때 진산사건(1791)으로 공서파(攻西派)의 배척을 받아 파직되었다가 복직되고, 1793년 영의정에 올라 명재상이라는 이름을 얻었다.

다산의 두 아들이 아버지의 귀양을 풀어보고자 당시 요직에 있던 이기경 등에게 접근하여 그들의 환심을 사려고 비굴하게 행동하는 것을 책망하는 한편, 이기경 등의 농락을 경계하는 글이다. 이기경은 한때 다산과 막역한 사이였으나 우리나라 최초의 천주교 박해사건인 진산사건(1791) 이후 다산 일파를 몰락시키는 역할을 하였다. 사대부의 기상은 양심을 지키는 데 있는데 이것을 굽히라고 하니 다산은 머리털 하나 까딱하지 않겠다는 단호한 의지를 보이고 있다.

어머니의 치마폭에 눌러쓴
아버지의 사랑과 교훈

하피첩(霞帔帖)

| | |
|---|---|
| 몸져누운 아내가 해진 치마 보내면서 | 病妻寄敝裙 |
| 천 리의 먼 곳 애틋한 마음을 담았구려 | 千里託心素 |
| 오랜 세월에 붉은빛 이미 바랬으니 | 歲久紅已褪 |
| 늘그막에 서글픈 생각만 일어나네 | 悵然念衰暮 |
| 재단하여 작은 서첩을 만들어서 | 裁成小書帖 |
| 아들 경계해주는 글귀나 써보았네 | 聊寫戒子句 |
| 바라건대 어버이 마음 제대로 헤아려 | 庶幾念二親 |
| 평생토록 가슴속에 새겨두어라 | 終身鐫肺腑 |

하피첩은 다산이 강진에서 유배생활을 하던 1810년에 만든 서첩이다. 다산의 문집에 '하피첩'이 어떤 것인가를 설명하는 「제하피첩(題霞帔帖)」이라는 글이 있다. "내가 강진에서 귀양살이할 때 몸져누운 아내가 해진 치마 다섯 폭을 보내왔다. 이것은 시집올 적에 입었던 예복인가본데, 붉은색은 다 바래고 노란색도 옅어져 글씨 쓰는 재료로 삼기에 딱 알맞았다. 이것을 잘라서 조그만 서첩을 만들어 손이 가는 대로 훈계해주는 말을 써서 두 아들에게 전해준다. 아이들이 훗날 이 글을 보고 감회가 일어나 어버이의 좋은 은택(恩澤)을 생각한다면 틀림없이 그리워하는 감정이 뭉클하게 일어날 것이다. 이것을 '노을처럼 붉은 치마로 만든 서첩(霞帔帖)'이라고 하였다. '붉은 치마〔紅裙〕'라고 하면 '기생'이라는 뜻도 있어 이름을 은근하게 돌려서 지은 것이다. 순조 10년(1810) 초가을에 다산의 동암(東菴)에서 쓰다."

그런데 두 아들에게 보냈다는 '하피첩'은 찾아볼 길이 없다가 2006년 3월 28일자 『중앙일보』에서 세 첩의 하피첩이 발견되었다는 보도를 접했다. 실로 200년이 다 되어서 다산의 친필 가계(家誡)가 세상에 나타난 것이다. 내용은 이미 번역된 아들에게 보낸 가계의 글과 일치하니 따로 번역할 필요가 없으나 '하피첩'이라는 제목의 시가 새로 발견되었기에 친필 원문은 사진으로 싣고(맨 앞 화보 참조) 번역문을 새로 싣는다.

「제하피첩」에는 '다섯 폭'의 해진 치마라고 했는데, 딸에게 주는 그림에서는 '여섯 폭'이라 했으니 어느 것이 옳은가는 지금으로서는 알 수가 없다. 다른 자료가 나오기를 기다릴 뿐이다. 네 폭을 써주었다고 했는데 세 폭만 발견된 것도 알 수 없는 일이다.

딸에게 보낸 '매조도(梅鳥圖)'

| | |
|---|---|
| 사뿐사뿐 새가 날아와 | 翩翩飛鳥 |
| 우리 뜨락 매화나무 가지에 앉아 쉬네 | 息我庭梅 |
| 매화꽃 향내 짙게 풍기자 | 有烈其芳 |
| 꽃향기 그리워 날아왔네 | 惠然其來 |
| 이제부터 여기에 머물러 지내며 | 爰止爰棲 |
| 가정 이루고 즐겁게 살거라 | 樂爾家室 |
| 꽃도 이제 활짝 피었으니 | 華之旣榮 |
| 열매도 주렁주렁 맺으리 | 有蕡其實 |

다산은 1813년 강진의 유배지에서 그림을 그려 시집가는 외동딸에게 선물로 보냈다. 남은 치마폭에 그림을 그리고 화제(畫題)를 달고 설명서까지 쓴 '매조도(梅鳥圖)'라는 것이다. 이것은 오래전부터 고려대학교 박물관에서 소장하고 있었다. 이 그림도 유배지에서 자식에게 보낸 편지와 같은 성격을 띠고 있어서 새로 번역하여 사진과 함께 싣는다(맨 앞 화보 참조). 그림·글씨·시 모두 품격이 높고, 아들딸을 사랑하는 아버지의 정도 듬뿍 담겨 있다.

딸아이는 다산의 외동딸이었다. 다산은 본디 아들 여섯과 딸 셋, 도합 아홉 남매를 낳았으나 대부분 어려서 잃고 아들 둘(학연·학유)과 딸 하나만 성장하여 장가가고 시집가서 후손을 남겼다. 이 시는 이른바 '매조도'라고 알려진 그림에 화제로 지은 글이다. 귀양 살던 아버지가 시집가는 딸에게 특별히 선물할 물건도 없던 때여서 이 「매조도」를 그리고 좋은 화제를 지어 딸아이에게 선물로 주었다. 그러면서 비단치마폭에 그림을 그리고 글씨를 쓰게 된 연유까지 밝혔다. "내가 강진에서 귀양살이 몇 년이 지났을 때, 부인 홍씨가 낡은 치마 여섯 폭을 보내왔다. 세월이 오래되어 붉은 빛깔이 변했기에 가위로 잘라서 첩을 만들어 두 아들에게 물려주고, 나머지로 이 작은 족자를 만들어 딸아이에게 물려준다. 순조 13년(1813) 7월 14일 열수옹(洌水翁)이 다산 동암에서 쓰다." 이것이 딸에게 선물했던 '매조도'라는 그림에 화제를 쓰고 맨 끝에 그림의 연유를 설명한 글이다.

# 두 아들에게 주는 가훈

2부에는 귀양지 강진에서 1808년과 1810년에 다산이 두 아들 학연과 학유에게 내려준 가계(家誡) 9편을 모두 번역해서 수록했다. 『여유당전서』에는 '증언(贈言)' 다음에 수록되어 있고 『열수전서』에도 '증언'과 '가서(家書)' 사이에 실려 있다. '가계'란 집안사람들이 지켜야 할 가훈(家訓)을 말한다.

다산의 이 가훈은 생계를 꾸리는 방법, 친구를 사귈 때 가려야 할 일, 친척끼리 화목하게 지내는 방법, 선조 어른들이 사귄 친구들의 범위와 그 관계 등을 일러줄 뿐 아니라, 자신의 저술을 후세에 전해야 하는 뜻, 저술하는 방법 및 요령, 시를 짓는 의미와 효용 등을 아버지와 스승의 입장에서 깨우쳐주고 있다.

이 밖에도 호연지기를 지니고 부지런하고 검소하게 살아야 하고 후세에 꽃다운 이름을 남기기 위해서는 가난하고 어려운 이웃들에게 대가 없이 베풀어야 한다는 등 생활철학의 큰 도리를 들려준다.

# 임금이 존경할 수 있는 사람이 되거라

示學淵家誡

친구를 사귈 때 가려야 할 일

몸을 닦는 일(修身)은 효도(孝)와 우애(友)로써 근본을 삼아야
한다. 효도와 우애에 자기 본분을 다하지 않으면 비록 학식이
고명하고 문체가 찬란하고 아름답다 하더라도 흙담에다 아름
답게 색칠해놓은 것에 지나지 않는다. 자기 몸을 이미 엄정하
게 닦았다면 그가 사귀는 벗도 자연히 단정한 사람일 것이므로
같은 기질로써 인생의 목표가 비슷하게 되어(同氣相求) 친구 고
르는 일에 특별히 힘쓰지 않아도 된다.

   이 늙은 아비가 세상살이를 오래 경험하였고 또 어렵고 험난
한 일을 고루 겪어보아서 사람들의 심리를 두루 알고 있다. 무
릇 천륜(天倫)에 야박한 사람은 가까이해서도 안 되고 믿어서
도 안 되며, 비록 충직하고 인정 있고 부지런하고 재빠르게 온

정성을 다하여 나를 섬기더라도 절대로 가까이해서는 안 된다. 이들은 끝내 은혜를 배반하고 의리를 잊어먹고 아침에는 따뜻이 대해주다가도 저녁에는 차갑게 변하고 만다.

대체로 이 세상에 깊은 은혜와 두터운 의리는 부모형제보다 더한 것이 없는데 부모형제를 그처럼 가볍게 버리는 사람이 벗들에게 어떠하리라는 것은 쉽게 알 수 있는 이치다. 너희는 이 점을 반드시 기억해두도록 하거라. 무릇 불효자는 가까이하지 말고 형제끼리 우애가 깊지 못한 사람도 가까이해서는 안 된다.

사람을 알아보려면 먼저 가정생활을 어떻게 하는가를 살펴보면 된다. 만약 옳지 못한 점을 발견할 때는 돌이켜 자기 자신에게 비춰보고, 자신에게도 이러한 잘못이 있지 않은지 조심하면서 그렇게 되지 않도록 단단히 노력해야 한다. 옛날에 돌아가신 우리 아버지와 남거(南居) 한공(韓公)[1]은 특별히 사이좋은 벗이었는데 두 분 모두 효자셨다. 또한 옛날 우리 할아버지와 사곡(沙谷) 윤정자공(尹正字公)[2]께서도 아주 사이좋은 벗이었는데 그분들도 효자셨다. 그렇기 때문에 그분들은 살아 계셨을 때 훌륭한 명성을 잃지 않으셨다. 나에게 이르러서는 벗을 고르는 일이 바르지 못하여 화살 끝을 갈고 칼날을 벼리며 서로 시기하는 사람들이 대부분 옛날 친하게 사귀던 사람들이었기

---

1  남거 한공  다산 아버지의 친구인 한광부(韓光傅)의 호.
2  사곡 윤정자공  '사곡'은 다산 할아버지의 친구인 윤명상(尹命相, 1716~ 1758)의 호. 승문원 정자를 지내서 '윤정자공'이라 한 것이다.

에 이 점을 반성하고 있다.


## 벼슬살이는 어떻게 할 것인가


임금께서는 벼슬하기 전부터 나를 알아주셨고 벼슬에 나온 뒤로는 나를 더욱 깊이 이해해주셨다. 임금 곁에서 중요한 정책을 수립할 때도 임금과 뜻이 서로 맞아 함께 힘쓴 것을 사람들이 알아차리지 못한 것이 많았다. 그럼에도 마침내는 내 계획안과 정책이 역사책에 오르거나, 공적이 많은 사람의 사적(史跡)을 새겨놓은 종묘의 솥에도 새겨지지 않았음은 무엇 때문이겠느냐? 옛 성현이 말하기를 "그 지위에 있지 않고서는 정사(政事)를 도모하지 않는다"(『논어』) 하였고, 『주역(周易)』에는 "군자는 생각하는 범위가 그 지위에서 벗어나지 않는다"라고 하였다. 돌아보면 그때는 나이가 어리고 식견이 얕아 이런 말의 의미를 알지 못했다. 아아! 후회한들 무슨 소용이 있겠는가.

임금을 섬기는 데 있어서 임금의 존경을 받는 사람이 되어야지 임금의 총애를 받는 사람이 되는 것은 중요하지 않다. 또 임금의 신뢰를 받는 사람이 되어야지 임금을 기쁘게 해주는 사람이 되는 것은 중요하지 않다. 아침저녁으로 임금을 가까이 모시고 있는 사람은 임금이 존경하는 사람이 아니며, 시나 글을 잘하고 기예를 가진 사람도 임금이 존경한다고 할 수 없다. 글씨를 민첩하게 잘 쓰는 사람도 그렇고, 얼굴빛을 살펴 비위를 잘 맞추는 사람, 자주 벼슬을 그만두겠다고 말하는 사람, 위엄 있지 못한 사람, 권력자에게 이리저리 붙는 사람 등도 임금이 존경하지 않는다.

비록 경연(經筵)[3]에서 온화하게 말을 주고받고, 일을 처리할 때 비밀히 부탁하고, 임금이 마음속으로 믿고 의지하여 서신이 자주 오가고, 하사품이 자주 내려질지라도 그런 것을 총애나 영광으로 믿어서는 절대 안 된다. 뭇사람들이 노여워하고 시기하여 재앙이 따를 뿐만 아니라 오히려 한 품계나 반 등급(一資半級)도 승진하지 못하는 것은 무엇 때문이겠느냐? 임금도 또한 늘 혐의를 받는 걸 피하려 하기 때문이다. 그런 신하는 임금이 첩같이 다루고 노예처럼 부려먹으므로 혼자 매우 고달프고 힘들기만 하지 등용되기는 쉽지 않다.

무릇 초야(草野)에서 진출한 선비가 가장 좋은 것이니 그때는 임금이 그 사람에 대하여 잘 알지 못하기 때문에 논(論)이나 책(策) 같은 글만 올리는데, 그 글은 충직하고 강직하고 간절해도 해롭지 않은 것이다. 미사여구로 문장이나 꾸미는 작은 솜씨는 한세상에 회자된다 해도 그것은 광대가 등장하여 우스갯짓을 연출하는 행동 따위에 지나지 않는 것이다.

---

3   경연 조선시대 임금이 학문이나 기술을 강론·연마하고 더불어 신하들과 국정을 협의하던 일. 또는 그런 자리.

## 임금의 잘못을 드러내라

미관말직에 있을 때도 신중하고 부지런하게 온 정성을 들여 맡은 일을 다해야 한다. 언관(言官)[4]의 지위에 있을 때는 아무쪼록 날마다 적절하고 바른 의론(議論)을 올려서 위로는 임금의 잘못을 공격하고 아래로는 백성들의 숨겨진 고통을 알리도록 해야 한다. 혹 사악한 관리를 공격하여 제거해야 하는 경우에는 반드시 지극히 공정한 마음으로 해야 한다. 남의 잘못을 지적할 경우에는 탐욕스럽고 비루하고 음탕하고 사치스러운 점만 지적해야지 편파적으로 의리(義理)에만 의거하여 자기와 뜻이 같은 사람이면 편들고 뜻이 다른 사람이면 공격해서 함정에 몰아넣는 식으로 해서는 안 된다. 벼슬에서 해직되면 그날로 고향으로 돌아가야 하며, 아무리 절친한 벗이나 동지가 머물러 있으라고 간청을 해도 절대로 들어서는 안 된다. 집에 있을 때는 오로지 독서하고 예(禮)를 익히며 꽃을 심고 채소를 가꾸고 냇물을 끌어다 연못을 만들고 돌을 모아 동산을 쌓으며 지내면 된다. 그러다가 가끔 군(郡)이나 현(縣)을 맡아 수령으로 나가게 되면 자애롭고 어질고 청렴결백하게 다스려 아전이나 백성 모두가 편안하도록 해야 한다. 혹 나라가 큰 난리를 당했을 때

---

4  언관 조선시대 사간원과 사헌부에 속하여 임금의 잘못을 간(諫)하고 모든 관리들의 비행을 규탄하던 벼슬아치.

는 쉽거나 어렵거나 꺼려 말고 죽음을 무릅쓰고 절개를 지켜야 한다. 이렇게 한다면 임금이 어찌 존경하지 않을 수 있겠으며 이미 존경한다면 어찌 신뢰하지 않을 수 있겠느냐?

제(齊)나라 환공(桓公)[5]과 관중(管仲)[6]의 관계나 한(漢)나라 소열황제(昭烈皇帝, 유비劉備)와 제갈공명(諸葛孔明)의 관계는 이와 다른 경우다. 그런 경우는 천년의 오랜 세월 동안 두어 사람 있을 뿐인데, 그런 관계를 만나기 쉽겠느냐? 공신이나 외척의 자제들은 안으로 임금과 결탁되어 있어 한집안처럼 양육하는 듯하지만, 아버지와 아들은 서로 피해야 하므로 조용하게 임금을 모실 수 없게 된다. 이는 신하 된 사람으로서 불행한 경우이니, 누가 공신이나 외척의 자제가 되기를 바라겠느냐(1810년 처서날 다산茶山의 동암東菴에서 쓰다ー지은이)?

5  환공 중국 춘추시대 제나라 임금. 관중의 도움으로 패자(霸者, 제후)가 되었다.
6  관중 중국 춘추시대 제나라의 정치가 겸 법가. 이름은 이오(夷吾). 친구 포숙아(鮑叔牙)의 권유로 환공을 섬겨 패자가 되게 했다. 이들의 우정을 관포지교(管鮑之交)라 이른다.

# 저술에 관한 뜻

示二子家誡

## 나의 저서를 후세에 전하거라

나는 일찍이 조괄(趙括)은 불초(不肖)한 자식이 아니라고 생각했다. 조괄은 자기 아버지의 저서를 읽어서 후세에 전했으니 훌륭하지 않으냐? 내가 나라의 은혜를 입어 실낱같은 목숨만은 보전하여 여러 해 동안 곤궁하게 살아오면서 저술한 책이 많아졌다. 다만 한탄스러운 것은 너희들이 내 곁에 있지 않아 은미(隱微)한 말과 오묘한 뜻을 전해들을 기회가 적고 문리(文理)가 틔지 않아 학문을 좋아하는 습성이 생기지 않은 것이다. 한두 가지를 억지로 말해주어도 듣자마자 잊어먹어 마치 진(秦)나라 효공(孝公)에게 임금 되는 도(道)를 들려주는 것과 같으니[1] 무슨 의미가 있겠느냐? 내 아들들이 이 모양이니 상자 속에 감추어둔 책들이 후세에 알아주는 사람을 만나게 될 때까지 전해지기를 기다리기가 어렵겠구나.

　나 죽은 후에 아무리 정결한 희생(제물로 바치는 짐승)과 풍성한 음식으로 제사를 지내준다 하여도 내 책 한 편을 읽어주고 내 책 한 구절이라도 베껴두는 일보다 못하게 여길 것이니, 너희들은 꼭 이 점을 새겨두기 바란다.

　『주역사전(周易四箋)』은 내가 하늘의 도움을 얻어 지어낸 책이다. 절대로 사람의 힘으로 통하거나 지혜로운 생각으로 알아낼 수 있는 책이 아니다. 이 책에 마음을 푹 기울여 오묘한 뜻을 다 통달할 수 있는 사람이 있다면 그는 바로 나의 자손이나 벗으로 여길 수 있는 사람이니 천년에 한 명 나오기도 어려울 것이다. 다른 책보다 곱절은 더 아끼고 중요하게 생각해야 할 거다.

　『상례사전(喪禮四箋)』은 성인(聖人)의 글을 독실하게 믿고서 만든 것으로, 내 입장에서는 엉터리 학문이 거센 물결처럼 흐르는 판국에 그걸 흐르지 못하도록 모든 냇물을 막아 수사(洙泗, 공자)[2]의 참된 학문으로 돌아가게 하려는 뜻에서 저술한 책이다. 정밀하게 사고하고 꼼꼼히 살펴 그 오묘한 뜻을 알아주는 사람이 있다면 이는 죽은 뼈에 새살이 돋아나게 하고 죽은

---

**1**　진나라 효공에게~같으니 『사기(史記)』 「상군열전(商君列傳)」에 나오는 말로, 아무리 말해도 알아듣지 못한다는 뜻. 상앙(商鞅)이 진효공에게 왕도정치를 가르쳐주었으나 효공이 전혀 흥미를 느끼지 못했던 것을 가리킨다.

**2**　수사 공자를 달리 이르는 말. 공자가 중국 산동성에 있는 두 강인 수수(洙水)와 사수(泗水) 사이에서 제자들을 모아 가르친 데서 유래되었다.

목숨을 살려주는 일이 될 것이니, 나에게 천금(千金)을 주지 않더라도 받은 것처럼 감지덕지하겠다.

만약 내가 사면을 받게 되어 이 두 가지 책만이라도 후세에 전해진다면 나머지 책들은 없애버린다 해도 괜찮다. 나는 임술년(1802) 봄부터 책을 저술하는 데 마음을 기울여 붓과 벼루를 옆에 두고 밤낮으로 쉬지 않고 일해왔다. 그 결과 왼쪽 팔이 마비되어 마침내 폐인이 다 되어가고 시력은 아주 형편없이 나빠져 오직 안경에만 의존하고 있는데, 이렇게 한 것은 무엇 때문이겠느냐? 너희들과 조카 학초(學樵)가 내 저서를 그대로 전술(傳述)하여 명성을 떨어뜨리지 않을 것으로 여겼기 때문이다. 그런데 이제 학초는 불행히 명이 짧아 죽어버렸고, 너희들은 세력이 미약하여 외롭고 의지할 데가 없고 경전을 좋아하지 않는 성미인데다 요즘 세상에 유행하는 시(詩) 나부랭이나 대강 알고 얄팍한 맛이나 이해하고 있으니,『주역』과『상례』에 관한 두 가지 책이 결국 흔적도 없이 사라져 빛을 보지 못하게 될까 정말 두렵구나.

『시경강의(詩經講義)』800조(條)는 정조대왕께 가장 크게 인정을 받았던 책이다. 임금의 평이 너무도 융숭하였고 조목마다 임금께서 제자(題字)를 달아주셨다.[3] 그 무렵 하필 반대파가 우세하여 인쇄는 하지 못하고 말았지만, 교리(校理) 이명연(李明

---

3  제자를 달아주다 품평하는 글을 몇 자 달아준다는 뜻. 여기서 '제자'는 글이나 그림 등을 보고 자신의 생각을 몇 자 적은 글을 말한다.

淵)이 전해준 한 조목[4]만 하더라도 은혜가 넘쳐 깜짝 놀라기에 충분하였다. 그중에는 답변한 내용이 평범하여 계발해줄 게 없는 구절도 있으니 이런 것을 생략하거나 덜어내고 전집(全集) 첫머리에 실어 우리 정조대왕의 어평(御評)이 서문처럼 되게 하는 것이 내 뜻이다.


## 나의 시에 대하여


나는 천성적으로 시를 좋아하지 않아 신유년(1801) 이전의 시는 대부분 화답하거나 남의 요구에 의해 어쩔 수 없이 지은 것이다. 간혹 저절로 흥취가 일어나거나 한가롭게 읊조린 것도 있으나 결코 힘들여서 지은 시는 아니었다. 유배생활을 하고부터 지은 시들은 괴로움을 토로한 것이 없지 않은데, 나는 평소에 유자후(柳子厚)[5]가 유배지에서 지은 시나 문장이 거의 모두 처참하고 서러운 언어로 한탄하고 있음을 수치스럽게 생각하던

---

4　이명연이 전해준 한 조목 이명현(1758~?)은 홍문관 교리, 사간원 정언, 사헌부 집의를 지냈고 그가 전해준 임금의 평의 한 대목은 이렇다. "널리 백가를 인용하여 그 출전이 끝이 없으니, 진실로 평소 온축된 지식이 해박하지 않다면 어찌 이와 같을 수 있으랴. 내가 돌아보고 질문한 뜻을 저버리지 않았으니 매우 가상한 일이다." 정규영 『다산의 한평생: 사암선생연보』, 송재소 옮김, 창비 2014, 191면 참조.

5　유자후 중국 당나라 때 문장가인 유종원(柳宗元, 773~819). '자후'는 그의 자. 당송팔대가의 한 사람이다.

터라 괴로움이나 토로하는 시는 결국 그만두었다.

세월이 오래 지나고 나서는 고생스러운 처지도 편안하게 여겨져 산에 오르고 물가에 이르렀을 때 품은 정서가 더러는 활달하게 피어나 호탕한 뜻이 들어 있는 시가 되기도 하였다. 그러나 지극한 즐거움은 경전연구에 있었기 때문에 끝내 퇴고에 유의하지 않아서 시집 속에는 마음에 들지 않는 시들이 많다. 나를 위해 시집을 간행할 때 쭉정이는 가려내고 알맹이만 남겨주는 사람이 있다면, 나를 아는 사람이라 하겠다.


국방에 관한 책

모원의(茅元儀)[6]가 지은 『무비지(武備志)』는 국방과 병법에 관한 책이다. 이 책은 사물의 본말(本末)을 종합적으로 치밀하게 밝히진 못했지만, 우리나라에는 아직 이러한 책이 없기에 그 편목(篇目)을 본받아 우리나라의 국방에 관한 책을 따로 편찬하고 싶다. 하지만 평소 마음속에 뜻만 서려 있을 뿐 유배생활 이래로 참고할 책을 구할 수 없어 끝내 손대지 못하고 말았구나. 너희들은 나의 뜻을 알고 있으니 아무튼 편찬할 계획을 세우고 내용의 토대를 작성해두어라. 다행히 내가 살아서 고향에

---

6  모원의 중국 명나라 때 사람(1594~1640).

돌아가게 되면 감정(鑑定)해서 뺄 것은 빼고 손볼 데는 손볼 수 있도록 하여라. 지리 등에 관한 여러 조목은 이미 내가 가닥을 잡아놓았으니 너희들에게 심한 수고로움을 끼치지는 않을 것이다.


책을 지을 때 유의할 사항


명나라·청나라 이래로 경학의 갈래가 많아지고 각각 책이 되어 나와 거의 빠뜨린 분야가 없다. 그러나 『주역』과 『예기(禮記)』 두 책은 나의 견해로써 이미 꽤 많은 미개척 분야를 알 수 있게 되었으니, 하늘은 총명한 사람을 아껴서 한 사람에게만 아름다움이 다 돌아가도록 하지 않는다는 것을 알겠다. 상례(喪禮)에 대해서는 이미 정리가 되었지만 왕조례(王朝禮)[7]에 대해서는 논하여 저술한 적이 없다. 더구나 길례(吉禮)·가례(嘉禮)·군례(軍禮)·빈례(賓禮) 등에는 연구분야가 아직 넓게 남아 있으니, 이런 게 이른바 '다 누리지 않고 남겨둔 복을 자손에게 물려준다'는 것이 아니겠느냐?

　왕조례와 상례를 증보하여 편찬하는 데 대략 의거한 곳이 있

---

7　왕조례 조선시대 나라에서 시행하기로 규정한 다섯 가지 의례를 말하는 것으로, 길례(吉禮)·흉례(凶禮)·군례(軍禮)·빈례(賓禮)·가례(嘉禮)를 일컬음.

다. 정승 김재로(金在魯)[8]가 임금께 바친 여러 설(說)은 모두 『예경(禮經)』을 깊이 연구한 것으로 옛날 공맹(孔孟)의 뜻에도 어긋남이 없으니, 이것은 반드시 알아두어야 한다. 모대가(毛大可)[9]는 예를 전혀 모르는 사람이다. 내가 오래전에 책을 저술하여 그의 저서를 논변하려 했으나 이루 다 지적할 수가 없어 그만두었다.

무릇 책을 지을 때는 경전에 대한 저서를 제일 우선으로 해야 한다. 그다음은 세상을 경륜하고 백성에게 혜택을 베풀어주는 학문이고, 국방과 여러 기구에 관한 분야도 소홀히 할 문제가 아니다. 자질구레한 이야기들로 한때의 괴상한 웃음이나 자아내는 책이라든지, 진부하고 새롭지 못한 이야기나 지리멸렬하고 쓸모없는 의론 따위는 한갓 종이와 먹만 허비하는 것에 지나지 않으니, 차라리 손수 맛있는 과실나무나 좋은 채소를 심어 살아 있는 동안 생활이나 넉넉하게 하는 것만 못하다(1808년 한여름 여유병옹與猶病翁[10]이 다산정사茶山精舍에서 쓰다―지은이).

---

**8** 김재로 조선 후기의 문신(1682~1759). 좌의정을 지냈으며 노론의 선봉이었다.
**9** 모대가 중국 청나라 초기의 학자 모기령(毛奇齡). '대가'는 그의 자.
**10** 여유병옹 다산이 사용한 호의 하나.

# 시는 어떻게 써야 하나

## 又示二子家誡

번옹(樊翁, 채제공)은 시에 있어서 시인의 기상을 무척이나 중요하게 여겼다. 하지만 내가 유성의(劉誠意)[1]의 시를 읽어보면 기상이 대부분 처량하고 신산하였고, 소릉(少陵, 두보)의 시에는 번화하고 부귀한 시어가 많았지만 끝내 뇌양(未陽)[2]에서 곤궁하게 살다가 죽었으니, 시와 기상이 반드시 관계있다고 말할 수는 없을 것 같다.

요즘 내가 상자 속에 넣어둔 옛날 시원고(詩藁)들을 점검해보니, 고난을 겪기 전에는 문학하는 선비들이 들고나던 한림원(翰林院)을 훨훨 날며 지내던 때였는데도 대개가 처량하고 괴롭고 우울한 내용이었고, 장기에 귀양 온 이후에는 더욱 우울하

---

1   유성의 중국 명나라 때 학자 유기(劉基). 성의백(誠意伯)이라는 벼슬을 지내서 '유성의'라 부른다.
2   뇌양 중국 호남성 형양(衡陽)에 있는 지명.

고 슬픈 내용이었는데, 강진으로 옮겨온 이후의 작품들은 활달하고 확 트인 시어들이 많았다. 생각건대 재난이 앞길에 놓여 있을 때에는 활달한 기상을 갖지 못했는데, 재난을 당한 후에는 아마 근심이 없어진 것이 아니겠는가? 선배인 번옹의 주장을 가볍게 들어서는 안 되겠구나.

그러나 기상을 화려하게 하려고만 해서는 시가 되지 않을 것이다. 시에는 반드시 정신과 기맥(氣脈)이 있어야 한다. 시가 산만하고 쓸쓸하기만 하여 결속하고 단속하는 묘미가 없으면 그 사람의 운명이 곤궁하거나 영달한 것은 차치하고라도 수명조차 길지 못할 것이다. 이 점은 내가 몇 차례 증험한 바다.

『시경(詩經)』에 실린 3백 편의 시는 모두가 현인이나 성인이 실의에 빠져 세상일을 근심하던 때 지은 것이므로 감개(感慨)[3]한 내용을 중요하게 여겼다. 그러나 미묘하고 완곡하게 표현해야지, 겉으로 얄팍하게 드러내서는 안 된다.

일곱 자(字)로 지은 옛 시에는 율조를 지닌 것이 많은데, 대개 평성(平聲)·입성(入聲)·상성(上聲)·거성(去聲)의 사성을 반드시 고루 섞어서 시를 지었다. 거성으로 운자를 달면 평성으로 잇고 평성으로 운자를 달면 입성으로 이었는데, 입성으로 시작한 시는 전혀 없다. 우리나라 사람은 오히려 이런 원리를 알지 못하고, 만약 평성으로 운을 단다면 대구(對句)에서는 반

---

3  감개 어떤 감동이나 느낌이 마음 깊은 곳에서 배어나옴. 또는 그 감동이나 느낌.

드시 측성(仄聲)[4]을 쓴다. 평성으로 평성을 이은 시는 없다. 또 「장안고의(長安古意)」[5] 같은 시는 글자마다 운율을 맞춰 4구(句)마다 따로 한 장(章)이 되게 하여 마치 절구(絶句) 같다. 이것이 이른바 연환율법(連環律法)이라는 거다. 시 전체에 단 한 가지 운(韻)만 사용하는 것은 시 짓는 법에 없다.

침울돈좌(沈鬱頓挫)[6] 연영한원(淵永閒遠)[7] 창경기굴(蒼勁奇崛)[8]이라는 열두 자는 시인이 종지(宗旨)[9]로 삼아야 하는 것이고, 욕려농연(縟麗濃姸)[10]도 가볍게 여겨서는 안 된다(1808년 여름 윤달에 다산에서 쓰다―지은이).

---

4  측성 한자의 사성(四聲) 가운데 상성·거성·입성을 통틀어 이르는 말.
5  「장안고의」 당나라 초기의 시인 노조린(盧照隣)의 7언가행(七言歌行). '가행'은 중국 고대시의 한 형태로 음절과 율격이 비교적 자유로우며 5언과 7언 위주이다.
6  침울돈좌 우울하고 슬픈 정조를 띠고, 글의 기세가 갑자기 꺾여 약해지는 것.
7  연영한원 여운이 깊고 아득한 맛이 있는 것.
8  창경기굴 노련하고 굳세고, 기발하고 빼어난 것.
9  종지 가장 근본이 되고 중심이 되는 것.
10  욕려농연 매우 화려하고 아름다우며 짙고 고운 것을 표현한 말.

# 넘어져도 반드시 일어나야 한다

示二兒家誡

## 친척끼리 화목하게 지내려면

효(孝)와 제(弟)는 인(仁)을 행하는 근본이다. 그러나 부모를 사랑하고 그 형제끼리 우애하는 사람쯤이야 세상에 많이 있으니 그것만으로는 치켜세울 만한 행실이라 할 수 없다. 큰아버지나 작은아버지가 형제의 아들을 자기 아들처럼 여기고, 형제의 아들들이 큰아버지나 작은아버지를 자기 아버지처럼 여기고, 사촌형제끼리 서로 친형제처럼 사랑해서 집에 온 손님이 열흘 넘도록 묵으면서도 끝내 누가 누구의 아버지이고 누가 누구의 아들인지를 알아차리지 못하도록 해야만 겨우 집안의 기상을 떨칠 수 있다.

집안에 부귀가 한창 피어날 때는 골육 간에 의지하고 서로 믿게 되어 원망할 일이 조금 있어도 마음으로 삭여 드러내지 않으므로 서로 간에 화기(和氣)를 잃지 않을 수 있으나, 만약 매우 빈곤해지면 곡식 몇 되 포목 몇 자 가지고도 다툼이 일어나고 나쁜 말이 오가서 서로 모욕하고 무시하다가 점점 더 격렬하게 다투게 되어 끝내는 원수지간이 된다. 이런 때 감동시킬 만한 도량 넓은 남자가 없다면, 점잖고 지혜로운 부인이 산이나 늪같이 넓은 도량을 활짝 열어 구름을 헤치고 나온 햇빛이 비치듯 순순히 받아들여 부드럽게 되기를 어린아이처럼, 속없는 사람처럼, 뼈 없는 벌레처럼, 갈천씨(葛天氏)[1]의 백성처럼, 참선하는 스님처럼 하여 저쪽에서 나에게 돌을 던지면 아름다운 옥(玉)으로 갚아주고, 칼이나 창을 들이대도 맛있는 술로 대접해야 한다. 이렇게 하지 않으면 눈을 흘기고 화내며 옥신각신 다투다가 결국은 집안을 뒤엎은 뒤에야 그만두게 될 것이다.

너희들은 이러한 뜻을 잘 알아 날마다 『소학(小學)』 외편에 있는 「가언(嘉言)」이나 「선행(善行)」을 착실히 본받고 부지런히 잘 지켜 잠시라도 잊지 말아야 한다. 그렇게 끈기 있게 오래 하다 보면 모두 감동하고 기뻐하여 저절로 화목해질 것이다. 설혹 불행히도 화목하게 되지는 않더라도 친척이나 고을 사람들 사이에서 자연히 공론이 있을 것이니, 다 함께 되놈이나 오랑캐 같이 야만적인 족속이라는 말을 듣는 데까지는 이르지 않아 가문의 체면을 유지할 수 있을 것이다.

---

1　갈천씨 중국 상고시대의 제왕. 아무것도 하지 않으면서도 천하를 잘 다스렸다.

## 문명세계를 떠나지 말라

중국은 문명이 풍속을 이루어 아무리 궁벽한 시골이나 먼 변두리 마을에 살더라도 성인이나 현인이 되는 데 방해받을 일이 없다. 그러나 우리나라는 그렇지 못해서 서울 문밖에서 몇십 리만 떨어져도 태곳적의 원시사회 같은데, 하물며 멀고 먼 시골임에랴?

무릇 사대부 집안의 법도는 벼슬길에 나아가 높이 올랐을 때는 빨리 산비탈에 셋집을 내어 살면서 처사(處士)로서의 본색을 잃지 말아야 한다. 그러나 만약 벼슬길이 끊어지면 바로 서울 가까이 살면서 문화(文華)의 안목을 잃지 않도록 해야 한다.

지금 내가 죄인의 처지여서 너희들에게 아직은 시골에 숨어서 살게 하고 있다만, 앞으로의 계획은 오직 서울로부터 10리 안에서만 살도록 하는 것이다. 만약 집안의 힘이 쇠락하여 서울 한복판으로 깊이 들어갈 수 없다면, 잠시 서울 근교에 살면서 과일과 채소를 심어 생활을 유지하다가 재산이 조금 불어나면 바로 도시 복판으로 들어가도 늦지는 않을 것이다.

화(禍)와 복(福)의 이치에 대해서는 옛날 사람들도 의심해온 지 오래되었다. 충(忠)과 효(孝)를 한다 해서 꼭 화를 면하는 것도 아니고 방종하여 음란한 짓을 하는 놈이라고 꼭 박복하지만도 않다. 그러나 선(善)을 행하는 것이 복을 받는 길이므로 군자는 애써 착하게 살아갈 뿐이다. 예로부터 화를 당한 집안에서 살아남은 사람들은 반드시 먼 곳으로 도망가 살면서도 더 멀고 깊은 곳으로 들어가지 못한 것을 걱정하곤 했다. 이렇게 하면 결국 노루나 산토끼처럼 문명에서 멀어진 무지렁이가 될 뿐이다.

무릇 부귀하고 권세 있는 집안의 자손은 눈썹을 태울 만큼 급박한 재난을 당해도 느긋하게 걱정 없이 지내지만, 재난당할 것을 두려워하여 시골 깊은 산속에 들어가 사는 몰락한 집안의 자손은 겉으로는 태평스러운 듯하지만 마음속에서는 항상 근심을 벗어나지 못한다는 말이 있다. 이것은 대개 그늘진 벼랑 깊숙한 골짜기에서는 햇볕을 볼 수가 없고[2] 함께 어울려 지내는 사람들은 모두 버림받은 쓸모없는 사람이라 원망하는 마음만 가득하기 때문이다. 그래서 그들이 보고 듣는 것이라곤 실속 없고 비루한 이야기뿐이다. 때문에 한번 멀리 떠나면 영영 다시 돌아오지 않게 된다.

진정으로 바라노니, 너희들은 항상 심기를 화평하게 하여 벼슬길에 있는 사람들과 다르게 생활하지 말거라. 아들이나 손자 세대에 이르러서는 과거에 응시할 수 있고 나라를 경륜하고 세상을 구제하는 일에 뜻을 두도록 마음을 먹어야 한다. 천리(天理)는 돌고 도는 것이니 한번 넘어졌다고 결코 다시 일어나지 못하는 것은 아니다. 만약 하루아침의 분노를 이기지 못하여

---

2  햇볕을 볼 수가 없고 문명의 혜택이 닿지 못하고.

서둘러 먼 시골로 이사 가버린다면 무식하고 천한 백성으로 일생을 끝마치고 말 뿐이다(1810년 초가을에 다산 동암에서 쓰다—지은이).

# 멀리 내다볼 줄 알아야 한다

示二子家誡

## 책을 어떻게 읽고 쓸 것인가

유향(劉向)[1]에게는 아들 흠(歆)이 있고, 두업(杜鄴)[2]에게는 아들 임(林)이 있고, 양보(楊寶)[3]에게는 아들 진(震)이 있으며, 환영(桓榮)[4]에게는 아들 전(典)이 있었다. 이처럼 훌륭한 아들로서 아버지의 책을 읽을 수 있는 경우는 많았다. 너희들에게 바라노니, 나의 저서에 대하여 깊이 연구한 후 심오한 뜻을 알아주면 다행이겠고 그렇게 된다면 내가 아무리 궁색하게 지내더라도 걱정이 없겠다.

---

1   유향 중국 전한(前漢) 때 학자. 『열녀전(列女傳)』이 유명하다.
2   두업 중국 한나라 때 관료. 양주자사(涼州刺史)를 지냈다.
3   양보 중국 후한(後漢) 때 사상가·문장가.
4   환영 중국 후한 때 학자. 관내후(關內侯)에 봉해졌다.

지식인이 책을 펴내 세상에 전하려고 하는 것은 단 한 사람이라도 그 진가를 알아주기를 바라서이다. 나머지 세상 사람들이 온통 욕해도 피하지 않을 것이다. 만약 내 책을 정말 알아주는 사람이 있다면, 너희들은 그 사람이 나이가 많으면 그를 아버지처럼 섬기고 또래라면 그와 결의형제해도 좋으리라.

　　일찍이 선배들의 저술을 보니 거칠고 빠진 게 많아 볼품없는 책들도 세상의 추앙을 받는 경우가 많고, 상세하고 해박한 내용을 담은 책들은 오히려 배척받아 끝내는 사라져버리고 전해지지 않는 경우도 있었다. 거듭 생각을 해보아도 그 까닭을 알 수 없었는데 요즈음에야 비로소 깨달았다. 군자는 의관을 바르게 하고 똑바로 바라보며 입을 다물고 단정히 앉아 진흙으로 빚은 사람처럼 엄숙하게 지내는 생활습관을 지녀야 그 말이나 이론이 도탑고(篤厚) 엄정(嚴正)하게 되며, 그러한 뒤에야 위엄으로 뭇사람을 승복시킬 수 있고 명성이 오래도록 퍼져나갈 수 있다.

　　만약 나태하고 경박하며 약삭빠르고 우스갯소리나 한다면, 비록 그가 말한 내용이 이치에 깊이 들어맞는다 해도 일반인들은 믿으려 하지 않는다. 살아 있는 동안에 뿌리를 박지 못한 책이라면 죽고 나면 저절로 사라지게 되는 것쯤은 당연한 이치일 따름이다. 세상에는 거칠고 엉성한 사람은 많아도 정통한 사람은 적은데, 어느 누가 쉽게 알아볼 수 있는 위엄을 버려두고 특별히 알아내기 힘든 의리(義理)를 찾아보려고 하겠느냐?

높고 오묘한 학문의 참뜻을 아는 사람은 더욱 적어서, 비록 주공(周公)이나 공자의 도를 다시 잇고 문장이 양웅(揚雄)[5]이나 유향을 능가하더라도 알아볼 사람이 없다. 너희들은 이 점을 알아차리고 연찬(研鑽)의 노력은 잠시 늦추더라도 우선 긍지를 지니는 마음가짐에 힘써, 큰 산처럼 우뚝 솟은 모습으로 고요히 앉는 습관을 들이고 사람을 대하고 일을 처리하는 데 있어서도 먼저 기상을 점검하여 자기 본령이 확고하게 섰다는 것을 깨달은 뒤에야 점차로 저술에 임하는 마음을 먹도록 하거라. 그렇게 하면 한 마디의 말과 단 한 자의 글자라도 모든 사람들이 진귀하게 여겨 아끼게 될 것이다. 만약 스스로를 지나치게 경시하여 땅에 버려진 흙처럼 여긴다면 이는 정말로 영영 끝장이다.

## 재물을 오래 보존하는 길

세상에 옷이나 음식, 재물 등은 부질없고 가치 없는 것이다. 옷이란 입으면 닳게 마련이고 음식은 먹으면 썩고 만다. 재물 또한 자손에게 전해준다 해도 끝내는 탕진되고 만다. 다만 몰락한 친척이나 가난한 벗에게 나누어준다면 영원히 없어지지 않

---

5  양웅 중국 전한 때의 유학자. 자는 자운(子雲). 양자(揚子)라고도 부른다.

을 것이다.

의돈(猗頓)[6]이 창고에 감춰둔 재물은 흔적도 없지만 소부(疏傳)[7]가 하사받은 황금을 친구들과 함께 누린 일은 지금까지도 전해오고, 금곡(金谷)[8]의 별장에 있던 화려하던 장막(帳幕)도 이제는 티끌로 변해버렸지만, 범중엄(范仲淹)이 배에 실은 보리〔麥舟〕를 어려운 친구들에게 모두 나누어준 일[9]은 아직도 많은 사람들의 입에 오르내린다. 그 까닭은 무엇이겠느냐? 형태가 있는 것은 없어지기 쉽지만 형태가 없는 것은 없어지기 어렵기 때문이다. 스스로 자기 재물을 쓰는 것은 형태로 사용하는 것이고, 자기 재물을 남에게 베푸는 것은 정신적으로 사용하는 것이다. 물질로써 물질적인 향락을 누린다면 닳아 없어질 수밖에 없지만, 형태 없는 것으로 정신적인 향락을 누린다면 변하거나 없어질 이유가 없다.

---

6  의돈 중국 춘추시대 노(魯)나라의 대부호.

7  소부 중국 한나라 때 소광(疏廣)을 말함. 태부(太傅)를 지냈으므로 '소부'라고 했다. 황제에게 받은 재산을 친구들에게 나누어주었다.

8  금곡 중국 진(晉)나라 때 부자 석숭(石崇)이 살던 별장이 있던 곳. 석숭은 부자의 대명사로 쓰인다.

9  범중엄이~나누어준 일 범중엄은 중국 송나라 때 이름난 재상. '보리 실은 배(麥舟)'는 물건을 보내어 남의 어려운 처지를 돕는다는 고사성어다. 범중엄은 고향에서 농사를 짓는 맏아들 요부(堯夫)에게 보리 500석을 가져오라고 했다. 요부는 아버지의 분부대로 보리 500석을 배에 싣고 가다가 친구를 만났는데 '부모와 아내를 잃었으나 장사도 제대로 치르지 못했다'는 말을 듣고 사정이 딱해 보여 보리 500석과 배까지 통째로 내주고 빈손으로 갔다. 이 소식을 전해들은 범중엄이 잘했다고 한 데서 유래한 고사이다.

무릇 재화를 비밀리에 숨겨두는 방법으로는 남에게 베풀어주는 것보다 더 좋은 게 없다. 베풀어주면 도적에게 빼앗길 염려도 없고 불에 타버릴 걱정도 없고 소나 말로 운반하는 수고로움도 없다. 또한 자기가 죽은 후 꽃다운 이름을 천년 뒤까지 남길 수도 있다. 세상에 이처럼 큰 이익이 있겠느냐? 재물은 꽉 쥐면 쥘수록 더욱 미끄럽게 빠져나가는 것이니, 이것이야말로 메기 같은 물고기라고나 할까?


## 밤 한 톨을 다투는 세상

저녁 무렵에 숲속을 거닐다가 우연히 어떤 어린애의 울음소리를 들었다. 숨이 넘어가듯 울어대며 참새처럼 수없이 팔짝팔짝 뛰고 있어서 마치 여러 개의 송곳으로 뼛속을 찌르는 듯, 방망이로 심장을 마구 두들기는 듯 비참하고 절박했다. 어린애는 곧 숨이 끊어질 듯한 모습이었다. 왜 그렇게 울고 있는지 알아보았더니 나무 아래서 밤 한 톨을 주웠는데 다른 사람이 빼앗아갔기 때문이었다. 아아! 세상에 이 아이처럼 울지 않는 사람이 몇 명이나 될까? 저 벼슬을 잃고 권세를 잃은 사람들, 재화를 손해본 사람들과 자손을 잃고 거의 죽을 지경에 이른 사람들은 모두 달관한 경지에서 본다면 밤 한 톨에 울고 웃는 것과 같을 것이다.

## 옛터를 지키는 것이 옳은 일

여러 대에 걸쳐 세도를 누린 큰 집안은 상류의 좋은 곳에 자리 잡고 있다. 미음(渼陰)의 김씨, 궁촌(宮村)의 이씨, 이애(梨厓)의 홍씨, 금탄(金灘)의 정씨[10] 등은 마치 옛날 중국의 이름난 성씨들이 한강(漢水)의 동쪽을 차지하고 살던 것처럼 그곳을 잘 보전하지 못하면 나라를 잃은 것같이 여긴다. 우리 집안의 마현(馬峴) 또한 그러한 터다. 비록 논밭이 귀하고 물이나 땔감을 구하기가 불편해도 차마 바로 떠날 수 없는 곳이다. 하물며 이런 난리를 만난 뒤임에랴. 정말로 재간이 있다면 그런 곳에서도 집안을 일으킬 수 있겠지만, 게으르고 사치스러운 행실을 고치지 않는다면 아무리 기름진 땅에 집을 짓고 살아도 춥고 배고픔을 면하지 못할 것이니 옛터를 굳건히 지켜야 할 것이다 (1810년 9월에 다산 동암에서 쓰다―지은이).

---

10 미음·궁촌·이애·금탄 조선시대 여러 대에 걸쳐서 세도를 누려온 특권층들은 주로 남한강 가에 터전을 이루고 있었다. '미음'은 지금의 남양주에 있던 지명, '궁촌'은 지금의 서울시 강남구 수서동에 있던 지명, '이애'는 지금의 여주에 있던 지명, '금탄'은 지금의 충주에 있던 지명이다.

# 정신적인 부적을 물려주마

又示二子家誡

## 호연지기를 갖도록

육자정(陸子靜)[1]은 "우주(宇宙) 사이의 일이란 자기 내부의 일과 같고 자기 내부의 일은 바로 우주 사이의 일이다"라고 하였다. 대장부라면 하루라도 이런 생각이 없어서는 안 되니, 우리의 본분을 애초에 가볍게 여겨서는 안 된다.

사대부의 마음가짐이란 비가 갠 뒤의 맑은 바람과 밝은 달〔光風霽月〕처럼 털끝만큼도 가린 곳이 없어야 한다. 무릇 하늘이나 사람에게 부끄러운 짓을 아예 저지르지 않는다면 자연히 마음이 넓어지고 몸이 안정되어 호연지기(浩然之氣)가 저절로 우러나올 것이다. 만약 포목 몇 자 동전 몇 닢 정도의 사소한 것

---

1　육자정　중국 송나라 때 학자 육구연(陸九淵, 1139~1192). '자정'은 그의 자. 호는 상산(象山).

에 잠깐이라도 양심을 저버린 일이 있다면 이것이 기상을 쭈그러들게 하여 정신적으로 위축을 받으니, 너희는 정말로 주의하여라.

거듭 당부하는 건 말조심하는 일이다. 전체적으로 완전해도 구멍 하나만 새면 깨진 항아리일 뿐이고, 백 마디를 모두 미덥게 하다가도 한 마디만 거짓말을 하면 도깨비장난에 지나지 않는 것이니 너희는 정말로 조심하여라. 말을 실속 없이 과장되게 하는 사람은 남이 믿어주질 않는 법이니, 가난하고 천한 사람일수록 더욱 말을 적게 해야 한다.

우리 집안은 선조 때부터 붕당(朋黨)에 관계한 적이 없다. 더구나 곤궁하게 되어 괴로움을 당하는 요즘이야 옛날부터 친하던 친구들조차도 연못으로 밀어넣고 돌을 던지려 하는 판이니, 너희들은 가슴속에 새기고 당파를 짓는 사심(私心)을 깨끗이 씻어버리도록 하여라.

큰 흉년이 들어 굶어 죽는 백성들이 많아 하늘을 원망하는 사람도 있는데, 내가 보기에 굶어 죽는 사람은 거의가 게으른 사람들이더구나. 하늘은 게으른 사람을 싫어해서 벌을 내려 죽이려는 것이다.

## 근검 두 글자를 유산으로

나는 너희들에게 전원(田園)을 물려줄 수 있을 정도의 벼슬은 하지 못했으나, 오직 정신적인 부적 두 글자가 있어 삶을 넉넉하게 하고 가난을 구제할 수 있기에 이제 너희들에게 물려주겠다. 너희들은 하찮게 여기지 마라.

한 글자는 부지런할 근(勤)자이고 또 한 글자는 검소할 검(儉)자이다. 이 두 글자는 좋은 밭이나 기름진 땅보다도 나은 것이니 일생 동안 써도 다 쓰지 못할 것이다.

근(勤)이란 무엇인가? 오늘 할 일을 내일로 미루지 말고, 아침에 할 일을 저녁까지 미루지 말고, 맑은 날에 해야 할 일을 비오는 날까지 끌지 말도록 하고, 비 오는 날 해야 할 일도 맑은 날까지 끌지 말아야 한다. 늙은이는 앉아서 감독을 하고, 어린 사람들은 다니면서 어른들이 시키는 일을 행하고, 젊은이는 힘든 일을 하고, 병든 사람은 집을 지키고, 부인들은 길쌈을 하느라 한밤중[四更]이 되기 전엔 잠자리에 들지 않아야 한다. 요컨대 집안의 상하 남녀가 한 사람도 놀고먹는 사람이 없게 하고, 또 잠깐이라도 한가한 시간이 없도록 하는 것을 '근'이라고 한다.

검(儉)이란 무엇인가? 의복은 몸을 가리기 위한 것이다. 올이 가늘고 고운 옷은 조금이라도 해지면 세상에 볼품없어지지만, 올이 굵고 두툼한 옷은 약간 해진다 해도 볼품이 없어지지는 않는다. 옷 한 벌을 만들 때마다 앞으로 오래도록 계속 입을 수 있을지 없을지를 생각해야 하며, 곱고 아름답게만 만들어 빨리 해지게 해서는 안 된다. 이런 생각으로 옷을 만들게 되면 당연히 곱고 아름다운 옷감을 버리고, 투박하고 질긴 옷감을 택하지 않을 사람이 없게 된다.

음식이란 생명을 연장하기 위한 것이다. 아무리 맛있는 고기나 생선도 입안으로 들어가면 더러운 물건이 되어버린다. 삼키기도 전에 벌써 사람들은 더럽다며 싫어한다.

인간이 이 세상에서 귀하다고 하는 것은 정성 때문이니, 조금도 속임이 있어서는 안 된다. 하늘을 속이는 것이 제일 나쁘고, 임금을 속이고 어버이를 속이고 농부가 함께 일하는 다른 농부를 속이고 상인이 함께 장사하는 동료를 속이는 것은 모두 죄를 짓는 일이다. 오직 한 가지 속여도 되는 일이 있다면 그건 자기의 입과 입술을 속이는 것이다. 아무리 맛없는 음식도 목구멍으로 넘기기 전까지만 맛있는 것처럼 잠시 속이고 있으면 되니 이는 괜찮은 방법이다.

금년 여름에 내가 다산에서 지내며 상추로 쌈을 싸서 먹고 있을 때 구경하던 옆사람이 "쌈을 싸먹는 것과 절여 먹는 것은 차이가 있는 겁니까?"라고 물었다. 그래서 나는 "이건 내가 입을 속여 먹는 방법이라네"라고 말한 적이 있다.

어떤 음식을 먹을 때마다 이러한 생각을 지니고 있어야 하며, 맛있고 기름진 음식만을 먹으려고 애써서는 결국 변소에 가서 대변보는 일에 정력을 소비할 뿐이다. 그러한 생각은 당장의 어려운 처지를 극복하는 방편만이 아니라 귀하고 부유하고 복이 많은 사람이나 선비일지라도 집안을 다스리고 몸을 바르게 하는 방법도 된다. 근(勤)과 검(儉) 두 글자를 버리고는 손을 댈 곳이 없을 것이니 너희들은 반드시 마음에 깊이 새겨두도록 하여라(1810년 9월에 다산 동암에서 쓰다―지은이).

# 옛 친구들을 생각하며

示二子家誡

옛 친구들이 그립다

옛날에 두공부(杜工部, 두보)[1]가 이리저리 떠돌아다니며 곤궁한 생활을 할 때 옛 친구들을 애도하여 팔애시(八哀詩)[2]를 지어 쓰라리고 슬픈 감정을 읊었는데, 천년 후에 읽어보아도 읽는 이에게 더욱 슬프고 괴로운 심정을 일으킨다. 친구들 중에는 명성이나 지위가 아주 높은 사람도 있고 재주가 뛰어난 사람도 있는데, 이들 모두 두보의 시에 힘입어 길이 전해지게 되어 역사책이나 공훈이 큰 사람을 새겨두는 종묘의 솥에 기록된 이름보다도 도리어 더 훌륭하게 취급되니 문장을 소홀히 여길 수

---

1  두공부 중국 당나라 때 시인 두보(杜甫). '두공부'는 두보가 공부원외랑(工部員外郎)이란 벼슬을 지냈기 때문에 붙여진 이름이다.
2  팔애시 두보가 친구 여덟 사람을 애도하여 지은 여덟 편의 시.

없음이 이와 같은 것이다. 두보야말로 옛 친구를 버리지 않았다고 할 수 있다.

내가 유배된 이후로 절친하던 친구들은 모두 끊어졌고, 사람들은 이미 나를 헌신짝처럼 버리고 말았다. 그리하여 그들에 대한 나의 정도 소원해져서 날로 멀어지고 잊혀져만 간다. 다만 모진 풍상을 맞기 전에 즐겁게 노닐던 발자취를 더듬어보면 눈에 선하고 말똥말똥 머릿속에 떠오르곤 한다. 그때의 일을 주워모으고 그때의 말들을 기록하여 당시의 풍채나 기상을 비슷하게나마 상상해보고 싶지만, 시상(詩想)이 막혀 마음속에서만 뱅뱅거릴 뿐이다.

그러던 중 금년 여름에 몸져눕고 나서는 다산서옥(茶山書屋)의 붓과 먹이 쓸쓸하게만 보여 비단 몇 폭을 찢어내 손이 가는 대로 기록했는데 전혀 질서가 없다. 나중에 더 좋은 시를 지어내려면 이 시를 근거로 삼아야겠기에 그런 일을 해두었다. 시는 두보의 체를 따랐지만 두보의 시처럼 길이 전해지게 되리라고는 감히 바랄 수 없다. 그러나 옛 친구를 생각하고 스스로 답답한 심정을 펴는 데는 어진 사람이나 어리석은 사람이나 다를 게 없지 않겠느냐? 마침 둘째가 내 곁에 있으니 그애 가는 편에 보내어 너에게 보여주겠다.

채제공의 효행과 국량(局量)

번옹(채제공)은 지위가 참판에 이르렀으나 어버이를 섬김에 있어서는 천한 일도 몸소 하였다. 도승지로 있을 때 조정에서 돌아오면 곧바로 조복(朝服)을 벗고 땔감을 안고 가서 지사공(知事公)[3]의 방에 손수 불을 땠는데, 그렇게 하지 않으면 구들장의 차고 더움이 알맞지 않을까 염려해서였다.

어머니는 요절한 딸이 남기고 간 어린애들을 길렀으니, 아들은 참판 이유경(李儒慶)[4]이고 딸은 우 진사(禹進士)의 아내였다. 어머니가 임종할 적에 번암(樊巖)을 불러 앞으로 다가오게 한 다음 그애들을 당부하면서 "내가 이 두 애들을 너에게 부탁한다. 내가 살아 있을 때처럼 이 아이들을 보살펴다오" 하시자, 공(公)은 그리하겠다고 대답하였다. 그때부터 사내아이는 아들처럼 계집아이는 딸처럼 여겼다. 계축년(1793) 여름에 영의정〔首相〕이었던 공이 밤에 임금을 뵈었을 때 "경(卿)의 집에 우씨(禹氏)의 아내가 있소? 자잘한 비방이 있으니 경은 잘 살피도록 하시오"라고 하자, 공은 그간의 사정을 아뢰고 집에 돌아와서도

---

**3** 지사공 채제공의 아버지 채응일(蔡膺一). 지중추부사(知中樞府事)를 지냈다.

**4** 이유경 조선 후기의 문신(1748~1818). 자는 이선(而善), 본관은 함평. 참판과 강릉부사를 지냈다.

전처럼 행하였다. 이는 탁월한 행실이었다.

번옹은 전에 나의 과거 합격을 축하해주기 위해 우리 집에 온 적이 있었다. 마침 자리가 손방(巽方, 동쪽과 남쪽 사이)에 앉아 건방(乾方, 북쪽과 서쪽 사이)을 향하게 되었는데, 잠시 후에 손님들이 몰려와서 좌우로 응답하다가 반나절이나 지나 파하였지만 앉은 방향이 한 치도 달라지지 않았다. 을묘년(1795) 봄에 상호도감(上號都監)[5]으로 휘호(徽號)를 올리던[封進] 날, 육경(六卿)의 재신들이 모두 회합했다. 그때 내가 보니, 공은 두 무릎을 땅에 붙이고 우뚝 앉아 움직이지 않는 모습이 마치 무쇠로 주조한 산악 같았고, 다른 분들은 몸을 좌우로 기울이거나 의지하면서 뼛소리를 우두둑우두둑 내고 있었다.

공의 신장(身長)은 보통 사람을 넘지 않았고 허리둘레도 가늘었으며 면모도 우람스럽지 못했다. 판서(判書) 권엄(權儼)[6]은 신장이 9척이나 되고 허리와 얼굴 모두 보통 사람보다 컸다. 그러나 공을 곁에서 모시고 앉아 있는 것을 보면 왜소하고 연약하여 마치 태산(泰山) 앞에 있는 작은 언덕처럼 느껴졌다. 나는 기상의 웅장함과 잔약함은 체구의 크고 작음에 있지 않다는 것을 비로소 깨달았다.

---

5  상호도감 조선시대 왕이나 왕비 등의 시호(諡號, 죽은 뒤에 공덕을 칭송하여 붙인 이름)를 짓기 위하여 설치한 임시 관아.

6  권엄 조선 후기 정조 때의 문신(1729~1801). 자는 공저(公著), 호는 섭서(葉西), 본관은 안동으로 병조판서를 지냈다. 신유옥사 때 천주교 신자에 대한 극형을 주장했다.

참판 오대익(吳大益)[7]은 공의 처남이다. 전에 정주(定州)사건으로 옥에 갇혔을 때, 여러 벼슬아치들이 "경삼(오대익)의 사건을 공은 어떻게 아뢰려고 하십니까?" 하고 물었다. 공이 침묵을 지키자 여러 벼슬아치들은 "혐의가 있는 처지라서 공도 감히 원한을 풀어주지 못하는 것이다"라고 서로 말하였다. 그런데 얼마 후에 희정당(熙政堂)에 들어가 임금을 알현하여 오공(吳公)의 억울함을 아뢰는데 그 말소리가 지붕의 기와가 흔들릴 정도로 컸다. 공이 계속하여 말하기를 "대신의 입장으로 혐의스러운 처지 때문에 아경(亞卿)[8]의 죽음을 가만히 보고만 있을 수는 없습니다" 하자, 임금이 얼굴빛을 고치고서 칭찬하였다. 이날 공이 오공의 사건을 아뢰는 것을 본 사람들은 기가 위축되어 혀를 내두르면서 공의 의기(意氣)를 장하게 여기지 않는 사람이 없었다. 오공은 죄를 감하여 처벌을 받게 되었다.

병진년(1796)·정사년(1797) 사이에 소릉(少陵, 이가환)[9]이 문을 닫고 한가히 지내자, 간사한 무리들이 번옹과 소릉 간에 틈이 생겼다고 말을 지어내어 몇 달 사이에 여러 사람들이 시끄럽게 떠벌렸다. 공에게 그에 대해 질문하는 사람이 있었으나 공이

---

7  오대익 조선 후기의 문신(1729~?). 자는 경삼(景參). 영조 때 참판을 지냈다.

8  아경 경에 버금가는 벼슬이라는 뜻으로, 육조의 참판, 한성부의 좌윤·우윤 등 종이품 벼슬을 높여 이르던 말.

9  소릉 조선 후기의 문신·학자 이가환(李家煥, 1742~1801)의 호. 자는 정조(庭藻), 호는 정헌(貞軒)·금대(錦帶), 본관은 여주. 공조판서를 지냈다.

답변하지 않고 입을 다물어버리자, 많은 사람들이 더욱 근거 없는 말이 아니라고 믿게 되었다.

마침 정월 보름날 밤에 권엄과 이정운(李鼎運)[10] 등 여러 벼슬아치들이 함께 다리밟기를 하러 가자고 청했는데, 공은 병이 났다는 핑계를 대고 밤 이고(二鼓, 9~11시)에 은밀히 사람을 보내 소릉을 불렀다. 그리고 함께 광통교(廣通橋) 위에 나가 병풍을 치고 고기를 구워놓고 사이좋게 마주 앉아 술과 농담을 나누며 새벽종 칠 때까지 머물렀다. 이때 온 성안의 구경꾼, 아전, 시정(市井)의 유생, 놀이패 들이 모두 와서 엿보고는 돌아가면서 말하기를 "두 사람 사이에 틈이 생겼다는 말은 한갓 거짓말이었구나" 하였다. 그다음 날 소문이 퍼져 벼슬하는 집안마다 모두 알게 되었고 임금에게까지 알려지자 말을 지어낸 사람들이 시들해졌다. 그후 며칠이 지나 경모궁(景慕宮)에서 임금을 알현했을 때 소릉은 쓸 만한 사람이라고 힘껏 추천했으니, 그의 덕량이 이러했다.


해좌공의 기개

해좌공(海左公, 정범조)[11]은 성품이 느긋하고 고상하며 지조가 확

---

**10** 이정운 조선 후기의 문신(1743~1800). 이익운(李益運)의 형으로 자는 공회(公會), 호는 오사(五沙), 벼슬은 판서를 지냈다.

실하여 전국시대의 맹분(孟賁)이나 주나라 때의 하육(夏育) 같은 힘센 장사도 뺏지 못할 기개가 있었다. 전에 이조(吏曹)에서 체직(遞職, 벼슬이 바뀜)되자 급히 짐을 정리하여 법천(法泉, 강원도 원주)으로 돌아가려는데, 승지(承旨) 이익운(李益運)[12]이 승정원(承政院)에서 퇴근하여 전하기를 "밀지(密旨)가 있으니 며칠 뒤에는 다시 제수(除授)의 명이 있을 것입니다. 급히 돌아가서는 안 됩니다" 하였다. 공이 "임금의 교서(教書)가 조보(朝報)에 나왔소?" 하고 묻자 이익운이 놀라며 "밀지입니다" 하였다. 그러자 공은 "이미 조보에 나오지 않았다면 내가 떠나더라도 회피하여 태만히한 것이 아니오" 하고는 뒤도 돌아보지 않고 끝내 가버렸다.

해좌공이 이조에 재직할 때 공을 위해 꾀를 내는 자가 있어 말하기를 "수령으로 처음 벼슬에 나아가거나 복직되는 경우는 친구들을 임용해야 하고, 삼사(三司)의 여러 후보자는 시속의 인물들을 섞어 임용함이 옳습니다" 하니, 공은 "삼사는 깨끗하고 위엄 있는[清峻] 자리인데 어찌 수령의 아래에 두어 그와 같이 말을 하오?" 하였다. 그러고는 삼사를 맡을 후보를 주의(注擬)[13]하는 데 친구들을 많이 올렸으니, 시속에 물들지 않음이

---

11 해좌공 조선 후기의 문신 정범조(丁範祖, 1723~1801)의 호가 '해좌'다. 본관은 나주. 강원도 원주에 집성촌이 있다. 예문관 제학을 지냈다.

12 이익운 조선 후기의 문신(1748~1817). 자는 계수(季受), 호는 학록(鶴鹿). 수원부유수 및 대사헌을 지냈다.

13 주의 벼슬아치를 임명할 때 임금에게 후보자 세 사람을 정하여 올리던 일.

그와 같았다.


## 소릉의 박학


소릉(이가환)은 구경(九經)을 막힘없이 술술 외웠으며, 백가서 (百家書)에도 두루 관통하여 빠뜨림이 없었다. 어떤 사람이 시험해보려고 흔히 볼 수 없는 글에서 한 글자 반 구절을 따다가 갑자기 묻자, 공은 그 글의 전문을 외워 10여 줄을 그치지 않고 술술 내려가니 시험하던 사람이 도리어 어이없어하였다.

갑인년(1794) 겨울에 도감당상(都監堂上)이 되었을 때 '개운 (開運)' 등 여덟 글자의 휘호를 올리기로 의논하였는데, 「금등 (金縢)」의 뜻[14]이 모두 빠져 있어 임금이 휘호를 고치고 싶어했으나 적당한 이유를 찾지 못하고 있었다. 이때 공이 아뢰기를 "개운은 석진(石晉)[15]의 연호(年號)입니다"라고 해서 드디어 고

---

**14** 「금등」의 뜻 「금등」은 『서경(書經)』의 편명으로, 주나라 무왕에게 병이 나자 그 아우인 주공(周公)이 왕실이 편안치 못하고 은나라 백성들이 굴복하지 않아 근본이 흔들리기 쉽다 하여 하늘에 계신 세 왕(태왕·왕계·문왕)에게 무왕의 명을 자기가 대신 받아 죽게 하고 무왕은 살려달라고 축원한 것을 사관(史官)이 기록하여 금궤 속에 감추어두었던 것이다. 여기서는 영조가 사도세자의 사건에 대한 사연을 적어 정조에게 물려준 것을 말한다. 영조는 동혜(桐兮)로 시작되는 28자를 친히 써서 사도세자의 신판(神板, 신위를 새긴 판) 밑에 넣어두었다 한다.
**15** 석진 중국 오대(五代)의 세번째 왕조 후진(後晉)을 말함. 석경당(石敬瑭

치기로 의논을 정하였다. 그리고 '모름지기 독서인을 등용해야 한다'(송 태조의 말)는 비유적인 하교를 내렸다.

을묘년(1795) 봄에 공조판서(工曹判書)에 제수되고 인정문(仁政門)에 임금이 나와 앉았을 때 특별히 나를 불러 전교(傳敎)를 받아쓰도록 하였으니, 이는 대개 개운에 대하여 올린 답변이 임금의 뜻에 크게 부합하였기 때문이다.

공은 나보다 스무 살 위였으나 국가의 큰일을 함께 논하다가 충의(忠義)에 대하여 감격할 만한 점에 뜻이 맞으면 훌쩍 일어나 절을 하곤 하였다. 만년에는 오사 이정운과 서로 잘 지냈다. 달 뜨는 밤이면 서로 모여서 손수 거문고를 격절하게 타기도 하였다. 뜰 앞에는 오동나무 한 그루와 파초 한 떨기가 있어 맑은 그림자만 너울거려 한 점 흙먼지(塵土)의 기운도 없었으니 그야말로 당시 최고의 풍류였다.


복암의 청렴

복암(茯菴, 이기양)[16]은 젊어서 정산(貞山) 이병휴(李秉休)[17]와 예

---

唐)이 거란병(契丹兵)을 이끌고 후당(後唐)을 멸망시킨 다음 세운 나라.

16 복암 조선 후기의 학자 이기양(李基讓, 1744~1802)의 호. 자는 사흥(士興), 본관은 광주. 예조참판을 지냈다.

17 이병휴 조선 후기의 실학자(1710~1776). 자는 경협(景協), 호는 정산, 성호 이익의 넷째 형의 아들로 이가환의 숙부.

헌(例軒) 이철환(李喆煥)[18]의 문하에 나아가 배웠는데, 늘 도보(徒步)로 찾아가서 학문에 힘쓰되 경서에 온 노력을 기울였다. 뒤늦게 진산군수(珍山郡守)가 되었는데, 그때 임금이 급히 어진 이를 구하자 여러 사람들이 모두 복암을 추천하여 서울로 오게 되었다. 그리고 얼마 있다가 집을 하사받고 몇 년 사이에 등급을 뛰어넘어 참판에 이르렀으니, 이는 근세에 없던 일이었다. 임금의 뜻은 항상 복암과 나를 한(漢)나라의 왕릉(王陵)과 진평(陳平)이 소하(蕭何)를 계승한 것[19]에 비교하였다.

그분이 의주부윤(義州府尹)이 되어서는 청렴하고 관대하여 명성이 서울에까지 널리 퍼졌다. 만년에는 해학을 좋아했고 더윗병(暑病)이 있어 자기 몸을 단속하지는 못했으나, 그분의 처신은 엄숙하고 근엄하였다. 내가 무슨 말을 할 때마다 무릎을 치며 탄복하여 칭찬했으며, 나의 문장에 대해서도 역시 깊이 인정해주었다(1808년 윤5월 다산서각茶山書閣에서 쓰다 — 지은이).

---

**18** 이철환 조선 후기의 실학자(1722~1779). 자는 길보(吉甫), 호는 예헌·장천(長川), 본관은 여주로 이가환의 육촌형이다.

**19** 왕릉·진평·소하 모두 한나라 고조 때의 이름난 재상. 이 글에서는 정조가 당시의 명재상 채제공을 소하에 비유하고, 채제공을 이을 복암 이기양을 왕릉에 비유하고, 이기양을 보필한 다산을 진평에 비유한 것을 말한다.

# 청운의 뜻을 꺾어서는 안 된다

鹽鐵游家誡

용기와 노력

용기는 삼덕(三德)[1]의 하나다. 성인이 사물을 제 뜻대로 움직이고 천지를 다스리는 것은 모두 용기로 인한 것이다. 공자의 제자 안연(顔淵)이 "순(舜)임금은 어떤 사람이냐? 나도 순임금처럼 될 수 있다"라고 한 것은 용기 있는 것이다. 경국제세(經國濟世)[2]의 학문을 하고 싶을 때, "주공(周公)은 어떤 사람이냐?" 하며 그분처럼 되려고 실천하기만 한다면 그렇게 될 것이다. 문장가가 되고 싶으면 "유향이나 한유(韓愈)는 어떤 사람이냐?"라고 하면서 열심히 실천에 옮기면 그렇게 될 수도 있다. 글씨를 잘 써서 이름을 날리고 싶으면 "왕희지(王羲之)나 왕헌지(王

---

1    삼덕  지(智)·인(仁)·용(勇)의 세 가지 덕.
2    경국제세  나라를 맡아 다스리고 세상을 구제함.

獻之)³는 어떤 사람이냐"로부터 시작하고, 부자가 되고 싶으면 "도주(陶朱)나 의돈(猗頓)⁴은 어떤 사람이냐?"라고 하면서 노력 하면 된다. 무릇 한 가지 하고픈 일이 있다면 목표로 삼을 만한 사람을 한 명 정해놓고 그 사람의 수준에 오르도록 노력하면 그런 경지에 이를 수 있으니, 이런 것은 모두 용기라는 덕목을 통해서 할 수 있는 일이다.

## 국량의 근본은 용서하는 데 있다

둘째 형님[丁若銓]은 나의 지기이셨다. 일찍이 말씀하시길 "내 동생은 병통이 없으나 오직 국량이 좁은 게 흠이다"라고 하셨 다. 나는 네 어머니의 지기이기도 한데, 내가 일찍이 이런 말을 한 적이 있다. "나의 아내는 부족함이 없으나 오직 아량이 좁은 게 흠이다."

너는 나와 네 어머니의 자식이니 어찌 산이나 숲처럼 크고 활달한 국량을 지닐 수 있겠느냐마는, 아무래도 너는 너무 좁

---

3  왕희지·왕헌지  왕희지는 중국 진(晉)나라 때 유명한 서예가. 왕헌지는 그의 일곱째 아들이며 부자가 모두 글씨를 잘 썼다. 왕희지는 '서성(書 聖)'이라는 칭호를 얻었다.

4  도주·의돈  도주는 중국 춘추시대 월(越)나라의 재상 범려(范蠡)로 재물 을 늘리는 데 능하였다. 의돈은 중국 춘추시대 노(魯)나라 사람으로 도 주에게 부자가 되는 방법을 묻고 실천하여 부자가 되었다.

198

은 편이다. 아들이 아비보다 더한 것은 이치상 당연한 귀결이다. 일찍이 티끌만큼도 남의 잘못을 용서해주지 않았는데 출렁거리는 넓은 강물처럼 타인의 허물을 포용할 수 있겠느냐? 국량의 근본은 용서해주는 데 있다. 용서할 수만 있다면 남의 농작물을 훔친 좀도둑이나 반란을 일으킨 자라 할지라도 참고 넘어갈 수 있는데 하물며 그 밖의 일이야 말할 게 있겠느냐?


## 모든 사람에게 일을 맡겨라

옛날 어진 임금들은 사람을 쓰는 데 있어 적시적소에 배치하는 지혜가 있었다. 눈이 먼 소경은 음악을 연주하게 하였고 절름발이는 대궐문을 지키게 하였고 고자는 후궁의 처소를 출입게 하였고, 꼽추·불구자·병자·허약자라도 적당한 곳에 적절하게 용무를 맡겼다. 그러니 이 점에 대하여 항상 연구하도록 하여라. 집에 사내종이 있는데도 너희들은 항상 힘이 약해서 일을 제대로 시키지 못한다 하였는데, 이는 너희들이 난쟁이에게 산을 뽑아오라는 식의 가당찮은 일을 맡기고 있기 때문에 힘이 약하다고 걱정하는 것이다.

집안을 거느리는 방법으로는, 위로는 주인어른 내외부터 남자·여자·어른·아이·형제·동서에 이르기까지, 아래로는 사내종과 계집종의 자식에 이르기까지 무릇 다섯 살 이상이면 각자

할 일을 나누어주어 한순간이라도 놀지 않게 한다면 가난하고 군색함을 걱정하지 않아도 된다. 내가 장기에 유배 가 있을 때 주인 성(成)모씨는 겨우 다섯 살 된 어린 손녀에게 뜰에 앉아 솔개를 쫓게 하였고, 일곱 살짜리에게는 긴 막대를 손에 들려 참새떼를 쫓게 하였다. 이처럼 한솥밥을 먹는 모든 식구들에게 각자의 임무를 맡도록 하였으니 이 점은 본받을 만하다.

할아버지는 칡으로 노끈이라도 꼬고 할머니는 실꾸리 하나라도 들고서 손으로 풀어내 감으며, 비록 이웃집에 마실 가더라도 일을 놓지 않아야 하니, 그런 집안은 반드시 먹을 게 충분하여 가난을 걱정하지 않아도 될 것이다.


## 내 땅 남의 땅 가리지 말고

어떤 집안의 둘째 아들 중에는 세간을 따로 차리지 않았을 때는 과수원이나 남새밭을 가꾸는 일에 전혀 신경을 쓰지 않는 경우가 있다. 그런 사람은 제 살림이 나서 자기 토지가 생기면 정성껏 경영할 생각일 것이라고들 여긴다. 그러나 이것은 본래 사람의 성벽에서 나온다는 것을 알지 못하고 하는 말이다. 자기 형의 과수원을 잘 보살피지 못하는 사람은 반드시 자기 과수원도 보살필 수 없게 마련이다. 너는 내가 다산에서 연못을 파고 축대를 쌓고 남새밭 일에 마음을 다하고 온 힘을 기울이는 것을 보았을 게다. 그러나 이것을 내 소유로 만들어 자손에게 전해주려고 그렇게 한 것이겠느냐? 정말로 나의 본성이 그러한 일을 좋아하기 때문이지, 내 땅 남의 땅을 따져서 한 일이 아니다.

## 하늘로 치솟겠다는 기상

한번 배부르면 살찐 듯이 여기고 한번 굶으면 야윈 듯이 여기는 것은 천한 짐승들이나 하는 짓이다. 소견이 좁은 사람은 오늘 당장 뜻대로 되지 않는 일이 있으면 의욕을 잃고 눈물을 질질 짜다가도 다음 날 일이 뜻대로 되면 벙글거리며 낯빛을 펴곤 한다. 근심·슬픔·기쁨·감격·분노·사랑·미움 등 모든 감정이 아침저녁으로 변하는데, 달관한 사람의 입장에서 본다면 비웃지 않을 수 없다. 그러나 소동파(蘇東坡)가 "속된 눈으로 보면 너무 낮고 하늘을 통하는 눈으로 보면 너무 높기만 하다"고 하였으니, 요절하는 것과 장수하는 것을 같게 보고 죽고 사는 것을 한가지로 여긴 것은 너무 높은 생각이었다. 요컨대 아침에 햇볕을 받는 위치는 저녁때 그늘이 빨리 들고, 일찍 피는 꽃은 빨리 시든다는 것을 알아야 한다. 바람이 거세게 불면 한순간도 멈추지 않는 법이다.

세상을 살아가는 사람은 한때의 재해를 당했다 하여 청운(靑

雲)의 뜻을 꺾어서는 안 된다. 사나이의 가슴속에는 언제나 가을 매가 하늘로 치솟아오르는 기상을 품고서 천지를 조그마하게 보고 우주도 손으로 가볍게 요리할 수 있다는 생각을 지녀야 옳다.


## 모든 진리를 알고픈 지식욕

내 나이 스무 살 때는 우주의 모든 일을 다 깨닫고 그 이치를 완전히 정리하고 싶었다. 서른 살, 마흔 살이 되어서도 그러한 의지가 쇠약해지지 않았다. 모진 세월을 당한 뒤에는 백성과 나라에 관계된 일인 전제(田制)·관제(官制)·군제(軍制)·세제(稅制) 등에 대해서는 드디어 생각을 줄일 수 있었으나, 경전을 주석하는 데 있어서만은 오히려 혼잡한 것들을 파헤치고 바로잡아 올바른 유교원리(儒敎原理)로 돌이키려는 생각이 있었다. 그러나 이제는 몸에 중풍이 생겨 그런 마음이 점점 쇠잔해지고 있다. 하지만 정신상태가 조금이라도 나아지면 차분한 생각이 떠올라 문득 옛날의 욕심들이 다시 일어나곤 한다.

## 비밀로 하는 일이 없기를

남이 알지 못하도록 하려면 그 일을 하지 않는 것보다 좋은 것이 없고, 남이 듣지 못하도록 하려면 그 말을 하지 않는 것보다 좋은 것이 없다. 이 두 마디 말을 평생 동안 외우고 실천한다면 크게는 하늘을 섬길 수 있고 작게는 한 가정을 보전할 수 있을 것이다.

온 세상의 재화(災禍)나 우환(憂患), 하늘과 땅을 흔들고 한 집안을 뒤엎는 죄악은 모두가 비밀리에 하는 일에서 생겨나게 마련이니, 일에 임하거나 말을 할 때에는 부디 깊이 살피도록 하여라.


## 편지 쓸 때 명심할 점

열흘 정도마다 집 안에 쌓인 편지를 점검하여 눈에 거슬리는 번잡한 것은 하나하나 뽑아내어 심한 것은 불살라버리고, 그보다 조금 덜한 것은 노끈으로 만들어 쓰고, 그보다 조금 덜한 것은 벽을 바르거나 종이상자를 만들어 쓰면 정신이 맑아지게 될 것이다.

편지 한 장 쓸 때마다 모름지기 두 번 세 번 읽어보면서 이 편지가 사거리의 번화가에 떨어져 나의 원수가 펴보더라도 나에게 죄가 없을 것인가를 생각하면서 써야 하고, 또 이 편지가 수백 년 동안 전해져서 안목 있는 많은 사람들의 눈에 띄더라도 조롱받지 않을 만한 것인가를 생각해본 뒤에야 비로소 봉해야 하는데, 이것이 바로 군자가 근신하는 태도이다. 내가 젊어서는 글을 너무 빨리 썼기 때문에 여러 번 이 계율을 어긴 적이 있지만, 중년에 화 입을 것이 두려워 이 원칙을 지켰더니 아주 큰 도움이 되었다. 너희도 이 점을 명심토록 하여라(1810년 봄 다산 동암에서 쓰다―지은이).

# 생계를 꾸릴 때도 사대부답게

示學淵家誡

## 음풍농월을 삼가라

네가 나를 섬길 수 없는 처지가 되어 매우 가슴 아프다고 했는데 왜 그러한 마음으로 큰아버지를 섬기지 못하느냐. 옛사람 중에는 일찍 부모를 잃으면 나무를 깎아 상(像)을 만들어 제사 지내듯 모신 사람도 있다던데, 하물며 성인께서 섬겨야 한다고 말씀한 아버지 형제를 섬기지 않아서야 되겠느냐? 온 정성을 바쳐 잘 섬기는 일만을 생각한다면 미쁘지 않을 게 없을 것이니 생각하고 실천해보도록 하여라.

사대부가 벼슬살이하면서 녹을 받다가 한번 길을 잃게 되면 몰락하여 유랑하는 비렁뱅이 신세로 무지렁이들 속에 섞여버리는 경우가 많다. 그 이유 중 하나는 자포자기하여 경서(經書)나 사서(史書)를 내던져버리기 때문이며, 또 하나는 놀고먹는 습관을 고치지 않기 때문이다. 풍월(風月)을 자주 읊으며 어려운 운자(韻字) 달기를 뽐내어 비록 한때의 헛된 명예를 얻는다 해도 이는 떠내려가는 물거품 같아서 곧 없어져버리는 것이니, 근본 없고 근원 없는 학문이 어찌 크게 이름을 날릴 수 있으랴!

또 의복과 음식의 근원이 되는 것은 오직 뽕나무와 삼(麻)을 심고 채소와 과수를 기르는 일이며, 부녀자가 길쌈(紡績)을 부지런히 하는 것도 꽤 권할 만한 일이다. 그 나머지 돈놀이를 하거나 물건을 매매하거나 약장사를 하는 일은 매우 악착스러운 사람들만 할 수 있는 일이다. 조금이라도 인간미가 있는 사람이라면 반드시 본전을 손해보고 본업까지 망치게 된다. 아무쪼록 그런 일은 일체 생각하지 말거라.


옳지 못한 재물은 오래 지킬 수 없다

권력을 가진 중요한 지위에 있는 사람들을 찾아가 재판을 청탁하여 더러운 찌꺼기나 빨아먹고, 무뢰한들과 결탁하여 시골의 어리석은 사람들을 속여서 그들의 재물을 훔쳐먹는 것은 모두 제일 간악한 도둑놈들이다. 작게는 욕을 먹고 인심을 잃어 이름을 땅에 떨어뜨리게 되지만, 크게는 법에 걸려들어 큰 형벌을 받고 말 것이다. 무릇 의롭지 못한 방법으로 얻은 재물은 오래 지킬 수 없다. 너는 포교(捕校)나 나졸(羅卒)의 부정한 재산이 일생 동안 보존되는 것을 보았느냐? 버는 대로 써버리고는 또 악착같이 이익을 추구하니, 비유하자면 굶주린 귀신의 혀끝의 한 방울 물로 불을 끄려는 격이어서 아무리 해도 갈증을 풀 길이 없을 터인데, 어찌 그 근본적인 해결책을 찾지 않느냐? 공손하고 성실하게 경전을 정밀히 연구하고, 근면하고 검소하게 정원과 텃밭[園圃]을 힘껏 가꾸고, 분수에 맞게 도(道)를 지키며, 일거리를 줄이고 경비를 절약하면 아마도 집안을 보전하는 훌륭한 큰아들이 될 것이다. 손님이 어느 집에 들어 며칠 머무르면서도 어느 총각이 누구의 아들인지 구별할 수 없다면 이것이야말로 형제가 화목하여 남의 모범이 되는 집안이라 할 수 있을 것이다.


## 의원 행세를 그만두지 않는다면


옛날에 불초한 자식으로는 조괄(趙括)이란 사람을 맨 먼저 꼽았지만 조괄은 오히려 아버지의 글을 잘 읽어 뒷날에 전해주었다. 다만 요령이 부족했을 뿐이다. 너희들은 나의 책을 읽을 수도 없으니, 만약 반고(班固)[1]에게 사람의 등급을 매기게 했다면 너희들을 조괄의 아래에 두었을 것이다. 그래도 너희는 억울해

---

1   반고 중국 후한 초기의 역사가·문학가(32~92). 아버지 표(彪)의 유지를 받들어 『한서(漢書)』를 편집했다.

할 수도 없겠구나. 힘쓰고 힘쓰도록 하여라.

네가 갑자기 의원이 되었다는데 무슨 의도며 무슨 이익이 있어서 그리했느냐? 의술을 빙자하여 벼슬아치들과 사귀면서 이 아비의 석방을 도모하고 싶어서 그러느냐? 그런 일을 해서도 안 되겠지만 그럴 수도 없을 것이다. 그리고 세속에서 흔히 말하는, 겉으로만 덕을 베푸는 척한다는 말을 너는 알고 있지 않느냐? 돈 안 들이고 입만 놀려 너의 뜻을 기쁘게 해주고는 돌아서서 비웃는 사람이 대부분이라는 걸 너는 아직도 깨닫지 못했단 말이냐? 넌지시 권세를 과시하여 몸을 구부리게 하고 땅에 엎드리게 할 때 이에 맞서 자신을 지키지 못하면 너는 그 술수에 빠져들게 되니 그야말로 어리석은 사람이 되는 게 아니냐?

무릇 높은 벼슬이나 깨끗한 직책에 있고, 덕이 높고 학문이 깊은 사람 중에도 의술을 터득한 이들이 있기는 하다. 하지만 그들 스스로 천하게 의원 노릇을 하지는 않으며, 병자가 있는 집에서도 감히 곧바로 그에게 찾아가 묻지 못한다. 서너 너덧 단계를 거치고서야 겨우 한 가지 처방을 해주어 귀중한 보물을 얻은 것같이 여기게 하는 정도가 옳다.

그런데 요즘 너는 소문을 내고 문을 활짝 열어놓고서 온갖 종류의 사람들을 방에 가득 모이게 하여 별의별 한량 잡배들을 내력도 묻지 않고 근본 행실도 모르면서 사귀고 재워주고 먹여준다니, 그게 무슨 변고냐? 이 뒤로도 네가 하는 일에 대해 모두 듣겠다. 만약 네가 그 일을 그만두지 않는다면 살아서는 연락도 안 할 것이고 죽어서는 눈도 감지 못할 것이니 네 마음대로 하거라. 다시 말하지 않겠다.


내가 유배지에서 죽으면

나는 요즘 신경통과 중풍이 심하여 오래 살 것 같지 않다. 건강에 유의하여 몸에 해가 될 일을 하지 않는다면 조금 더 살 수는 있겠지. 그러나 세상일이란 미리 정해두는 게 제일 나으니, 오늘은 그 점에 관해 말해주겠다.

옛날의 예법을 보면 싸움터에 나가서 죽은 사람은 선조들의 무덤이 있는 선산에다 묻지 않았는데, 이는 제 몸을 삼가지 못했기 때문이다. 『순자(荀子)』[2]에는 죄인에게만 해당하는 상례(喪禮)를 따로 두었는데, 욕됨을 드러내 경계하고자 한 듯하다. 내가 만약 이곳 유배지에서 죽는다면 이곳에다 묻어놓고 국가에서 그 죄명을 씻어준 후에야 반장(返葬)[3]하는 게 마땅할 것이다. 너희들이 예(禮)의 뜻을 잘 알지 못하여 나의 유언[治命]을 어긴다면 어찌 효자라 하겠느냐? 어쩌다 다행히 은혜를 입어 뼈라도 고향 땅에 돌아갈 수만 있다면, 죽음이야 슬픈 일이지만 반장하는 것은 영광스러운 일이다. 이 나라 사람들에게

---

2  『순자』 중국 전국시대의 유학자 순황(荀況)이 지은 책.
3  반장 외지에서 죽은 시체를 고향 땅으로 옮겨 장사 지냄.

죽은 뒤에 은혜를 입었음을 알게 해준다면 길에서라도 빛이 날 일이 아니겠느냐? 조용히 생각하여 충실히 따르도록 하거라.


## 뽕나무의 효과

생계를 꾸려가는 방법에 대하여 밤낮으로 모색해보아도 뽕나무 심는 일보다 더 좋은 것은 없는 것 같다. 제갈공명의 지혜[4]보다 더 나은 게 없음을 비로소 알겠구나. 과일을 파는 일은 본래 깨끗한 명성〔淸名〕을 남길 수 있지만 장사에 가까운 것이다. 뽕나무 심어서 누에 치는 일은 선비로서의 명성도 잃지 않으면서 큰 이익도 얻을 수 있으니 세상에 이러한 일이 또 있겠느냐? 이곳 남쪽 지방에 뽕나무 365그루를 심은 사람이 있는데 1년에 365꿰미의 동전을 벌었다. 1년은 365일이기 때문에 매일 동전 한 꿰미로 양식을 마련해도 죽을 때까지 다 쓰지 못할 것이며, 마침내는 훌륭한 이름을 남기고 죽을 수 있다. 이것은 가장 본받을 만한 일이고 공부는 그다음이다. 잠실 세 칸을 만들어놓고 잠상(蠶床, 누에를 치는 평상)을 일곱 층으로 해놓으면 한꺼번에 스물한 칸의 누에를 칠 수 있어서 부녀자들을 놀고먹게 하지 않을 수 있으니 또한 좋은 방법이다. 금년에는 오디가 잘 익

---

4　제갈공명의 지혜　뽕나무를 심어 생활을 영위한 지혜를 말한다.

었으니 너도 그 점을 소홀히 하지 말거라(1810년 봄에 다산동암에서
쓴다―지은이).


아욱에 대하여


현호(玄扈)의 『농서(農書)』[5] 주(註)에 "옛사람이 아욱(葵)을 채
취할 때는 반드시 이슬이 마른 때를 기다렸기 때문에 그 이름
을 '노규(露葵)'라 한다"라고 하였다. '뜯는다(掇)'를 '채취한다
(採)'로 고쳤으니 본래의 뜻과는 어긋난 것 같다. 『이아(爾雅)』[6]
에는 "종규(終葵)는 번로(繁露)다"(그 잎이 이슬을 가장 잘 받을 수 있
으므로 지어진 이름이다―지은이)라 하였으니, 이른바 '노규'란 본래
'종규'를 말하는 것인데 시인들이 혼용하고 있을 뿐이다.

　―왕유(王維)[7]의 시에는 "시인이 사물을 읊을 때마다 어떻
게 다 물으랴. 노포(老圃)[8]가 조금 꺼리는 것은 바로 노규라네"
라고 하였다. 이는 아욱의 미칭(美稱)이요, 이슬에 젖은 아욱을
말하는 것이 아니다. 아침에 꺾는다고 무슨 방해가 되겠는가.

---

5　현호의 『농서』 중국 명나라 때 농학자 서광계(徐光啓)가 편찬한 『농정전
　　서(農政全書)』를 말한다. 현호는 서광계의 호.
6　『이아』 중국에서 가장 오래된 자서(字書, 자전)로 문자의 뜻을 고증하고
　　설명한 책. 13경(經)의 하나.
7　왕유 중국 당나라 때의 시인·화가.
8　노포 농사일에 경험이 많은 농부. 노련한 채소 농사꾼.

── '뜯는다〔摘〕'는 것은 줄기를 절단하는 것이다. 한낮에 부추〔韭〕를 자르면 칼날이 닿은 곳이 마르고, 이슬이 있을 때 아욱을 뜯으면 자른 곳에 습기가 배어드니, 모두가 생리(生理)에 해로우므로 채소밭〔圃田〕을 가꾸는 사람이 꺼릴 따름이지 먹는 사람에게 해가 있는 것은 아니다. 가사협(賈思勰)[9]이 말하기를, "가을 채소를 뜯을 때는 반드시 대여섯 개의 잎을 남겨두어야 한다. 잎을 따지 않으면 줄기가 약해지고 잎을 많이 남겨두면 구멍이 커진다. 무릇 아욱을 뜯을 때는 반드시 이슬이 마르기를 기다려야 한다"라고 하였다.

---

9   가사협  중국 후위(後魏) 때의 관료. 고양군태수(高陽郡太守)를 지냈고 농업서적 『제민요술(濟民要術)』을 지었다.

# 둘째 형님께 보낸 편지

3부는 다산이 흑산도에서 귀양 살던 둘째 형 정약전(丁若銓)에게 보낸 편지 17통 가운데 13편을 골라 번역한 것이다. 경전의 뜻에 대한 고도의 학문적 토론이 중심인 4편은 제외했고, '상서(上書)'와 '답서(答書)'를 구분하여 순서를 잡았다. 이들 편지는 『여유당전서』에는 권20 '서(書)' 부분 중간에 수록되어 있고, 『열수전서』에는 「속집 4」 '서독(書牘)'에 실려 있다. 그리고 『열수전서』에는 손암(巽菴, 정약전)의 편지 13통이 같이 실려 있다.

이 편지들은 귀양살이의 고초를 어느 정도 극복하고 정신적으로 약간의 안정을 되찾아 학문에 정진하던 1805년부터 정약전이 병으로 흑산도에서 별세한 1816년 여름까지 10여 년 사이에 주고받은 것이라 짐작된다. 형제 간의 우애를 가지고 지기(知己)로서 서로 학문과 인생을 토론하던 모습이 생생히 담겨 있다. 혈육을 함께 나눈 형과 아우가 유배생활을 하면서도 불우한 처지나 입장에 전혀 구애받지 않고 서로 학문적 깊이에 탄복하며 인생을 토로한 수준 높은 서간문학이다.

# 중국 요순시대의 고적법

上仲氏

요순시대 나라를 다스리던 법은 뒷날의 세상과 비교해볼 때 훨씬 엄혹하였으며 물을 부어도 새지 않을 만큼 빈틈없이 짜여 있었다는 것을 요 몇 년 사이에 깨달았습니다. 요즘 사람들은 요순의 정치는 순박하고 태평하여 천하가 저절로 조화를 이루는 경지에 이르렀던 것으로 알고 있는데, 이는 도저히 있을 수 없는 이치입니다.

어리석은 제 소견으로는, 태초에 인간이 태어날 때 모두가 식욕이나 색욕을 지니고 있어 뿌리나 덩굴처럼 온통 악습으로 얽혀 있기 마련인데, 어떻게 저절로 평화로운 세상이 될 수 있겠습니까? 공자께서 항상 말씀하시길 "요순시대는 희희호호(熙熙皞皞)하였다"했습니다. 요즘 사람들은 이것을 순박하고 태평스럽다는 뜻으로 이해하는 것 같은데 절대로 그렇지 않습니다. 희희(熙熙)는 '밝다'는 뜻이고(글자가 불화火변이다ー지은이)

호호(皡皡)는 '희다'는 뜻이니, '희희호호'는 만 가지 일이 모두 잘 다스려져 밝고 환하여 티끌 하나 터럭 하나만큼의 악이나 더러움도 숨길 수 없다는 뜻입니다. 요즘 세속에서 말하는 '밤이 낮 같은 세상'이라는 게 참으로 요순의 세상을 말하는 것입니다.

요순의 세상이 그렇게 된 까닭을 살펴보면, 그것은 오직 고적(考績)제도[1]가 있었기 때문입니다. 그 당시의 고적제도는 요즘 세상의 여덟 글자 제목[2]만 있는 고적제도처럼 엉성하거나 간략하지 않았습니다. 반드시 본인이 직접 임금 앞에 나서서 얼굴을 맞대고 자기 입으로 사실을 말하도록 했기 때문에, 잘못을 저지른 사람은 거짓으로 꾸며서 말할 수 없었고, 잘한 일이 있는 사람도 겸손을 차리느라 제대로 말하지 못하는 것이 용납되지 않았습니다. 할 말을 다 하고 나면 했던 말을 고찰하는 제도(考言之法)가 있었으니, 고언(考言)[3]이라는 것도 고적제도의 한 가지입니다.

당시에 정말 배를 붙잡고 허리를 굽혀서 웃지 않고는 못 배

---

1  고적제도 관리들의 근무성적을 평가하는 제도.
2  여덟 글자 제목 조선시대 관리들의 고과평가 항목으로 여덟 글자로 된 조항. 이 글의 뒷부분에 나오는 "욕심이 없이 화평하고 단아하게 다스려 경내가 모두 평안하다(恬雅之治 一境晏如)" "전통 있는 집안에 전해오는 법도를 잘 지키며 화려한 명예를 얻으려 하지 않는다(故家遺範 不求赫譽)" 등의 여덟 자를 뜻한다.
3  고언 관리들의 근무성적을 스스로 말하게 하여 평가함.

겨 깔깔 껄껄 웃음이 터지는 장면이 있다면, 바로 우(禹)임금이 순(舜)임금 앞에서 자기 입으로 치적을 말하던 광경입니다.

제왕이 말씀하시길 "오너라 우야, 너도 창언(昌言)하라"(창언이라는 것은 드러내어 말하는 것이다. 자기 공덕을 드러내어 말하려 하지 않기 때문에 오히려 큰 소리로 말하게 하는 것이다―지은이) 하자, 우가 대답하길 "제가 무슨 할 말이 있겠습니까? 저는 날마다 게으름 피우지 않고 부지런히 힘쓸 것만 생각합니다"(우가 부끄럽고 껄끄러워 자기 일을 차마 얘기하지 못하고 겸연쩍어서 하는 말이 "제가 무슨 할 말이 있겠습니까"라고 하면서, 자신이 한 일 가운데 단지 큰 부분만 대강 말하면서 "저는 부지런히 일할 뿐입니다"라고 하였다―지은이) 했습니다. 그러자 고요(皐陶)[4]가 탄식하며 말하길 "오오! 어떤 일에 그렇게 부지런했단 말이오"(고요는 정색하고 무섭게 책망하길 "고적은 지극히 엄숙한 법이오. 상감이 지척에 계시오. 어찌 감히 이따위로 당황하여 머뭇거리고만 있는 거요. 열심히 일한다고 했는데 그 자세한 내용을 조목조목 상세히 개진하시오"라고 하였다―지은이)라고 했습니다.

우가 말하길 "홍수가 온 세상에 넘쳐흘러 산까지 잠기고 언덕을 삼켜 불쌍한 백성들이 우왕좌왕 물에 빠져 있기에 제가 네 가지 탈것을 타고 산을 따라가며 나무를 제거하였고 또한 익(益)[5]과 함께 여러 종류의 고기 먹는 법을 가르쳐주었습니다(익의 이름을 중간에 삽입한 것은 공(功)을 나누어 가지려는 뜻이다―지은

---

4  고요 중국 고대 순임금의 신하.
5  익 중국 고대 순임금의 신하.

이). 저는 구주(九州)[6]에 있는 냇물의 물길을 크게 파헤쳐 큰 바다로 물이 빠지게 하였고, 저는 논과 밭의 물길 또한 깊이 파서 시내로 물이 빠지게 하였으며(두 번이나 자기를 호칭한 것은 모든 치수治水는 정말 자기 혼자 한 것으로 남에게 양보할 수 없다는 뜻이다―지은이), 또 직(稷)[7]과 함께 곡식 종자를 뿌리고 어려울 때 먹는 음식과 고기 먹는 법을 가르쳐주고, 있는 것과 없는 것을 서로 바꾸어 갖게 하고, 쌓여 있는 물건을 날라다 팔도록 하였습니다. 그리하여 백성들이 곡식을 먹고 살아갈 수 있게 되었으며 온 나라를 잘 다스릴 수 있었습니다"라고 답했습니다(숨길 수도 양보할 수도 모면할 수도 없어 부끄러움을 무릅쓰고 자기 공로를 남김없이 다 이야기 했다―지은이). 이에 고요가 "좋습니다. 당신이 아뢴 말을 모범이 되는 답변으로 삼겠습니다"라고 했습니다.[8]

기(夔)[9] 또한 스스로 자기 공적을 아뢰었는데 대단히 장황하고 중언부언하게 늘어놓았습니다. 그날 한곳에 모여서 이야기를 주고받던 광경을 상상해보면 참으로 한 폭의 생생한 그림 같습니다. 사람들이 눈으로 본 듯 순임금이 주석에 앉아 있고 그 앞에 고요·기·우·직이 쭉 늘어앉아 자신의 치적을 거짓 없이 아뢰던 모습을 상상할 수 있게 해줍니다. 상서로운 해와 구

6  구주 중국 고대에 전국을 나눈 9개의 주.
7  직 중국 고대 순임금의 신하.
8  이상의 대목은 『서전(書傳)』 「익직(益稷)」편의 한 대목을 인용하여 순임금 앞에서 신하들이 고적법을 실천하던 모습을 본보기로 제시한 것이다.
9  기 중국 고대 순임금의 신하.

름이 눈앞에 또렷이 남아 있으니 정말로 절묘한 광경이라 하겠습니다.

『서전(書傳)』의 이 부분을 만약 그렇게 해석하지 않고 임금께서 우의 창언을 듣고(요즘 사람들은 창언을 신하가 임금께 올리는 곧은 말이라고 생각한다—지은이) 고요가 그것을 독촉한 것으로 본다면 결국 스스로 자랑하고 칭찬하여 자기 공적만 천하에 가득한 것처럼 만드는 것이니, 세상에 어찌 그러한 창언이 있을 수 있으며 세상에 그렇게 염치없는 일이 또 있을 수 있겠습니까?

동방삭(東方朔)[10]이나 우맹(優孟)[11] 같은 사람도 탐탁해하지 않을 일을 우가 과연 할 수 있었겠습니까? 그건 정말 잠꼬대 같은 소리입니다.

이러한 안목으로 이전(二典)[12]·이모(二謨)[13]로 거슬러 올라가 살펴보면, 사실을 물어서 상대편의 잘잘못을 고찰하고〔詢事考言〕, 3년마다 관리들의 공과를 조사하고〔三載考績〕, 윗사람에게 말로써 아뢰고〔敷奏以言〕, 공을 밝게 시험해보는〔明試以功〕 일 등이 처음부터 끝까지 잘 이어지고 위아래가 잘 연결되어 있음은 모두가 고적에 관한 일이기 때문입니다.

무릇 전(典)이라는 것은 나라를 다스리는 근본 법이요, 모

---

10  동방삭 중국 전한(前漢)의 황제 무제(武帝)의 신하로 해학과 변설에 능했다.
11  우맹 중국 춘추시대 초(楚)나라의 유명한 배우로 해학과 변론에 능했다.
12  이전 『서경(書經)』의 두 편명으로 「요전(堯典)」과 「순전(舜典)」.
13  이모 『서경』의 두 편명으로 「대우모(大禹謨)」와 「고요모(皐陶謨)」.

(謨)라는 것은 나라를 다스리는 정책입니다. 나라를 다스리는 법과 정책으로는 이전과 이모의 고적제도보다 더 나은 게 없으니, 이것이 바로 요와 순이 이상적인 정치를 이룩할 수 있었던 이유입니다.

요즘 사람들이 순임금께서는 옷소매를 드리우고 팔짱을 낀 채 눈을 감고 진흙으로 만든 점잖은 부처님처럼 근엄하게 앉아 계시기만 했는데 온 천하가 저절로 태평스럽게 다스려졌다고 여기는 것이야말로 꿈속을 헤매는 소리가 아니겠습니까?

천하는 이미 썩어버린 지 오래입니다. 요즘 관리들의 근무성적을 평가해 포상과 처벌을 기록한 것〔褒貶題目〕을 보니 "욕심이 없이 화평하고 단아하게 다스려 경내가 모두 평안하다"라 했는데 이러한 관리로 하여금 순임금 어전에 올라가 스스로 자기 공적을 아뢰도록 한다면, 장차 이 사람이 무슨 일을 아뢸 수 있겠습니까? 또 "전통 있는 집안에 전해오는 법도를 잘 지키며 화려한 명예를 얻으려 하지 않는다"라고 했는데, 이러한 관리로 하여금 순임금의 어전 앞에 올라가 자기 입으로 사실대로 말하도록 고요가 옆에서 호령까지 한다면 도대체 무슨 말을 아뢸 게 있겠습니까?

주(周)나라 때까지도 요순시대의 제도가 있었습니다. "한 해가 다할 때쯤엔 육관(六官)[14]에 회계(會計)가 있다"라고 했는데

---

14 육관 중국 주나라 때 여섯 개의 행정기관으로 천관(天官)·지관(地官)·춘관(春官)·하관(夏官)·추관(秋官)·동관(冬官)이다. 후대에는 이 제도가 육

이때 회계는 고적을 말하는 것입니다. 진(秦)나라 때까지 이런 법이 아직 있었으니, 왕계(王稽)[15]가 하동태수(河東太守)로 있을 때 3년간이나 회계를 올리지 않자 범저(范雎)[16]가 죽어 마땅한 죄라고 했던 것입니다. 한(漢)나라 초기에도 군국(郡國)[17]에서 회계를 올렸습니다만 모두가 요순시대의 고적법만 못했습니다. 요순시대에는 직접 면전에서 아뢰도록 하여 더욱 엄격하고 혹독했는데, 궁중의 내신(內臣)이나 대신(大臣)은 임금이 직접 조사하고 외신(外臣)이나 지방장관은 임금이 두루 돌아다니며 살필(巡狩) 때 조사하거나 더러는 임금께 조공을 바치러 왔을 때 조사하기도 했습니다. 그러므로 우임금이 말하기를, "먼 바닷가의 백성에게까지 임금의 덕이 미치게 되면, 온 나라의 어진 백성들이 임금의 신하가 되고자 할 것이니, 왕께서는 이들을 등용하여 그들의 말을 널리 받아들이고 그 공적을 밝게 시험하여 수레와 의복으로 상을 주십시오(공적이 있어 상 주는 것을 용庸이라 한다—지은이). 왕이 이를 널리 펴지 못하면(왕이 널리 살피지 않으면 당파끼리 편들 염려가 있다—지은이) 날마다 거짓 공만 아뢰게

조(六曹: 吏·戶·禮·兵·刑·工)로 바뀌었다.
15 왕계 중국 전국시대 진(秦)나라 사람으로 위(魏)나라에 사신으로 가서 범저를 데려다가 벼슬을 시켰다.
16 범저 중국 전국시대 위(魏)나라 사람으로 변설에 능했다. 왕계의 도움으로 진(秦)나라로 가서 소양왕(昭陽王)을 섬기며 상국(相國)을 지냈다.
17 군국 천자(天子)에 직속되는 군(郡)과 제후(諸侯)를 분봉(分封)한 국(國). 중국 한(漢)나라에서는 지방관을 파견하여 통치하는 '군'과 제후에게 통치를 위임한 '국'으로 나누어 통치했다.

됩니다(왕이 직접 살피지 않으면 날마다 거짓 공만 아뢰게 된다—지은이)"
라고 하였습니다.

이렇게 모든 것을 종합해보면, 요순시대 통치수단과 정책의
근본은 고적을 떠나서는 말할 수 없습니다. 얼굴을 대면하여
직접 아뢰는 것이 고적법으로서는 가장 좋은 방법이고, 차선책
으로는 자신의 공적사항을 기록해서 올리는 일입니다.

비록 오늘날의 더러운 풍속에서라도 스스로 자신의 공적을
아뢰도록 하는 법이 있다면, 수령(守令)의 지위에 있는 사람은
더러는 손발이라도 움직이고 마음을 움직여 아마 한두 가지의
일로라도 자기 책임을 메울 공적사항을 뚜렷하게 꾸미려 할 것
입니다. 그렇게 되면 백성들이 도탄에 빠져 허덕이는 일이 어
찌 이 정도로 심하기야 하겠습니까? 아! 그 누가 우리 백성들을
위해 이런 이야기라도 올려바친단 말입니까?

# 밥 파는 노파에게서도 배웁니다

上仲氏

## 기이한 소문의 하나

근래 『서경』 「우공(禹貢)」의 주(注)를 보았더니, 바로 "팽려(彭蠡, 파양호鄱陽湖)와 동정호(洞庭湖)는 겨울에 마른다"라고 하였습니다. 역시 기이한 소문〔奇聞〕의 하나인데, 앞서 책을 읽으면서도 한번 훑는 식으로 대충 지나가버렸으니 탄식할 일입니다.

## 아버지와 어머니의 차이

어느 날 저녁에 집주인 노파가 곁에서 한담을 나누다가 갑자기 물었습니다. "선생은 책을 읽은 사람이니 이런 뜻을 아시는지요? 아버지와 어머니의 은혜는 똑같고 더구나 어머니가 오히려 더 애쓰시는데도 성인들이 교훈을 세워 아버지를 중히 여기고 어머니는 가벼이 하며 성씨도 아버지를 따르게 하였고 부모가 세상을 떠나면 입는 상복(喪服)의 경우에도 어머니는 아버지보다 한 등급 낮게 하였습니다. 아버지의 혈통으로 집안을 이루게 해놓고 어머니 집안은 도외시하였으니 이건 너무도 편파적이 아닌가요?" 그래서 저는 유교의 가르침에 의하면 "아버지께서 나를 낳으셨기 때문에 옛날 책에도 아버지는 나를 처음 태어나게 하신 분으로 나와 있소. 어머니의 은혜가 비록 깊기는 하지만, 하늘이 만물을 처음 생겨나게 한 것과 같은 그 은혜가 더 중요한 탓일 겁니다"라고 대답했습니다. 그러자 노파는 "선생의 말은 옳지 않습니다. 내가 생각해보니 그렇지 않습니다. 풀이나 나무에 비유하면 아버지는 종자이고 어머니는 토양입니다. 종자가 땅에 떨어지는 일은 그 베풂이 지극히 미미하지만, 흙의 자양분으로 길러내는 은공은 대단히 큽니다. 밤의 종자는 밤나무가 되고 벼의 종자는 벼가 되지만 그 온몸이 온전히 이루어지는 것은 모두가 땅기운 때문입니다. 그러나 결국 나무나 풀의 종류가 나누어지는 것은 모두 종자에서 말미암은 것입니다. 옛날 성인들이 교훈을 세우고 예(禮)를 제정한 것은 여기에서 비롯된 것으로 생각됩니다"라고 하였습니다.

저는 노파의 말을 듣고 흠칫 크게 깨달아 공경하는 마음이 일었습니다. 천지간에 지극히 정밀하고 오묘한 진리가 이렇게 밥 파는 노파에게서 나올 줄이야 누가 알았겠습니까? 기특하고 기특한 일입니다.


## '빈풍'의 근거

백금(伯禽)[1]의 증손자가 빈공(豳公)인데, 혹 그가 명을 받고 방백(方伯, 관찰사)이 되었을 때 빈(豳) 땅에 거주하였기 때문에 이러한 호칭을 얻었을까요? 『시경』「빈풍(豳風)」은 대체로 모두 주공(周公)이 지은 것과 주공을 찬미하는 것들인데, 빈공이 천자(天子)에게 시(詩)를 아뢰었기 때문에 마침내 빈풍이라고 이름한 것일까요? 이에 대해 아마 근거가 있을 법도 합니다.


## 시골 장터를 줄여야

오랫동안 백성들 사이에서 살며 그들의 물정을 보았습니다. 시장(市場)이 마을마다 설치되어 있는데, 이것이야말로 나쁜 풍속입니다. 재물을 낭비하고 농사짓는 일을 어지럽히며 술주정하고 싸움질하고 도적질하고 사람을 죽여 쓰러뜨리는 등의 변란이 일어나는 것은 모두 시장 때문입니다. 단호하게 금하는

---

1  백금 중국 주나라 성인(聖人) 주공의 아들.

것이 마땅하며 큰 고을에는 오직 두세 곳만 남겨두고 작은 고을에는 단 한 곳의 시장만 두게 한다면, 반드시 풍속이 순박해지고 소송(訴訟)도 줄어들 것 같습니다. 시장을 주관하는 관청에서는 마땅히 유념해야 할 것입니다.[2]

---

2 이 글을 읽은 독자들 중에 다산의 뜻을 오해한 사람이 있다. 다산은 각 고을에 시장의 개설이 너무 많아 술주정, 도박, 싸움질 등 풍속을 해치는 일이 자주 발생하므로 시장을 줄이자는 의견인데, 이를 두고 상업의 발달을 저해한 것으로 오해한 것이다. 다산의 주장은 상업의 발달을 가로 막으려는 의도가 아님을 인식해야 한다.

# 『현산어보』에 대하여

上仲氏

책을 저술하는 한 가지 일은 절대로 소홀히 해서는 안 되니, 반드시 십분 유의하심이 어떻겠습니까? 『해족도설(海族圖說)』[1]은 무척 기이한 책이니 이것을 하찮게 여겨서는 안 됩니다. 도형(圖形)은 어떻게 하시렵니까? 글로 쓰는 것이 그림을 그려 색칠하는 것보다 나을 것입니다. 학문의 핵심 내용[宗旨]에 대해 먼저 큰 틀[大綱]을 정한 뒤 책을 저술해야 유용해질 것입니다.

대체로 이 도리는 효제(孝弟)를 근본으로 삼고, 예악(禮樂)으로 꾸미고, 감형(鑑衡)[2]·재부(財賦)[3]·군려(軍旅)[4]·형옥(刑獄)[5]을

---

1 『해족도설』 정약전이 『현산어보(玆山魚譜)』의 저술을 구상하던 때의 이름으로 짐작된다. 『현산어보』는 우리나라 근해에 서식하는 어류의 이름, 분포, 형태, 습속 등을 기술한 책.
2 감형 사물의 좋고 나쁨을 비추어보는 거울과, 물건의 가볍고 무거움을 달아보는 저울. 곧 임금의 업무를 잘 살피는 밝은 덕을 비유적으로 이르는 말.

포함하고, 농포(農圃)[6]·의약(醫藥)·역상(曆象)[7]·산수(算數)·공작(工作)의 기술을 씨줄로 삼아야 완전해질 것입니다. 무릇 저술할 때는 항상 이 항목을 살펴야 하는데, 여기에서 벗어나는 것이라면 저작할 필요가 없습니다. 『해족도설』은 이런 항목으로 살펴볼 때 몇몇 연구가들에게 필요할 것이니 그 활용이 매우 절실합니다.

---

3  재부 국가 재정의 원천이 되는 온갖 세금.
4  군려 군대의 편제.
5  형옥 형벌과 감옥.
6  농포 농작물을 가꾸는 밭.
7  역상 역수를 헤아려 천체(天體)가 운행하는 모양을 살펴보는 일. 혹은 해, 달, 별 따위의 천체가 나타내는 여러 가지 천문 현상.

# 형님께서는 깊이 생각해주시기 바랍니다

上仲氏

1811년 겨울

### 돈꿰미의 뜻

거론하신 9·6과 방(方)·원(圓)의 관계 개념은 서로 맞지 않는 듯싶습니다. 8로 1을 에워싼 것이 9이고 6으로 1을 에워싼 것이 7인데 9는 변음(變陰)이지만 7은 변하지 않습니다. 그러니 6으로 1을 에워싼 것이 어떻게 6의 원이 된단 말입니까? 점치는 법에 나오는 7·8·9·6의 숫자는 별개의 법칙성을 갖고 있어 수리가(數理家)가 방과 원을 추산하는 법과는 서로 똑같다고 할 수 없습니다. 다시 자세히 살피시는 것이 어떻겠습니까?

　민(緡)이란 돈꿰미입니다. 『자서(字書)』나 『운서(韻書)』를 두루 고찰하여도 수목(數目)[1]은 보이지 않습니다. 지금 북경에서

---

1　수목　낱낱의 수효. 숫자, 수량.

쓰이는 화폐는 10냥(兩)을 1관(貫)으로 하니 1민 역시 그렇습니다. 아마 다른 설은 없을 것입니다.


## 물감 들이는 법

산골에서 산 지가 오래되어 시험 삼아 풀잎이나 나무껍질을 채취해다가 즙을 내기도 하고 달이기도 하며 물을 들여보니, 오색(五色, 청·황·적·백·흑)이나 자색·녹색 외에도 이름지어 형용할 수 없는 여러 색깔이 배어나와 기이하고 아담하고 잔잔한 것이 매우 많았습니다. 요즈음 중국에서 나오는 비단이나 지폐의 색깔이 기이하고도 속기(俗氣)를 벗어난 것은 모두 평범한 풀이나 나무에서 뽑아낸 물감을 사용했기 때문임을 비로소 알았습니다.

우리나라 사람들은 오색 외에 오직 자색과 녹색 두 가지만 있는 줄 알고는 이것 외의 물색(物色)은 다 버리고 사용하지 않습니다. 이것이 이른바 안동답답(安東沓沓)[2]이라는 것입니다. 몇 조각의 종이를 버릴 셈 치고 여러 가지 뿌리와 껍질을 채취해다가 섞어서 시험해보심이 어떨는지요? 다만 홍색을 우려낼 때는 반드시 신맛이 함유된 재료가 있어야 하니, 백반·오매(烏

---

2 안동답답 융통성이 없이 꽉 막혔다는 뜻. '按棟沓沓'으로 쓰기도 함.

梅)³·오미자 같은 종류를 소홀히 취급해서는 안 됩니다. 검붉은 색깔을 낼 때는 반드시 조반(皁礬, 속명은 검금黔쑷⁴임—지은이)이 있어야 되는데, 이와 같이 서로 감응하는 재료의 성질에 대해 모두 궁구할 길이 없는 것이 한스러울 뿐입니다.


## 귀족 자제들이 쇠잔해지는 것 역시 천운


읍내에 있을 때 아전 집안의 아이들 네다섯 명이 제게 배우러 왔었는데⁵ 거의 모두가 몇 년 만에 그만두고 말았습니다. 어떤 아이 하나가 단정한 용모에 마음도 깨끗하고 글씨 쓰는 재주〔筆才〕도 상급에 속하며 글 역시 중급 정도의 재질을 가졌기에 꿇어앉혀서 이학(理學)을 공부하게 하였습니다. 만약 머리를 숙이고 힘써 배울 수만 있다면 이청(李晴)⁶과 더불어 서로 짝이 맞을 것 같았는데, 어찌된 셈인지 혈기가 매우 약하고 비위가 아주 편향되어 있어 거친 밥이나 맛이 변한 장(醬)은 절대로 목

---

3   오매 껍질을 벗기고 짚불 연기에 그슬려 말린 매화나무의 열매.
4   검금 황산제일철(黃酸第一鐵)을 염료(染料)로 이르는 말.
5   읍내에~왔었는데 『다신계안(茶信契案)』이라는 다산의 제자록(弟子錄) 에는 '읍중제생안(邑中諸生案)'이라 하여 손병조(孫秉藻), 황상(黃裳), 황경(黃褧), 황지초(黃之楚), 이청(李晴), 김재정(金載靖) 등 6인을 열거하고 있는데 이들을 가리키는 것 같다.
6   이청 1792~1861 자는 학래(鶴來). 다산의 유배시절 읍내 아전 출신의 제자로 『대동수경(大東水經)』을 정리했다.

으로 넘기지 못했습니다. 이 때문에 저를 따라 다산으로 올 수가 없었습니다. 이제 폐학한 지 4년이 되는데 서로 만날 때마다 탄식하며 애석해합니다.

귀족 자제들은 모두 쇠약한 기운을 띤 열등생입니다. 그래서 정신은 책을 덮자마자 금방 잊어먹고〔掩卷輒忘〕 지향이나 취향〔志趣〕은 낮은 데 안주해버립니다. 『시경』『서경』『주역(周易)』『예기(禮記)』 등의 경전 가운데서 미묘한 말과 논리를 가끔씩 말해주어 향학을 권해줄라치면, 그 형상은 마치 발을 묶어놓은 꿩과 같습니다. 쪼아먹으라고 권해도 쪼지 않고 머리를 눌러 억지로 주둥이에 낟알이 닿게 해주는데도 끝내 쪼지 못하니, 아아, 어떻게 할 수가 있겠습니까? 이곳 몇몇 고을만 그런 것이 아니라 온 도(道)가 모두 그러합니다. 근래 서울의 귀족 자제들은 사냥이나 하며 육경(六經)공부를 하지 않는데도 진사 급제자 200명 가운데 언제나 50명을 넘게 차지하는 것은 역시 이런 형편 때문이니, 세상에 다시 문학이 있을 수 있겠습니까.

대저 인재가 갈수록 고갈되어 혹 조그마한 재주로 이름이라도 기록할 줄 아는 사람은 모두 하천(下賤)[7] 출신들입니다. 사대부들은 지금 최악의 운명에 처했으니 사람의 힘으로는 어떻게 할 수가 없습니다. 이곳에 내왕하는 소년이 몇 있고 배움을 청하는 어린이가 몇 있는데, 모두 양미간에 잡된 털이 무성하고

---

7  하천 지위나 사회적 신분이 낮고 천한 사람.

온몸에 온통 쇠잔한 기운만 뒤덮여 있으니, 아무리 골육의 정이 중하다 한들 어떻게 깊이 사랑할 수 있겠습니까? 하늘이 정한 운명(天運)이 이미 그러하니 어찌할 길이 없습니다. 또 이덕조(李德操)[8]가 이른바 '먹을 수 있는 물건'(독이 없음을 말함―지은이)이라 한 것과 같으니, 장차 이들을 어디에 쓰겠습니까? 남자는 모름지기 사나운 새나 짐승처럼 전투적인 기상이 있어야 합니다. 그러고 나서 그것을 부드럽게 교정하여 법도에 맞게 다듬어가야만 유용한 인재가 되는 것입니다. 선량한 사람은 그 한 몸만을 선하게 하기에 족할 뿐입니다.

또 그중에 한두 가지 일컬을 만한 것이 있는 자라도 학문의 어려운 길로는 들어가려 하지 않고 곧바로 지름길만을 경유하려 합니다. 그리하여 『주역』에 대해서는 고작 『사전(四箋)』[9]만을 알고 『서경』에 대해서도 『매평(梅平)』[10]만을 아는데, 다른 것도 다 그런 식입니다. 대체로 노력하지 않고 얻은 것은 비록 천지를 놀라게 할, 만고에 처음 나온 학설이라 할지라도 모두 평범하게 간주하고 저절로 이루어진 것으로 치부해버려 깊이 있게 몸에 와닿는 것이 없습니다. 이는 비유컨대 귀한 집 자제들이 태어나면서부터 고량진미에 배가 불러 꿩이나 곰 발바닥으

---

8  이덕조 이벽(李檗, 1754~1786). '덕조'는 그의 자이고, 호는 광암(曠菴). 실학자이자 천주교도로 다산 큰형의 처남.

9  『사전』 다산이 지은 『주역사전(周易四箋)』.

10 『매평』 다산이 지은 『매씨서평(梅氏書平)』.

로 요리한 맛있는 음식도 보통으로 여겨 마치 걸인이나 배고픈 사람이 목마른 말처럼 냇가로 기운차게 달려가 허겁지겁 먹으려드는 기상이 없는 것과 같습니다. 이에 다른 학파의 주장을 만나면 너무 수월히 자신의 주장을 버리고 스승이 전수해주는 것도 모두 대수롭지 않게 생각하며 심한 경우에는 진부한 말이라고 헐뜯기까지 하니 어찌 답답해하지 않을 수 있겠습니까.

이 세상에 살면서 두 가지 학문을 겸해서 공부하지 않을 수 없으니, 하나는 속학(俗學)이요, 하나는 아학(雅學)입니다. 이는 후세의 악부(樂府)에 아악(雅樂)과 속악(俗樂)이 있는 것과 같습니다. 이곳 아이들은 아(雅)만 알고 속(俗)은 알지 못함으로써 오히려 아를 속으로 여겨버리는 폐단이 있습니다. 이것은 그들의 허물이라기보다는 시대적인 추세가 그렇게 만들고 있다고 해야겠지요.

『성경지도』에 대하여

『성경지도(盛京地圖)』는 세 번이나 원고를 고친 뒤에야 다른 여러 글들과 겨우 서로 맞게 되었는데, 참으로 천하의 진귀한 책이자 우리나라의 더없는 보물입니다. 문인이나 학사는 이 지도를 보지 않고 동북지방의 형세를 논할 수 없을 것이며, 장수나 군주(軍主)는 이 지도를 보지 않고 양계(兩界)[11]의 방어를 논할 수 없을 것입니다. 이제 그것을 보건대 이세적(李世勣)[12]이 고구려를 공격했을 때 의주(義州)를 경유하지 않고 곧장 흥경(興京)에서 남쪽 창성(昌城)으로 나왔는데, 그 사이의 산천과 도로의 형세(道理)가 손바닥을 보듯이 명료합니다. 강홍립(姜弘立)[13]이 북벌할 때도 창성에서 흥경으로 향하려 했는데, 그 연한 고깃덩이를 호랑이에게 던져주던 형세가 환하게 눈에 들어옵니다. 그러니 이 지도가 어찌 소홀히 여길 물건이겠습니까?

백두산을 형성한 산줄기는 대개 서북쪽 몽골 땅에서부터 시작해서 머리를 들이밀었는데, 동남쪽으로 대지(大池, 천지天池)에 이르기까지의 수천 리가 대간룡(大幹龍)[14]이 됩니다.

대간룡을 기준으로 서쪽의 물은 모두 요수(遼水)로 모이는데 요하(遼河)의 동쪽과 큰 줄기의 서쪽에 위치하는 지역이 곧 성경(盛京)과 흥경이 있는 곳으로 옛날 고구려의 강역(疆域, 나라의 영토)이었던 곳이며, 요하의 남쪽과 창해(滄海) 북쪽 사이의 지역이 바로 요동(遼東)의 여러 군현(郡縣)이 있는 곳입니다. 대간

---

11  양계  조선시대에 군사적으로 중시되던 동계(東界)와 서계(西界)를 아울러 이르던 말. 동계는 함경도와 강원도의 일부 지역에, 서계는 평안도 지역에 해당된다.

12  이세적  중국 당나라 때 장수. 고구려를 침략하여 평양을 함락하고 보장왕의 항복을 받아낸 인물로 이적(李勣)이라 불린다.

13  강홍립  조선 중기의 무신(1560~1627). 자는 군신(君信), 호는 내촌(耐村). 명나라의 원병으로 오도도원수(五道都元帥)가 되어 후금을 쳤지만 대패하여 후금에 억류되었다가 정묘호란 때 입국했다.

14  대간룡  여러 산맥 중 중심이 되는 주맥(主脈).

룡 동쪽의 물은 모두 혼동강(混同江)으로 모여 북쪽 흑룡강(黑龍江)에 들어가는데, 무릇 대간룡 동쪽 지역은 삼대(三代, 하·은·주)에는 숙신(肅愼), 한대(漢代)에는 읍루(挹婁), 당대(唐代)에는 말갈(靺鞨), 송대(宋代)에는 여진(女眞)이라고 불렀습니다. 그런데 오늘날의 청나라도 여기에서 일어났으니, 지금의 오라(烏喇)와 영고탑(寧古塔)이 바로 그 지역입니다. 영고탑에서 동쪽으로 바다에 이르는 3천여 리의 땅은 광활합니다.

무릇 지도를 제작하는 데는 언제나 지지(地誌)의 축척법(縮尺法)을 준수해야 하니, 지구가 둥글다는 올바른 이치를 모르면 아무리 짧은 거리라도 분명치 못하게 되어 결국은 어찌할 줄 모르는 폐단이 발생하게 됩니다. 경위선(經緯線)을 곤여도(坤輿圖)[15]처럼 표시한다면 매우 좋습니다만, 그렇게 하지 못할 경우에는 천 리를 그릴 때마다 그 사각형의 공간을 확정하고는 먼저 지지(地誌)를 검토하여 4개의 직선이 서로 교차하는 지점의 축척을 바르게 잡아야 합니다. 만약 종횡 5천 리의 지도를 제작하는 경우, 남북으로 5층(層), 동서로 5가(架)의 선을 그리고 먼저 그 층과 가가 경계를 이루는 선(線)에 네 개의 직선이 교차하는 지점의 축척을 바르게 잡는다면, 그 사방 천 리 되는 한 구

---

15 곤여도 1628년 무렵 선교사로 중국 명나라에 와 있던 독일인 신부 아담 샬(Johann Adam Schall, 湯若望 1591~1666)이 제작한 세계지도. 각 지역의 기후, 산물, 인종, 해류 따위를 자세히 기록하고 8첩 병풍으로 만들어 인쇄한 것이다. 1708년 우리나라에 전래되었다.

역 안에 군(郡)·현(縣)·산천(山川)을 나누어 배치하는 데 융통성이 생겨 하릴없이 허둥대는 폐단이 발생하지 않을 것입니다. 그렇게 하지 않으면 비록 지지를 그대로 따랐다 하더라도 끝내 지도를 완성할 수 없을 것입니다. 지구가 둥글다는 이치를 알지 못하는 사람은 어쩔 줄 모르는 경우를 당할 때마다 반드시 지지는 믿을 수 없다고 탓하는데, 이는 애초부터 주의할 점을 지키지 않았기 때문입니다. 지구가 둥글다는 올바른 이치를 깨달은 뒤라야 비로소 지도를 제작할 수 있는 것입니다.


## 공재 윤두서

공재(恭齋)[16]께서 손수 베꼈던 일본지도(日本地圖) 1부를 보면 그 나라는 동서로 5천 리, 남북으로는 통틀어 1천 리에 지나지 않습니다. 지도의 너비는 거의 1장(丈)에 이르는데 군현(郡縣)의 제도와 역참(驛站)[17] 간 거리, 부속 섬들, 해안과 육지 사이의 원근, 해로(海路)를 곧장 따라가는 지름길 등이 모두 정밀하고 상세했습니다. 이는 틀림없이 임진년과 정유년의 왜란 때 왜인

---

16 공재 조선 후기의 문인화가 윤두서(尹斗緒, 1668~1715)의 호. 자는 효언(孝彦), 본관은 해남(海南). 고산 윤선도의 증손이고 다산 어머니의 할아버지다. 시서화(詩書畵)에 능했다.
17 역참 예전에 공문서의 전달이나 정부 물자의 수송 등 공공 업무를 수행하기 위해 왕래하는 사람에게 숙식과 말 등을 제공하던 시설.

(倭人)들이 패전한 진지에서 얻었을 터인데, 비록 만금(萬金)을 주고 사고자 한들 얻을 수 있겠습니까? 삼가 1통을 베껴놓았는데 일본의 형세가 손바닥을 보듯 환합니다.

대체로 공재께서는 성현의 재질을 타고나고 호걸의 뜻을 지녔기에 저작하신 것 중에 이러한 종류가 많습니다. 애석하게도 시대를 잘못 만났고 수명까지 짧으시어 끝내 포의(布衣)로 세상을 마치셨습니다.[18] 내외(內外) 자손 중에서 그분의 피를 한 점이라도 얻은 자라면 반드시 뛰어난 기상을 지니고 있을 터인데 역시 불행한 시대를 만나 번창하지 못하고 있으니 어찌 운명이 아니겠습니까? 그분이 남긴 원고와 글씨 중에는 후세에 알려질 만한 것들이 많을 텐데, 안방 다락에 깊이 숨겨진 채 쥐가 갉아먹고 좀이 슬어도 구제해낼 사람이 없으니, 슬픈 일이 아니겠습니까?

『성호사설』과 『성호질서』

성옹(星翁, 성호 이익)의 저작은 거의 1백 권에 가깝습니다. 스스로 생각해보면 우리들이 천지의 웅대함과 일월의 광명함을 알 수 있게 된 것은 모두 이 선생님의 힘 때문이었습니다. 그분의

---

18 포의로 세상을 마치다 벼슬하지 않고 살다 죽는다는 뜻. 포의는 벼슬하지 않은 사람이 입는 베옷.

저작을 다듬고 정리하여 책으로 만들 책임이 저에게 있는데도 이 몸은 이미 돌아갈 기약이 없고 후량(侯良)[19]은 서로 연락조차 하려 하지 않으니 앞으로 어떻게 해야겠습니까?

지금 생각으로는 『성호사설』을 임의로 덜어내고 발췌한다면 아마 『서경』의 「무성(武成)」[20]과 같아지지 않을까 걱정인데, 한 면에 20자짜리 10행으로 쓸 경우 7, 8책을 넘지 않는 선에서 끝마칠 것 같습니다.

『성호질서(星湖疾書)』 또한 틀림없이 그런 정도일 것입니다. 지난번 『주역』을 주석할 때 『주역질서(周易疾書)』를 가져다 보았더니 역시 어쩔 수 없이 채록한 것들이 많았는데, 만약 가려 뽑아 적는다면 서너 장 정도는 얻을 수 있습니다. 다른 경서(經書)에 대해서는 틀림없이 이보다 열 배 분량은 나올 것입니다. 다만 예식(禮式)에 대한 부분은 지나치게 간소할 뿐만 아니라 요즘의 풍속에도 어긋나고 옛 예법에서도 근거를 찾을 수 없는 것들이 수두룩합니다. 이 책이 만약 널리 유포되어 식자(識者)의 눈에 들어간다면 대단히 미안한 노릇일 텐데 이를 장차 어찌하면 좋겠습니까?

― 연전에 중상(仲裳)[21]에게 편지를 보내 그 가정(家庭)의 저

---

19　후량　성호 이익의 증손자 이재남(李載南, 1755~1835).

20　「무성」 『서경』의 편명인 '무성'은 신빙성이 없다는 뜻으로 쓰임. 『맹자』에 "나는 「무성」편에서 두세 가지 정도만 신빙성이 있다고 본다"라고 한 데서 온 말이다.

21　중상　녹암 권철신(權哲身) 후손 중 한 사람의 자인 듯하다.

작들을 수습할 방도에 대해 언급했으나 답서를 받지 못했고, 또 창명(滄溟)[22]에게도 편지를 했지만 답서를 받지 못했습니다. 그들의 용렬함이 이런 정도니 다시 무엇을 바라겠습니까? 중상은 갑자기 죽었고(금년 봄에 풍병으로 갑자기 죽었음—지은이) 창명은 아직 죄인 명부에서 이름이 삭제(停啓)되지 못했으니, 그들이 어떻게 가마솥 밑의 그을음 주제에 세발솥 밑의 그을음을 탓할 수 있겠습니까? 대체로 가련한 인간들입니다.


## 그리운 옛 친구들

옛날 장기(長鬐)에 있을 때 남고(南皐)[23]께서 시 한 수를 보내왔었습니다. 그 격정 어린 음조가 더없이 비장했는데, 몇 년 뒤 소천(苕川)[24]에 이르러 제 시를 읽으며 눈물을 흘렸답니다. 그뒤 여러 차례 시와 글을 보내왔기에 역시 화답하지 않을 수 없었습니다.

─ 인백(仁伯)[25]은 전에 남산(南山)에 꽃버들 만발하던 때 성

---

22  창명 이총억(李寵億)의 자로 복암 이기양의 아들.
23  남고 윤지범(尹持範, 1752~1821)의 호. 자는 이서(彝叙), 본관은 해남. 1801년 규범(奎範)이라 이름을 고쳤다. 다산 형제들과 어울린 '죽란시사(竹欄詩社)'의 일원이기도 했다. 병조참의를 지냈다.
24  소천 다산의 고향 마을 소내. 지금의 경기도 남양주시 조안면 능내리.
25  인백 강이원(姜履元)의 자. 다산 형제의 친구로 평생을 교유했다.

재(聖在) 등과 술을 마시고 매우 취하여 우리 형제를 찾으면서 방성대곡했다고 합니다. 그렇지만 소식을 주고받을 길이 영영 끊겼습니다.

—수태(受台, 이익운—지은이)[26]께서는 주신(周臣, 이유수—지은이)[27]을 만나 저에 관한 이야기가 나오자 눈물을 흘리셨답니다. 그뒤에 윤상현(尹尙玄, 윤규백—지은이)[28]이 올라가자 역시 이곳에 대하여 연연해하는 말이 많더랍니다. 혜보(傒甫)[29] 역시 소식이 있었습니다.

근래에는 악학(樂學)에 마음을 두어 점차로 12율(律)은 본래 척도(尺度)이지 관성(管聲)이 아님을 알게 되었습니다. "황종(黃鍾)의 관(管)은 길이가 9촌(寸)이고 지름이 3푼(分)이다"라고 한 이하(以下)의 설(說)은 모두가 제동야인(齊東野人)의 설[30]인데 이를 장차 어찌하면 좋겠습니까? 기력은 이미 쇠약해졌는

---

**26** 수태 이익운(李益運, 1748~1817)을 가리키며 그의 자가 계수(季受)이므로 수(受)에 대감(台)의 존칭을 붙여 '수태'라 호칭하였다. 대사간·대사헌 등을 지냈다.

**27** 주신 이유수(李儒修, 1758~1822)의 자. 호는 금리(錦里), 본관은 함평. 1783년 증광별시에 급제, 1820년 영해부사가 되었다. 다산은 그를 친구 간의 의리를 배반하지 않은 사람으로 꼽았다.

**28** 윤상현 윤규백(尹奎白). '상현'은 그의 자.

**29** 혜보 한치응(韓致應, 1760~1824)의 자. 다산 형제와는 죽란시사를 결성해 평생을 교유했다.

**30** 제동야인의 설 근거가 없는 허황된 말이라는 뜻. 맹자의 제자인 함구몽(咸丘蒙)이, '순(舜)이 천자가 되자 요(堯)와 고수(瞽瞍)가 순을 섬겼다'는 말이 사실이냐고 묻자 맹자가 이는 제동야인의 말이라고 했는데, 여기서 온 말이다.

데 이렇듯 큰 상대를 만났으니 접전(接戰)할 길이 없을 듯싶습니다. 근래 혀마저 피곤하고 붓마저 모지라졌으니, 어찌 쇠약한 병자가 해낼 수 있는 일이겠습니까?


『아방강역고』에 대하여


『아방강역고(我邦疆域考)』 10권이야말로 10년 동안 비축했던 것을 하루아침에 쏟아놓은 것입니다. 삼한(三韓)을 중국 사책(史冊)에서는 모두 변진(弁辰)이라 하였고 변한(弁韓)이라고는 하지 않았습니다. 우리나라 선비들은 혹 평안도를 변한이라고도 하고 혹 경기가 그곳에 해당한다고도 하였고 혹 전라도가 그곳에 해당한다고도 하였습니다. 근래 처음으로 조사해보았더니 변진이란 가야(伽倻)였습니다. 김해(金海)의 수로왕(首露王)은 변진의 총왕(總王)이었으며, 포상팔국(浦上八國, 함안咸安·고성固城·칠원漆原 등임 ― 지은이) 및 함창(咸昌)·고령(高靈)·성주(星州) 등은 변진의 12국(國)이었습니다. 변진의 자취가 이처럼 분명한데도 우리나라 선비들은 지금까지 어둡기만 합니다. 우연히 버려진 종이를 검사했더니, 오직 한구암(韓久菴)[31]이 "변진은 아마 수로왕이 일어났던 곳일 것이다"라고 하였습니다.

---

**31** 한구암 조선 중기의 학자 한백겸(韓百謙, 1552~1615). '구암'은 그의 호. 자는 명길(鳴吉).『동국지리지(東國地理志)』를 저술했다.

현도(玄菟, 현도군)는 셋이 있습니다. 한무제(漢武帝) 때는 함흥(咸興)을 현도로 삼았고, 소제(昭帝) 때는 지금의 흥경 지역으로 현도를 옮겼고, 그뒤 또 지금의 요동 지역으로 옮겼습니다. 이들 사적(事蹟)이 모두 등나무나 칡덩굴처럼 이리저리 얽히고 설켰으니 이보다 앞선 우리나라의 역사란 어떠했는지 알 만합니다. 마땅히 김부식(金富軾)의 『삼국사기(三國史記)』를 가져다가 1통을 개작하여 태사공(太史公, 사마천)이 『사기(史記)』를 지어 그랬던 것처럼 이름 있는 산에 감추어두어야 하는 것인데, 나 자신 살날이 오래 남지 않았으니 이 점이 슬플 뿐입니다. 만약 십수 년 전에만 이러한 식견이 있었더라도 한 차례 우리 선대왕(先大王, 정조)께 아뢰어 대대적으로 서국(書局)[32]을 열고 사(史)와 지(志)를 편찬함으로써 천고의 비루함을 깨끗이 씻어내고 천세의 모범이 될 책으로 길이 남기는 일을 마다하지 않았을 텐데 안타깝습니다. 정지흡(丁志翕)의 시에 "꽃 피자 바람 불고, 달 뜨자 구름 끼네"라고 하였습니다. 천하의 일이 서로 어긋나고 들어맞지 않는 것이 모두 이런 식입니다. 아, 또 어찌하면 좋습니까? 이 열 권의 책만은 우리나라에서 결코 업신여길 수 없는 것인데 그 시비를 분별할 수 있는 사람조차 전혀 찾을 길이 없으니 끝내는 이대로 티끌로 돌아가고 말 것만 같습니다. 분명히 이럴 줄을 알면서도 다시 고달프게 애를 쓰며 그만두지

---

32 서국 도서 편찬에 관한 일을 맡아보던 곳.

못하고 있으니 또한 미혹된 것이 아니겠습니까.

　점차로 하던 일을 거둬들여 정리하고 이제는 마음공부에 힘쓰고 싶습니다. 더구나 풍병(風病)은 이미 뿌리가 깊어졌고 입가에는 항상 침이 흐르고 왼쪽 다리는 늘 마비증세가 옵니다. 머리 위에는 언제나 두미협(斗尾峽)[33] 얼음 위에서 잉어 낚는 늙은이의 솜털모자를 쓰고 있습니다. 근래에는 또 혀가 굳어 말이 어긋나 스스로 살날이 길지 않은 것을 알면서도 한결같이 밖으로만 마음이 치달리니, 이는 주자(朱子)께서도 만년에 뉘우쳤던 바였습니다. 어찌 두려운 일이 아니겠습니까. 다만 고요히 앉아 마음을 맑게 하려고 하다보면 세간의 잡념이 천 갈래 만 갈래로 어지럽게 일어나 무엇 하나 제대로 파악할 수가 없으니, 마음을 다스리는[治心] 공부가 저술하는 것보다 나은 게 없다는 것을 다시 느낍니다. 이 때문에 문득 그만두지 못하는 것입니다.


개고기를 삶아먹는 법

도인법(導引法)[34]은 분명히 유익한데 게으르고 산만하여 할 수

---

33 두미협 다산의 고향에서 가까운 한강 상류의 협곡을 흐르는 강. 하남시 검단산과 남양주시 예봉산 사이의 협곡을 흐르는 강.

34 도인법 몸을 굽혔다 폈다 하며 신선한 공기를 체내에 끌어넣는다는 도

없을 따름입니다.

보내주신 편지에서 "짐승의 고기는 전혀 먹지 못한다"라고 하셨는데 이것이 어찌 생명을 연장할 수 있는 도(道)라고 하겠습니까? 섬 안에 산개〔山犬〕가 천 마리 백 마리뿐이 아닐 텐데, 제가 거기에 있다면 5일에 한 마리씩 삶는 것을 결코 빠뜨리지 않을 겁니다. 섬 안에 활이나 화살, 총이나 탄환이 없다고 해도 그물이나 덫을 설치할 수야 있잖습니까? 이곳에 있는 어떤 사람은 개 잡는 기술이 뛰어납니다. 그 방법은 이렇습니다. 먹이통 하나를 만드는데, 그 둘레는 개의 입이 들어갈 만하게 하고 깊이는 개의 머리가 빠질 만하게 만든 다음, 그 통 안의 사방 가장자리에는 두루 쇠낫을 꽂는데 그 모양이 송곳처럼 곧아야지 낚싯바늘처럼 굽어서는 안 됩니다. 통의 밑바닥에는 뼈다귀를 묶어놓아도 되고 밥이나 죽 모두 미끼로 쓸 수 있습니다. 낫은 박힌 부분이 위로 가게 하고 날 끝은 통 아래에 있게 해야 하는데, 이렇게 되면 개가 주둥이를 넣기는 수월해도 다시 꺼내기는 거북합니다. 또 개가 이미 미끼를 물면 그 주둥이가 불룩하게 커져서 사방으로 찔리기 때문에 끝내는 걸리게 되어 공손히 엎드려 꼬리만 흔들 수밖에 없습니다.

5일마다 한 마리를 삶으면 하루이틀쯤이야 생선요리를 먹는다 해도 어찌 기운을 잃는 데까지야 이르겠습니까? 1년 365일

---

가(道家)의 양생법(養生法).

에 52마리의 개를 삶으면 충분히 고기를 계속 먹을 수 있습니다. 하늘이 흑산도를 선생의 탕목읍(湯沐邑)[35]으로 지정하여 고기를 먹고 부귀를 누리게 하였는데도 오히려 스스로 고달픔과 괴로움을 택하다니, 역시 사정에 어두운 것이 아니겠습니까? 들깨 한 말을 이편에 부쳐드리니 볶아서 가루로 만드십시오. 채소밭에 파가 있고 방에 식초가 있으면 이제 개를 잡을 차례입니다.

또 삶는 법을 말씀드리면, 우선 티끌이 묻지 않도록 달아매어 껍질을 벗기고 창자나 밥통은 씻어도 그 나머지는 절대로 씻지 말고 곧장 가마솥에 넣어 맑은 물로 바로 삶습니다. 그러고는 일단 꺼내놓고 식초·장·기름·파로 양념을 하여 더러는 다시 볶고 더러는 다시 삶기도 하는데 이렇게 해야 훌륭한 맛이 나게 됩니다. 이것이 바로 박초정(朴楚亭, 박제가)의 개고기 요리법입니다.

병풍의 글씨는, 비록 채양(蔡襄)이나 미불(米芾)[36]이라 하더라도 이처럼 오래도록 폐기된 상태에 있었다면, 어떻게 글씨를 쓸 수가 있겠습니까? 게다가 눈은 어둡고 어깨는 아프니『시경』「빈풍(豳風)」의 시(詩) 8장(章)을 어떻게 쓸 수 있겠습니까? 마

---

35 탕목읍 그 읍(邑)에서 거두는 세금으로 목욕비용을 충당하는 읍이라는 뜻으로, 왕족, 공신, 대신에게 공로에 대한 특별 보상으로 주는 영지(領地), 곧 식읍지를 말한다.
36 채양·미불 중국 송나라 때 글씨와 그림에 뛰어났던 사람들이다.

지못하여 산거(山居, 산속에서 살다) 8수(首)로 대신할 따름입니다.


## 혜성이 나타나니 불길하군요

혜성(彗星)의 이치는 정말로 이해하지 못하겠습니다만, 조용히 그 빛을 살펴보건대 이것은 얼음덩이가 분명합니다. 생각건대 물의 기운이 곧장 올라가 차가운 하늘에 이르러 응결한 것인데, 그것이 해를 향한 쪽으로 빛나 밝은 곳을 머리라 부르고 햇빛이 차단되어 희미한 곳을 꼬리라 부르는 것이니, 유성(流星)이 더운 하늘에서 이루어지는 것과 그 이치는 서로 유사합니다.

보내주신 글에서는 이것이 지구가 움직이는 확실한 증거라고 하셨습니다. 그러나 지금 이 혜성은 지난 7, 8월에는 두병(斗柄)[37]의 두번째 별과 서로 밀접히 붙어 있었는데(다산의 북쪽 봉우리는 매우 높기 때문에 8월 이후에는 북두칠성 일곱 개의 별이 모두 산 밑으로 들어가 컴컴하여 보이지 않음─지은이) 8월 그믐쯤에는 점점 높이 떠서 서쪽으로 갔습니다. 지금은 초저녁 처음 보일 때 그 높이가 거의 중천(中天)에 가깝고 그 방위는 점점 서쪽에 이르고 있으니 7, 8월경과 아주 같지는 않습니다. 이것으로 본다면 분명히 별이 움직인 것이지 지구가 움직여서 그런 것이 아닙니다. 가

---

37 두병 북두칠성을 국자 모양으로 보았을 때 그 자루가 되는 자리에 있는 세 개의 별.

령 지구가 운행한다 하더라도 별 역시 옮겨가고 있으니, 이는 별은 한곳에 붙어 있고 지구만 왼쪽으로 돌아가는 것이 아닙니다. 또 땅의 기운이 모여서 맺힌 것이라면 붙박이면 붙박이고 떨어지면 떨어질 일이지 어떻게 돌 수가 있고 옮길 수가 있단 말입니까?

일식과 월식이 일어나는 것은 명백히 궤도상 그렇게 되어 있는 것이니 이것은 재앙이 아닙니다. 이 혜성에 이르러서는 흔히 있는 일이 아닌 아주 특별한 현상이 아닌가 싶습니다. 그 길흉에 대한 징조는 분명하게 말할 수 없으나 요컨대 무심히 보아넘길 것은 아닙니다. 전에 외사(外史)를 보았더니, 옛날 어떤 사람이 푸른 하늘을 쳐다보다가 칼(刀劍)의 형상이 있는 것을 보고는 그 지방에 큰 흉년이 들 것을 알았는데 과연 백성들이 다 죽었다고 합니다. 생각건대 그 사람이 보았던 것도 역시 이런 종류로 백성들의 피해를 일괄적으로 말할 수는 없겠으나 그 규모가 큰 것만도 세 곳이나 되었다니, 어찌 근심할 일이 없다고 할 수 있겠습니까? 무진년(1808)에도 이 혜성이 나타났는데 기사년(1809)과 경오년(1810)에 과연 백성들이 죽는 참상이 일어나 어리석은 백성들이 말할 수 없이 소란스러웠으니 매우 걱정스럽습니다.

금년 3월 18일에 있었던 곡식비[38]의 이변도 괴이합니다. 이

---

**38** 곡식비 하늘에서 곡식이 내리는 괴이한 현상.

지방에 내린 것은 흰불콩 같은 것도 있고 개맨드라미씨(계관자 鷄冠子—지은이) 같은 것도 있고 메밀 같은 것도 있고 팥 같은 것도 있어 모두 네 종류였습니다. 이곳 산에서 주웠던 것은 흰불콩과 개맨드라미씨 두 종류뿐이었습니다. 이것의 이치는 혜성과 비교하여 더욱 이해하기 어렵습니다. 생각건대 본래 깊은 산이나 큰 섬에는 이러한 초목의 열매가 있기 마련인데, 그것이 일시에 바람에 날려 하늘에 흩어졌다가 땅에 퍼지는 것은 바로 귀신의 소행으로 애오라지 사람을 놀라게 하니, 이 역시 상서롭지 못한 일입니다.

지난 갑자년(1804) 4월에는 강진(康津) 읍내에서 뿔이 난 말을 보았습니다. 그 모양은 견율(繭栗)[39] 같았는데, 칼로 베어내고 불로 지졌으나 하룻밤 사이에 그 전처럼 다시 돋았습니다(바로 백도방白道坊[40]에 사는 노씨盧氏의 말이었다—지은이). 이 몸이 아직 돌아가지 못한 상태에서 두 가지(하늘에서 내린 곡식과 말에서 나온 뿔—지은이)를 보았으니 오래도록 돌아가지 못할 것임을 알 수 있겠습니다. 따라서 옛말은 모두 근거가 있다는 것을 비로소 알았습니다.

---

**39** 견율 누에고치나 밤톨만큼 작다는 의미로, 송아지가 처음 뿔이 날 때 조그맣게 나는 것을 형용한 말.
**40** 백도방 전라도 강진에 있던 지명.

## 『소학주관』과 『아학편』

『소학주관(小學珠串)』[41]은 어린아이들을 위하여 지었습니다. 사람들의 말을 들으니 선생께서도 이러한 문자(文字)를 편집하셨다 하던데, 한집안에서 따로 두 개의 문호(門戶)를 세울 필요는 없습니다. 이쪽 것을 사용하는 것이 어떨지 모르겠습니다. 그 문례(文例)가 비록 쓸데없이 긴 듯하나 어린아이들에게 외우도록 하려면 이와 같이 하지 않을 수 없습니다. 또 그 방법은 10단위로 한도를 삼았기 때문에 혹 구차스럽게 채운 것도 있고 피치 못하게 빼놓은 것도 있습니다. 그러나 일반 세상에서 통용되는 문자란 이렇게 하지 않으면 행해지지 않습니다. 선생께서 지으신 『몽학의휘(蒙學義彙)』가 왜 정밀하고 엄격하지〔精嚴〕 않겠습니까마는, 제가 편집한 『아학편(兒學編)』[42] 2권은 2천 자로 한정하여 상권에는 형체가 있는 물건에 관련된 글자를, 하권에는 물정(物情)과 사정(事情)에 관련된 글자를 수록했으며, 여덟 글자마다 『천자문(千字文)』의 예(例)와 같이 1개의 운(韻)을 달았습니다만 어떨는지 모르겠습니다.

　　—2천 자를 다 읽고 나면 곧바로 「국풍(國風)」[43]을 가르쳐주

---

**41** 『소학주관』 다산이 1810년에 어린아이들을 위해 지은 책.
**42** 『아학편』 다산이 어린아이들을 위해 편집한 문자 입문서. 한자 2천 자를 골라 풀이해놓았다.

어도 저절로 통할 수 있을 것입니다. 재주가 없는 자는 비록 먼저 1만 글자를 읽더라도 역시 유익함이 없습니다.


예와 인정


학기(學箕, 자는 희열希說임—지은이)[44]가 그의 아들을 저희 아이들에게 의탁하여 글을 배우도록 하였는데, 그 아이의 얼굴 모습이 준수하여 형수께서 보고는 학초(學樵, 다산의 둘째 형 정약전의 아들)의 후사로 세우고 싶어했습니다. 무장(武牂)과 문장(文牂) 두 아이(다산의 아들)들도 큰 욕심이 생겨 그를 끌어다가 당질(堂姪)로 삼고 싶어서 학기와 서로 의논하였더니, 학기가 말하기를 "현산(玆山, 정약전)과 다산(茶山)의 뜻이 데려가고 싶으시다면 나는 당연히 바치겠다"고 하였답니다. 두 아이들이 다산으로 편지를 보내왔기에 답하기를 "일로 보아서는 매우 좋으나 예(禮)로 보아서는 매우 어긋난다. 예를 어길 수는 없다"라고 하니, 두 아이들은 "예의가 이미 그러하면 마땅히 계획을 깨버리렵니다"라고 했습니다. 백씨(伯氏, 다산의 맏형 정약현)께서는 편지를 주시어 "내가 이런 말을 듣고 마음으로 무척 그르게 여겼는

---

43 「국풍」 『시경』 제1편의 편명으로, 15개국의 민간가요 160편이 수록되어 있다.
44 학기 1773~1835. 다산의 족질(族姪)로 아이 때 이름은 기상(箕祥).

데, 그대의 말이 이와 같으니 정말로 나의 뜻과 합치된다"라고 하셨습니다. 그런데 형수께서 편지를 보내와 "서방님, 나를 살려주시오. 서방님, 나를 불쌍히 여기시오. 나를 도와주지는 못할망정 어찌하여 나에게 차마 그렇게 하십니까? 현산은 아들이 있으나 나는 아들이 없습니다. 나야 비록 아들이 있다손 치더라도 청상과부인 며느리는 아들이 없으니, 청상의 애절한 슬픔에 예(禮)가 무슨 소용이겠소? 예법에는 없다 하더라도 나는 그를 데려오겠소"라고 하였습니다. 천 마디 만 마디 말이 원망하는 것 같기도 하고, 사모하는 것 같기도 하고, 흐느끼는 것 같기도 하고, 하소연하는 것 같기도 하여 편지를 보고는 눈물이 흘러내리고 답변할 말이 없었습니다. 그래서 답하기를 "예에 비록 어긋난다 하더라도 일로 보면 매우 좋습니다. 저는 차마 막지 못하겠으니 그냥 보고 있겠습니다. 현산과 편지를 주고받으면서 그 처분에 전적으로 따르십시오"라고 했습니다. 몸져누운 제 아내의 편지에, "한마디 말이 떨어지자마자 환희가 우레처럼 울리고 비참한 구름과 처연한 서리가 변하여 따뜻한 봄이 될 것입니다. 다시는 예를 말하지 말고 조금이라도 인정을 살피십시오. 만약 다시 그 일을 못 하게 한다면 시어머니와 며느리 두 사람이 한 노끈에 같이 목을 맬 것입니다. 어떻게 다시 예를 언급할 수 있겠습니까?"라고 하였습니다. 저는 이 일에 있어서 감히 흑백(黑白)을 말하지 못하겠습니다. 급히 두 통의 편지를 쓰셔서 하나는 무장에게 보내고 하나는 형수께 보내어 속히

결정하게 하는 것이 어떻겠습니까?

삼가 법을 살펴보니 무릇 조부를 제사 지내는 선비(곧 이묘二廟가 있는 선비—지은이)는 모두 입후(立後)[45]하였습니다. 한(漢)나라의 유학자들은 이른바 계별대종(繼別大宗)[46]이라야 입후할 수 있다 하였는데, 이는 그들의 해석일 뿐입니다. 평소 예를 배우면서 저 역시 오직 공자(公子)나 왕손(王孫)의 대종(大宗)만이 입후할 수 있다고 여겼는데, 금년 여름과 가을 사이에 「상기별(喪期別)」(『상례사전喪禮四箋』 제4함—지은이)을 저술하면서 옛날의 예법을 조사해보았더니 본래는 그렇지 않았습니다. 무릇 제사가 이묘에 미치고 장자(長子)를 위해 참최복(斬衰服)[47]을 입는 자는 모두 입후할 수 있습니다.

다만 아버지를 계승하는 사람은 형제의 아들을 데려오고, 할아버지를 계승하는 사람은 형제의 아들을 데려오되 없는 경우는 사촌형제의 아들을 데려오니, 증조나 고조를 계승하는 사람의 경우도 법은 마찬가지입니다. 다만 일반 백성의 종(宗)은 5세(世)면 묘(廟)에서 옮깁니다. 따라서 5세가 지나면 조종

---

45 입후 대를 이을 양자(養子)를 들이거나 양자로 들어감.
46 계별대종 고대 중국에서는 제후를 세습하는 적장자 이외의 별자(別子)들은 후족(後族)이 많아졌을 때 그들이 흩어져 계통이 서지 않을 것을 염려하여 이른바 대종(大宗)·소종(小宗)의 법을 세웠는데, 제후의 동생인 나머지 아들 곧 별자가 시조(始祖)가 되어 그 적장자로 이어가는 별도의 종통(宗統)을 대종(大宗)이라 하였다.
47 참최복 아버지 상을 당하여 입는 옷. 어머니가 돌아가시면 자최복을 입었다.

(祖宗)이 바뀌기 때문에 5세를 계승하는 사람은 아들이 없더라도 십촌형제의 아들을 아들(양자)로 삼을 수 없습니다. 오직 계별지종(繼別之宗)[48]만이 비록 백세(百世)에 이르더라도 별자(別子)[49]의 후예는 모두 데려다 후손으로 삼을 수 있습니다. 이것이 옛법[古法]입니다.

만약 서자(庶子)로서 아버지를 계승하지 않는 사람이라면 비록 왕자(王子)나 공자(公子)라 해도 입후할 수가 없습니다. 그러므로 관숙(管叔)[50]에게 후사가 없어 나라가 없어진 것이 『사기』에 나옵니다(만약 죄 때문에 제외되었다면 채중蔡仲[51]이 봉작封爵을 받을 이치가 없음─지은이). 한나라 문제(文帝)와 경제(景帝)의 아들들도 모두 후사가 없었으면 나라가 없어졌을 것이니 이는 옛법 중에서도 더욱 지엄한 것입니다. 이같이 한 뒤에야 소후부(所後父)를 위해 참최복을 입어도 명분이 있게 되고, 자신의 부모에게 강복(降服)[52]하여도 명분이 서는 것입니다.

지금 학초는 아버지를 계승하지도 못하고 죽었으니, 만약 같은 어머니에서 나온 아우가 있었다면 법으로는 마땅히 아우가

---

48 계별지종 별자(別子), 즉 공자(公子)로서 제후국의 시조가 되어 대종(大宗)이 됨을 말함.
49 별자 왕실에서 서자(庶子)와 구별하기 위해 사용한 용어.
50 관숙 중국 주나라 때 문왕(文王)의 셋째 아들. 반란을 일으켰다가 주공(周公)에게 평정되어 죽었다.
51 채중 중국 주나라 때 제후. 숙도(叔度)의 아들. 이름은 호(胡).
52 강복 규정된 상복(喪服)보다 한 등급 낮아짐.

대를 이어야 하는 것이요, 학초를 위해서 입후하는 일은 온당하지 않습니다. 서제(庶弟)[53]는 비록 동복(同腹)은 아니지만 옛날의 경(經)이나 지금의 법에 모두 적출(嫡出, 정실 자식)의 아들과 털끝만큼도 차이가 없는데 어떻게 학초를 위해서 입후할 수 있겠습니까? 학초에게 비록 친형제의 아들이 있다고 하더라도 입후하는 것이 부당한데, 더구나 아득히 먼 족자(族子)[54]에 있어서는 어떠하겠습니까?

—— 비록 그렇다고는 하나 지금 일의 형편이 이미 어찌할 수 없는 데까지 이르렀으니, 옛 경전대로만 굳게 지켜 화기(和氣)를 잃게 해서는 안 됩니다. 우리나라 풍속에는 양자법(養子法)이 있으니 이는 비록 성씨가 다르더라도 구애를 받지 않습니다. 『대전(大典)』[55]에도 "양부모(養父母)를 위해서 삼년복을 입는다"라고 하였습니다. 국법이 이와 같은데 이 나라의 백성으로서 그것을 따르는 것이 무슨 죄가 되겠습니까? 또 지금은 문호가 보잘것없는데, 이러한 준골(俊骨)[56]을 얻어다가 서로 의지하도록 하는 데 무슨 불가함이 있겠습니까? 깊이 생각해주신다면 다행이겠습니다.

---

53 서제 아버지의 첩에게서 태어난 아우.
54 족자 집안의 조카뻘 되는 사람.
55 『대전』『대전통편(大典通編)』. 정조의 명으로 1785년에 완성된 법전.
56 준골 준수한 용모를 가진 사람. 여기서는 준수한 양자를 뜻함.

## 『상서고훈』에 대하여

『상서고훈(尙書古訓)』[57] 6권은 복생(伏生) 이하와 마융(馬融)·정현(鄭玄) 이상의 구양(歐陽)·하후(夏侯)·왕도(王塗)·반고(班固)·유향(劉向)의 학설과 『좌전(左傳)』 이하 한(漢)·위(魏) 이상 제자백가의 『서경』에 관한 학설들입니다. 이 책은 이청이 편집하였는데 해설은 없습니다.

16냥(兩)이 1근(斤)이 된다는 설은 바로 장기(長鬐)에서 지었던 것입니다. 4상(象)과 8괘(卦) 역시 1배(倍)를 더해가는 법입니다만 그러한 설에는 병통이 있습니다. 문자에 대한 병통은 끝내 다 고치지 못하고 죽으리라는 것을 저 자신도 알고 있습니다. 그래서 공자는 "조술(祖述)[58]만 하고 창작은 하지 않았다" 하였고, 또 "나는 말하고 싶지 않노라"(『논어』「술이」)고 하였던 것입니다.


## 아암이란 승려에 대하여

대둔사(大芚寺)[59]에 어떤 승려가 있었는데 나이 마흔에 죽었습

---

57 『상서고훈』 다산이 제자 이청에게 편집하게 하고 뒤에 다시 정리한 책.
58 조술 선인(先人)이 말한 바를 근본으로 하여 서술하고 밝힘.

니다. 이름은 혜장(惠藏)[60], 호는 연파(蓮波), 별호(別號)는 아암(兒菴), 자(字)는 무진(無盡)이라 하는데, 본래 해남의 한미한 사람이었습니다. 27세에 병불(秉拂)[61]이 되자 제자가 백수십 명에 이르렀으며, 30세에는 둔사(芚寺)의 대회(大會, 이 대회는 오직 팔도의 대종장大宗匠이 된 뒤에야 개최하는 것임―지은이)를 주재하였습니다. 을축년(1805) 가을에 만덕사(萬德寺)[62]에 머물렀는데 그때 저와 만났습니다. 서로 만나던 저녁에 곧 『주역』을 논했는데, 그는 하도낙서(河圖洛書)[63]의 학문에 대해 횡설수설하면서 자기 말처럼 외웠습니다. 또 주부자(朱夫子, 주자의 높임말)의 『역학계몽(易學啓蒙)』을 익히 보고서 대중없이 여러 조목을 뽑아내어 세차게 흐르는 강물처럼 거침없이 말해서 보기에 겁날 정도였습니다. 내가 묻기를 "건(乾)의 초구(初九)는 왜 구(九)라 하는가?"라고 했더니, 그가 "구란 양수(陽數)의 극(極)입니다"라

---

59 대둔사 지금의 전남 해남 대흥사(大興寺).

60 혜장 조선 정조 때의 승려(1772~1811). 속명은 김씨(金氏). 백련사에서 지내던 유명한 스님. 다산에게 『주역』을 배웠고 다산이 탑명(塔銘)을 지었다.

61 병불 절에서 불법을 가르치는 수좌(首座)가 되는 것을 말함.

62 만덕사 전남 강진군 도암면 만덕리에 있는 절. 만덕산에 있어 만덕사로 불렸지만 현재는 창건할 때의 이름인 백련사로 불린다.

63 하도낙서 고대 중국에서 예언이나 수리(數理)의 기본이 된 책. '하도(河圖)'는 복희(伏羲)가 황하에서 얻은 그림으로 이것에 의해 『주역(周易)』의 팔괘(八卦)를 만들었다고 하고, '낙서(洛書)'는 하(夏)나라 우(禹)가 낙수(洛水)에서 얻은 글로, 이것에 의해 우는 천하를 다스리는 정치·도덕의 아홉 가지 원칙인 홍범구주(洪範九疇)를 만들었다고 한다.

고 하였습니다. 내가 "곤(坤)의 초륙(初六)은 왜 곤의 초십(初十)이라고 하지 않는가?"라고 했더니, 그는 말이 떨어지기가 무섭게 곧 깨닫고 몸을 일으켜 땅에 엎드리며 가르침을 청했습니다. 그는 배웠던 것을 모두 버리고 구가(九家)[64]의 학(學)을 깊이 연구하였습니다. 그는 또 불법(佛法)을 독실히 믿었는데『주역』의 원리를 들은 이후부터는 몸을 그르친 것을 스스로 후회하여 실의(失意)한 듯 즐거워하지 않다가 6, 7년 만에 술병[酒病]으로 배가 불러 죽었습니다. 지난해 내게 보내준 시에

백수공부(栢樹工夫)[65]로 누가 득력(得力)했나
연화세계는 이름만 들었네

하였고, 또

외로운 읊조림 매양 근심 속에서 나오고
맑은 눈물 으레 취한 뒤에 흐르네

---

**64** 구가『주역』을 주석했던 9인의 연구가로, 경방(京房)·마융(馬融)·정현(鄭玄)·송충(宋衷)·우번(虞翻)·육적(陸績)·요신(姚信)·적자현(翟子玄)·순상(筍爽) 등을 지칭함.

**65** 백수공부 참선하며 화두를 탐구하는 것. 백수(栢樹)는 잣나무. 당나라 때 어떤 중이 조주(趙州)에게 "무엇이 조사가 서쪽에서 온 뜻입니까?" 하니, 조주가 "뜰 앞에 있는 잣나무다" 하였다 한다.

하였습니다.

그가 죽을 무렵에 여러 번 혼잣말로 "무단히, 무단히"(방언으로 '부질없이'라는 뜻임―지은이)라고 했답니다. 제가 지은 만시(輓詩)[66]에

이름은 중 행동은 선비라 세상이 모두 놀랐거니
슬프다, 화엄의 옛 맹주여
『논어』자주 읽었고
구가의『주역』상세히 연구했네
찢긴 가사 처량히 바람에 날려가고
남은 재 비에 씻겨 흩어져버리네
장막 아래 몇몇 사미승
선생이라 부르며 통곡하네

라고 하였으며(근래『논어』『맹자』를 독실히 좋아했으므로 중들이 미워하여 김 선생이라고 불렀음―지은이), 또

푸른 산 붉은 나무 싸늘한 가을
희미한 낙조 곁에 까마귀 몇 마리
가련타 떡갈나무숯 오골(傲骨, 오만방자한 병통이 있다는 뜻임―

---

66 만시 죽은 사람을 애도하는 시.

지은이)을 녹였는데

종이돈 몇 닢으로 저승길 편히 가겠는가

관어각(觀魚閣) 위의 책이 천 권이요(다산을 가리킴―지은이)

말 기르는 상방(廂房)에는 술이 백 병이네(진도珍島의 감목관

監牧官 이태승李台升은 곧 이서표李瑞彪의 아들인데 한번 만나서는 곧 벗

이 되어 밤낮으로 실컷 술을 마셨다―지은이)

지기(知己)는 일생에 오직 두 늙은이

다시는 우화도(藕花圖, 연꽃 그림) 그릴 사람 없겠네


(맺음말에서 소동파蘇東坡와 참료參寥[67]에 관한 일을 인용하였음―지은

이) 하였습니다.



형과 아우


신주(薪洲)에 귀양 와 있던 심생(沈生)이 금년 가을에 죽었습니

다. 슬프군요. 선생의 옛날 술벗이 죽었습니다. 바다를 사이에

두고 있어 옛날 좋아하던 관계를 지속할 수가 없었습니다. 그

---

67 참료 중국 송나라의 승려 도잠(道潛)의 호가 참료자(參寥子)인데 시를
잘 지었다. 항주(杭州)의 지과사(智果寺)에서 지냈다. 소동파가 황주(黃
州)에 있으면서 꿈속에서 그를 만나 시를 읊었는데 7년 뒤 항주태수(杭
州太守)가 되어 그곳을 방문하여 서로 만나서 즐겼던 고사(故事)를 인용
했다고 한다.

가 나와 친한 사람을 향하여 "나의 벗 정공(丁公, 정약전)이 전에 '나의 아우는 문학이 나보다 낫다, 그 마음이 끝없이 큰 것은 제 형보다 못하다'라고 하더니, 그 말이 들어맞구나"라고 했다 하는데, 이는 저를 원망해서 한 말일 것입니다. 그가 나이 스물에 아내와 이별했는데 금년 9월에 아내가 내려와서 서로 만나려던 참이었습니다. 그런데 한 달을 남겨두고 부음(訃音)이 갔으니 아, 슬픈 일입니다.

# 수학은 음악과 상극입니다

答仲氏

보내주신 편지에 1구(矩)[1]하고 절반이라는 설은 참으로 확실하고 정미(精微)하여 경전의 본뜻에 적중하니 기뻐서 뛰고 싶은 마음을 이기지 못하겠습니다. 원서(原書)가 나오면 경(磬)[2]의 조목은 곧장 고치겠습니다. 매우 다행입니다.

차율법(差率法)[3]에 이르러서는, 이것은 바로 역수가(曆數家)의 차율이기 때문에 법(法)이 아무리 정미하다고 하더라도 악가(樂家, 음악가)의 차율법과는 서로 전혀 합치되지 않는데, 더구

---

1  구 척수(尺數). 길이의 단위.
2  경 틀에 옥돌을 달아 뿔 망치로 쳐 소리를 내는 아악기(雅樂器).
3  차율법 12율려(十二律呂)를 산출하는 방법으로 육률(六律)·육려(六呂)의 수리적 비율을 뜻한다. 이것은 곧 다산이, 고대 중국의 음악가들이 주장하는 곤륜산의 대나무를 불어서 육률·육려를 정하는 취율정성(吹律定聲)법을 부정하고, 육률·육려의 관계를 질서정연한 수리적 비율로 인식한 음률 질서체계인 것이다.

나 셋으로 차등을 두는 악관(樂官, 음악을 관장하는 관리) 영주구(伶州鳩)[4]의 법에 있어서는 어떠하겠습니까? 또 지금 이미 영주구의 말은 따르지 않으면서 셋으로 차등을 두는 것은 어떤 근거에서입니까?

옛사람의 법을 따를 만하면 따르고 어길 만하면 어기는 것인데, 이미 그 법을 버렸으면서 셋으로 차등을 두는 법만 가져다가 우리 법에 적용하려 하니, 어떻게 합리적이라고 할 수 있겠습니까? 영주구의 법은 황종(黃鍾, 12율의 첫째 음)으로부터 먼저 대려(大呂, 12율의 둘째 음)가 나오는 것이 아니라 대려로부터 태주(太簇, 12율의 셋째 음)가 나옵니다. 먼저 황종을 세워놓고 삼기(三紀)를 나열하며 삼기를 세워놓고 나서야 이에 육평(六平)을 만들며 육평이 세워지고서야 육간(六間)을 삽입하는데, 이때 간(間)이란 틈으로서 육률(六律)의 틈에 끼워넣는다는 뜻입니다.

선생께서는 요즈음 수학(數學)을 전공하시더니 문자를 보면 반드시 수학적으로 해결하려 하시는군요. 이는 마치 선대의 유학자 중에 선(禪)을 좋아하는 사람이 불법(佛法)으로 『대학(大學)』을 해석하려던 것과 같고, 또 정현(鄭玄)[5]이 성상(星象, 별자리 모양)을 좋아하여 성상으로 『주역』을 해석하였던 것과 같습니다. 이런 것은 어느 곳에 치우쳐서 두루 섭렵하지 못한 데서

---

4　영주구 중국 주(周)나라 경왕(景王) 때 음악을 관장한 관리.
5　정현 중국 후한(後漢)의 유학자(127~200). 경서(經書) 해석의 대가이다.

오는 병통인 것 같은데 어떻게 생각하시는지요? 옛 음악〔古樂〕이 없어진 것은 전적으로 수학의 탓입니다. 수학은 음악가와 상극입니다.

# 성인들의 책을 읽고 말씀 올립니다

答仲氏

『주례』에 대하여

『주례(周禮)』는 옛사람도 역시 믿지 않은 이가 많았는데 모두 학문이 얕아서였습니다. 비록 왕안석(王安石)[1]이 믿긴 하였으나 그 이면을 깊이 알지는 못했고, 오직 주자(朱子)만이 알고서 믿었습니다. 그러나 정현(鄭玄)의 주(注)는 10에 6, 7은 잘못되었는데도 선대의 유학자들이 모두 정현을 믿었으니 이것이 한스럽습니다.

　제가 만약 병 없이 오래 산다면 『주례』 전체에 대해 주를 달고 싶은데 아침이슬과 같은 목숨이라 언제 죽을지 알지 못하

---

1　왕안석 중국 송나라 때 정치가(1021~1086). 신법(新法)을 시행했고, 당송팔대가(唐宋八大家)의 한 사람으로 꼽혔다. 『주례』를 중시하여 정치제도에 많이 응용했다.

니 감히 마음을 낼 수가 없습니다. 그러나 마음속으로는 삼대 (三代, 하·은·주)의 다스림을 진정 회복하고자 한다면, 이『주례』가 아니고는 착수할 수가 없다고 생각합니다. 이 책을 원성(元聖)[2]이 손수 지었는지는 확실하게 말할 수 없다고 하더라도, 이것이 주나라가 동쪽으로 옮긴 뒤에 나왔다는 증거는 결코 잡아낼 수 없습니다. 그렇기에 저는『주례』에 대해 감히 경솔히 그 뜻을 어길 수 없으니 환종(圜鍾)과 협종(夾鍾)[3]을 어떻게 마음대로 바꿀 수 있으며, 하지(夏至)와 동지(冬至)에 음악을 연주한다는 글을 또 어떻게 분명치 못한 것으로 돌려버릴 수가 있겠습니까.

『주역』에 대하여

『주역』으로 말하더라도 요즘 사람은 하늘을 섬기지 않는데 어찌 감히 점을 칠 수 있겠습니까? 한선자(韓宣子)[4]가 노(魯)나라에 사신으로 가서 역상(易象)을 보고서, "주나라의 예(禮)가 노나라에 있구나"라고 하였습니다. 『주역사전(周易四箋)』을 자세

---

2  원성 중국 주나라 때 주공(周公).
3  환종·협종 환종과 협종은 같은 말인데 12율 중 육려(六呂)의 다섯번째 음.
4  한선자 중국 춘추시대 진(晉)나라의 대부(大夫) 한기(韓起). '선자'는 그의 시호.

히 보면, 서주(西周)의 예법 가운데 환히 알 수 있는 것들이 부지기수인데, 지금 점치는 것이라 하여 그 예법마저 고찰하려 하지 않는대서야 되겠습니까? 공자는 점치는 것 외에 별도로 「단전(彖傳)」과 「대상전(大象傳)」[5]을 지었으니, 『주역』이 어찌 점치는 책일 뿐이겠습니까?

옛날에는 봉건제도를 썼으나 지금은 쓰지 않고, 옛날에는 정전(井田)제도를 썼으나 지금은 쓰지 않고, 옛날에는 육형(肉刑, 육체에 가하는 형벌)제도를 썼으나 지금은 쓰지 않으며, 옛날에는 임금이 돌아다니며 두루 살폈으나[巡狩] 지금은 하지 않고, 옛날에는 제사 때 시동(尸童)[6]을 세웠으나 지금은 세우지 않습니다. 점치는 일을 지금의 세상에 다시 행하게 할 수 없는 것은 이런 몇 가지 일보다 더 어렵습니다. 그래서 저는 갑자년(1804)부터 『주역』공부에 전심하여 지금까지 10년이 되었지만, 하루도 시초(蓍草)[7]를 세어 괘(卦)를 만들어 어떤 일을 점쳐본 적이 없습니다. 제가 만약 뜻을 얻는다면 조정에 아뢰어 점치는 일을 금하게 하느라 다른 일 할 겨를이 없을 것입니다. 이는 오늘날의 점치는 일이 옛날과 같지 않아서 하는 말이 아닙니다. 비록 문왕이나 주공이 지금 세상에 태어난다 하더라도 결코 점으로

---

5 「단전」「대상전」 『주역』의 십익(十翼)의 하나로, 『주역』 본문을 해석한 글.
6 시동 옛날 제사 지낼 때 신위(神位) 대신으로 그 자리에 앉히던 어린아이.
7 시초 점칠 때 쓰는 톱풀. 『주역』의 점은 시초의 줄기를 이용하는 시초점이 주류를 이루었다.

써 의심나는 일을 해결하려 하지는 않을 것이니, 이러한 이치는 후세의 군자들도 반드시 알 것입니다. 그런데 선생께서는 어찌 이러한 뜻을 천명하여 따로 책을 짓지는 아니하시고 『주역』의 원리가 지나치게 밝혀졌다고 근심하시는 것입니까?

무릇 하늘을 섬기지 않는 사람은 감히 점을 치지 않는데, 저는 지금 하늘을 섬긴다 하더라도 점을 치지 않겠습니다. 제가 이런 뜻에 매우 엄격하지 않은 것은 아닙니다만, 『주역』이란 주나라 사람들의 예법이 들어 있는 책이어서 유학을 공부하는 선비〔儒者〕라면 그 깊이 있는 말과 오묘한 뜻을 밝히지 않을 수가 없기 때문입니다.

그러나 옛날 성인은 모든 깊이 있는 말과 오묘한 뜻에 대해 그 단서만 살짝 드러내어 사람들로 하여금 스스로 생각하고 깨닫게 하였습니다. 만약 숨겨진 것 없이 모두 훤히 드러나 볼 수 있다면 재미가 없을 것입니다. 지금 이 『역전』은 너무 자세히 밝혀놓았으니 이 점에 대해서는 깊이 후회하는 바입니다.

# 형제간의 학문 토론

答仲氏

예서(禮書)에 대한 연구는 지난가을 이래 많은 질병에 시달리느라 초고를 끝마친 것이 극히 적습니다. 초본(草本) 5편(編)[1]을 부칩니다만 모두가 끊어지고 뒤섞여 문리(文理)가 통하지 않을 것입니다. 그중에는 또 처음의 견해를 바꾸어 정본으로 삼고서도 초본에는 고치지 않은 것이 있는데 우선 심심풀이로 봐주십시오. 중간의 초본은 이미 집으로 보내어 아이에게 탈고하게 하였으니, 돌아와야만 질문할 날이 있게 될 것입니다. 이것이 비록 초본이기는 하지만 그중에 잘못된 해석이 있으면 조목조목 논박해서 가르쳐주시고 마땅히 절차탁마(切磋琢磨)하여 정밀한 데로 나아가게 해주십시오. 그러다가 더러 갑이다 을이다 서로 우기며 분쟁이 오감으로써 어린 시절 집안에서 다투던 버

---

1 　초본 5편 『상례사전』을 저술할 때의 초본 5편.

룻을 잇는 것도 절로 하나의 즐거움이 될 것입니다.

또 보내드린 「제찬고(祭饌考, 제사음식에 관한 고찰)」도 제 나름 대로는 앞사람들이 언급하지 못했던 곳을 드러냈다고 생각합니다. 까마득한 수천년 동안 수백 가지로 분분하게 변하였는데, 태뢰(太牢)와 소뢰(少牢), 특생(特牲)과 특돈(特豚)[2] 등은 이름만 남아 있고 그 기구(器具)는 완전히 잃어버렸습니다. 지금 제가 고찰해낸 것은 모두 증거가 있는데 육경(六經)[3]의 범위를 벗어나지 않았고, 또 참작해서 바르게 고친 것도 세상을 대단히 놀라게 하는 데 이르지는 않을 것이니 잘 살펴보아주십시오.

제전(祭奠, 제사)에만 다섯 가지 등급의 제찬(祭饌, 제사음식)을 사용해야 할 뿐 아니라, 무릇 칙사(勅使)에게 대접할 음식이나 공적인 연회의 음식도 모두 옛것을 고찰하여 바로잡아야 하겠습니다. 또 감사(監司, 관찰사)가 각 고을을 순회할 때의 음식 또한 올봄에 시험 삼아 물어보았는데 역시 문제가 심각했습니다. 이곳 현(縣, 강진현)에서 바치는 음식을 옛날의 예법과 비교해보니 그 상등(上等)의 태뢰(태뢰에는 3등급이 있으니 상등은 12정鼎, 중등은 9정, 하등은 7정이다—지은이)와 견주어 세 곱도 넘었습니다. 상등의 태뢰는 오직 천자가 종묘에 제사를 지낼 때나 천자의 초

---

2  태뢰·소뢰·특생·특돈 나라에서 제사 지낼 때 제물로 바치던 짐승들을 일컫는 말.
3  육경 중국의 여섯 가지 유교 경전으로 『시경』『서경』『역경』『춘추』『예기』『악기』를 말함.『악기』대신『주례』를 넣기도 함.

하룻날 음식, 그리고 제후가 임금의 명령을 받들고 온 사람(王人)을 대접하는 음식에서나 사용할 뿐입니다. 그런데 지금 감사가 하루에 세 번 받는 음식이 천자가 초하루에 먹는 음식보다 세 갑절이나 더 많으니, 분수를 범하고 법을 업신여기며 조물주가 만든 생물을 함부로 죽이는 것이 이렇게 심할 수가 없습니다. 하(夏)나라의 속담에 "무리 지어 다니면서 양식을 먹어치워 주린 사람은 먹지 못하고 힘든 사람은 쉬지 못한다. 서로 흘겨보고 비방하며 백성들이 간사하게 변하는데도 왕명을 어기고 백성을 학대한다. 그리하여 음식을 물 쓰듯 낭비하고 노는 데 정신이 팔려 집에 돌아갈 줄 모르고 수렵이나 주색에 빠짐으로써(流連荒亡) 제후에게 근심을 끼친다"라고 하였으니, 지금의 감사를 두고 하는 말입니다.

세상이 아무리 더럽고 풍속이 사치스럽다 하더라도 구장(九章)의 옷[4]을 감히 입지 못하는 것은 곤의(袞衣, 곤룡포)라는 이름이 있기 때문이며, 구류(九旒)의 관(冠)[5]을 감히 쓰지 못하는 것은 거기에 면류관(冕旒冠)이라는 이름이 있기 때문입니다. 이름이 존재하면 사람들이 그래도 두려워하지만 이름이 없어지면 분수에 넘치는 짓을 하고 업신여기며 질서가 무너져서 어찌할 수 없게 됩니다.

아, 누가 이러한 일을 건의하여 아뢸 수 있겠습니까? 무릇 사

---

4  구장의 옷  아홉 가지 무늬가 있는 천자의 옷.
5  구류의 관  끈이 아홉 개 달린, 왕이나 제후의 모자.

명을 받아 다니는 사람(使客)들에게 잔치를 베풀 때 모두 옛 제도를 사용하여 태뢰니 소뢰니 특생이니 특돈이니 이름을 규정하고 나서, 태뢰를 사용하지 못할 사람이 태뢰를 사용하는 경우에는 구장과 구류를 입고 쓰는 죄를 범한 것과 같이 다스린다면, 수령이나 아전들이 아무리 아부하여 상관을 섬기고 싶어도 결코 감히 가볍게 사형(死刑)의 죄를 범하진 못할 것입니다. 그리하여 일반 민가의 혼인과 수연(壽筵, 환갑잔치) 및 시호(諡號)를 받을 때 벌이는 잔치에 이르기까지 각각 등급을 정하여 모두 그 이름을 구별한다면, 나라의 큰 폐단이 제거될 것입니다. 아, 어쩌면 좋겠습니까?

# 상례에 대하여

答仲氏

　성옹(星翁, 성호 이익)의 명정(銘旌)[1]에 대한 제도는 너무 소략하고 예법에 맞지 않는 것으로 옛사람의 뜻이 아닙니다. 명정은 마땅히 상·중·하 삼척[三尺]의 제도(주척周尺[2]을 사용함―지은이)를 회복하여 중목(重木)에 꽂는다면 혼백(魂帛)[3]의 오류도 바로잡을 수 있고, 또한 대단히 해괴한 풍속으로 치부되지도 않을 것입니다. 모르겠습니다만 어떻습니까?

　삼우(三虞)가 졸곡(卒哭)이 되는 것[4]이 이와 같이 정확하니

---

**1**　명정 죽은 사람의 관직과 성씨 따위를 적은 기. 일정한 크기의 긴 천에 보통 다홍 바탕에 흰 글씨로 쓰며, 장사 지낼 때 상여 앞에서 들고 간 뒤에 널 위에 펴 묻는다.

**2**　주척 길이를 재는 자의 한 가지. 주나라 경전 『주례(周禮)』에 규정된 자.

**3**　혼백 흰 명주를 사람의 형상으로 접어 출생 연월일시 및 사망 연월일시를 적어 임시로 쓰던 신주(神主)로 초상 때만 씀.

**4**　삼우가 졸곡이 되는 것 삼우는 장사 지낸 뒤에 바로 지내는 초우(初虞)와 재우(再虞) 다음에 지내는 제사. 졸곡은 삼우제를 지낸 뒤 석 달 만에

이 또한 의심 없이 바로잡아야 합니다. 다만 상관(喪冠)[5]에 승무(繩武, 노끈으로 이음)하는 법과 최의(衰衣, 상복의 윗옷)에 연미(燕尾, 제비 꼬리) 모양의 옷섶을 다는 제도를 하루아침에 바꾸어 없애버리면 아마 대단히 괴상하다고 할 텐데 어떨지 모르겠습니다. 우리 형제의 자질(子姪, 아들과 조카)들은 오직 우리 형제의 말만 따라야 하는데 정론(定論)으로 자질들에게 남겨주고 싶으시면 잘 헤아려서 회답해주십시오.

지난번에 권씨(權氏) 고모의 부음을 받았는데 한결같이 옛날 제도에 따라 연미는 버리고 최의에 교임(交衽, 옷깃)을 붙였더니 지방 사람들이 알지 못하고 괴상하다 욕하므로 단지 서울에서 사용하는 법이 이러하다고만 했다 합니다. 이 때문에 한바탕 웃었습니다. 윗옷의 길이가 비록 허리 아래보다 한 자 정도 길지라도 너무 왜소하고, 또 소매의 길이가 두 자 두 치라도 역시 너무 협소합니다. 진실로 옛 제도가 그렇다는 것을 알긴 하지만 척 볼 때 눈에 걸리니 이러한 것은 큰 용기가 없고서는 힘써 행하기가 참으로 어렵습니다.

---

정일(丁日)이나 해일(亥日)을 택하여 지내는 제사. 이 제사를 지낸 뒤부터는 아침과 저녁에만 곡하고 평상시에는 곡하지 않는다.
5    상관 굴건. 상주가 상복을 입을 때에 두건 위에 덧쓰는 건.

# 조카는 장차 큰 그릇이 될 것입니다

答仲氏

학초의 장래에 대하여

학초가 지난 경신년(1800) 겨울에 독서하는 걸 보고서 그릇이
큰 사람이 되리라는 것을 벌써부터 알았습니다. 지난해 후아
(厚兒)[1]의 말을 듣고서 전날의 견해에 더욱 확신을 가졌습니다.
올봄에는 그애가 물어온 몇 가지 조목을 보고서 놀라움을 금
치 못할 정도였습니다. 반고 대부(盤皐大父)[2]께서 이미 이사 가
버려 마을에 책을 끼고 가서 글을 배울 만한 곳이 없어져버리
고 말았습니다. 제 생각으로는 금년 가을에 이곳으로 데려와서
겨울 동안 가르치고 내년 봄에는 형님 곁으로 들어가서 형님을
모시고 있다가 4월이나 5월쯤에 돌아간다면 그애는 반드시 깨

---

1  후아 다산의 조카뻘 되는 아이.
2  반고 대부 다산의 집안 할아버지뻘 되는 사람.

달음을 얻어 방향을 잡을 수 있을 것입니다. 우리 둘째 아이 문장(文牂)도 함께 공부하게 했으면 하는데 어떨지 모르겠습니다.


## 『시경』에 대하여

요사이 『시경』 「소서(小序)」를 읽어보았더니 정말 너무 잘못된 것이 많더군요. 그것은 공자 학통의 옛글이 아닌 것이 확실합니다. 한나라 학자들 가운데서 좀 나은 사람이라면 이 정도 잘못을 저지르진 않았을 것입니다. 그것은 위굉(衛宏)[3]이 지은 것이 분명합니다. 주자의 큰 안목으로 정확히 꿰뚫어보고 당나라와 송나라 때의 비루한 습속을 한 차례 씻어내긴 했지만, 다만 「국풍」으로 말한다 해도 「주남(周南)」에서 「정풍(鄭風)」[4]까지의 95편 안에 부인들의 작품이라고 한 시가 43편이나 될 정도로 많았습니다. 옛사람이 말하길 "부인들이 글자를 해득할 수 있으면 물의를 일으키는 수가 많다"라고 했으니 주나라 때 부인들이 이렇게 시를 즐길 수 없었을 것입니다. 어떻게 생각하시는지 묻고 싶습니다.

---

3  위굉 중국 후한 때 사람으로 시서(詩序)를 지었다.
4  「국풍」 「주남」 「정풍」 모두 『시경』의 편명.

# 입후의 기준

答仲氏

입후(立後, 양자를 들이는 것)에 대한 일을 고의(古義, 옛 뜻, 옛 법)에 기준해서 보면, 학초의 경우는 법으로 보아 마땅히 후사가 없어야 합니다. 형이 죽으면 아우에게 미치는 것이 옳긴 하지만, 옛 법에는 지자(支子)[1]에게 후사가 없으면 대가 끊어진다고 했습니다.

아버지를 이을 종자(宗子)는 형제의 아들 가운데서 데려오고 할아버지를 이을 종자는 종형제의 아들 가운데서 데려오고 증조(曾祖)를 이을 종자는 재종형제의 아들 가운데서 데려오는 것이니, 혈연관계가 있으면 입후하는 것이 예입니다. 이것이 바로 대강령(大綱領, 핵심 골자)입니다.

아버지가 계신데 큰아들이 후사 없이 죽었다면 후사를 세우

---

1  지자 본처의 맏아들 이외의 아들.

지 않는 것이고, 아버지가 돌아가시고 큰아들에게 후사가 없다면 후사를 세워야 하는 등의 일은 작은 절목(節目, 조목)입니다. 큰 강령이 이미 바르다면 작은 조목이야 조금 융통성이 있어도 되니 헤아려주시는 것이 어떻습니까? 이러한 뜻을 발론한 사람은 중국에서는 전여성(田汝成)[2] 한 사람이었으며, 우리나라에서는 오직 녹암(鹿菴) 권철신(權哲身)[3] 한 사람이었습니다. 「상기별(喪期別)」[4]의 입후에 대한 조목을 왜 자세히 살피지 않으셨습니까?

— 희양(餼羊)의 희(餼)는 제물(祭物)의 이름이 아니니 다시 생각해보시는 것이 어떻겠습니까?

윤외심(尹畏心)[5]을 재작년 해남에서 만났을 때 제가 "죽지 않고 서로 만났으니 이상도 하네"라고 했더니, 윤이 "사람이 죽기가 어디 쉬운 일인가"라고 했습니다. 제가 "사람이 죽기가 가장 쉬운 일이네"라고 했더니, 윤이 "죄악이 다한 연후에 사람이 죽는 거라네"라고 했고, 저는 "복되고 영화로운 삶〔福祿〕을 다한

---

2  전여성 중국 명나라 때 사람. 고문(古文)에 밝았다.

3  권철신 조선 후기의 학자(1736~1801). 호는 녹암. 성호 이익의 제자로 그의 학문은 실천적인 효제충신(孝弟忠信)을 으뜸으로 삼았다. 1801년 신유옥사에 연루되어 감옥에서 죽었다.

4  「상기별」 다산의 「예전상기별(禮典喪期別)」을 말하는 듯. 이 저술은 1811년에 완성되었다. 이 책의 3부 4번째 편지(253면)에는 '『상례사전』 제4함'이라고 주를 달아놓았다.

5  윤외심 윤영희(尹永僖, 1761~?). '외심'은 그의 자. 다산 형제의 친구로 부교리(副校理)를 지냈다.

연후에 사람이 죽는 거네"라고 하다가 서로 웃고서 그만두었습니다. 그가 말한 '죄악이 다한 연후에 사람이 죽는다'는 것은, 대체로 이 세상을 괴로운 곳으로 여겼기 때문입니다만, 이것은 바로 하늘을 원망하고 사람을 탓하는 말이지 진정으로 도를 아는 사람의 말은 아닙니다.

# 『시경강의』에 대하여

答仲氏

치마의 첩(幨)을 만드는 법에 대한 논박은 바로 첫머리부터 어긋난 해석이어서 곧 깨닫고 고쳤습니다.

정현은 한나라 사람입니다. 양측에 옷감을 덧대고 중앙은 비워두었는데, 당시 유행에 이러한 제도가 있었던 듯하니 배척할 필요는 없습니다. 다만 복건(幅巾)[1]에 첩(幨)을 만들 때 주자의 법도는 분명히 한 변(邊)을 향해 그대로 따라가는 것이었습니다. 그런데 구씨(丘氏)[2]는 또 중앙을 비워두는 법을 사용하여 마침내 횡(橫)으로 덧댄 건(巾)을 완전히 돌려 수직으로 첩을

---

1  복건 유생들이 도포에 갖추어서 머리에 쓰던 건(巾). 검은 헝겊으로 위는 둥글고 뾰죽하게 만들었으며, 뒤에는 넓고 긴 자락을 늘어지게 대고 양옆에는 끈이 있어서 뒤로 돌려 매게 되어 있다.

2  구씨 구준(丘濬)을 가리키는 듯. 구준은 중국 명나라 때 사람으로 시호는 문장(文莊)이며 경산(瓊山) 선생이라 불렸다.『가례의절(家禮儀節)』등의 저서가 있다.

하게 하였으니, 이 점은 구공(丘公)이 그 책임을 면할 수 없습니다.

보내주신 편지에 「제찬고」는 이전 사람도 이미 말한 적이 있는 것 같다고 하셨습니다. 그러나 서건학(徐乾學)[3]의 『독례통고(讀禮通考)』나 진혜전(秦蕙田)[4]의 『오례통고(五禮通考)』를 봐도 여기에 영향을 줄 만한 언급을 찾을 수가 없는데 장차 무엇을 참고하시렵니까? 우리나라 선대의 유학자 중에 자기 주견으로 법을 만들어 도식(圖式)을 정한 사람은 한정 없지만 전혀 옛 전거가 없어 그 뜻을 세울 길이 없습니다.

『시경강의(詩經講義)』[5]는 그때 우리 선왕(先王, 정조)께서 내리신 칭찬이 융성하였고 우리 돌아가신 선생께서도 인정해주신 것이 매우 간절하였으므로 제 생각으로도 이런 일은 얻기 어렵겠다고 여겼는데, 지금 와서 보니 순전히 아이들 소리였습니다. 지금 개정하고 싶지만 당시의 어평(御評, 임금의 품평)이 조목마다 달려 있어서 고칠 수가 없습니다. 게다가 기력도 점점 쇠약해져 남은 수명이 길지 않다는 것을 스스로도 알고 있습니

---

3  서건학 중국 청나라 때 학자(1631~1694). 벼슬은 형부상서를 지냈다. 『청일통지(淸一統志)』『명사(明史)』 등을 편찬하고 『독례통고』 등을 저술했다.

4  진혜전 중국 청나라 때 사람(1702~1764). 벼슬은 형부상서를 지냈다. 『오례통고』 등을 저술했다.

5  『시경강의』 다산이 1809년 지은 책으로, 정조가 『시경(詩經)』에 대해 조목별로 질문한 것에 답한 내용을 수록한 것이다.

다. 항상 서적을 한 권도 남기지 않고 모두 버린 채 깊은 방에 조용히 앉아 늙은 승려의 모습을 배우고 싶었는데, 이번의『논어』일 때문에 또 계율을 깨고 그 작업을 하고 있습니다.

# 귀양살이의 괴로움을 잊는 법

答仲氏

## 도인법

도인법(導引法, 도가의 양생법)이 유익하다는 것은 알고 있습니다. 그러나 유배생활 12년 동안 새벽에 일찍 일어나서 밤이 깊어야 잠자리에 들면서 육경(六經)공부에 전념하느라 도인법을 시행할 겨를이 없었습니다. 이제 다행히 육경에 대한 연구는 마쳤으니 마땅히 방 한 칸을 깨끗이 청소하고 아침부터 저녁까지 부지런히 힘쓰고 조심하는 가운데 틈을 내어 도인법에 유념하려고 합니다. 그 방에 한 권의 책도 놓아두지 않는다면 더욱 도인법에 몰두하기 좋을 것 같습니다. 만일 책을 방에 들인다면 오래된 버릇을 버리기 어려워 결국은 책과 붓을 붙잡게 되고 말 것입니다.

## 주자의 학설에도 잘못이

송나라 이후 7백 년 동안 온 세상 사람들이 총명한 지혜를 모두 동원하여 사서(四書)의 의미를 연구해왔기 때문에 사서에는 더 연구할 분야가 거의 없다고 했습니다. 저도 사서를 읽다가 더러 새로운 의미를 찾아내는 수가 있어 기발하다고 뛸 듯이 기뻐하다가도 그뒤에 여러 연구가들의 경서에 대한 학설을 보고는 규명된 지 이미 오래되었음을 깨닫곤 할 때가 있었습니다.

그렇지만 선(善)이 무엇인가를 밝혀낸 후에야 선을 선택할 수 있음을 잘 알고 있습니다. 이전 사람들을 보면 선대의 유학자(주자)의 학설에 대해서는 그릇된 의미도 고칠 생각을 않고 그대로 고집하고 있으니, 경서에 대한 해석이나 주석을 모아 편찬하는 일도 쉽지 않았을 것 같습니다. 그래서 『논어』에 대한 집해(集解)나 집주(集注)의 예에 의거하여 오랜 연구 가운데 잘된 것만을 가려내어 한 권의 책으로 만들고 싶습니다. 이러한 일은 비록 육경연구를 하면서 스스로 올바른 이론을 발견해내던 작업과는 난이도에 있어서 차이가 있겠지만, 정력을 쏟고 마음을 골똘히 기울여야 하는 일이 또한 쉽지 않을 것 같습니다.

요즈음 제 기력이 점점 쇠약해지고 있어 몇 달 사이에 이가 세 개나 빠져버렸습니다. 문필작업을 집어치우고 느긋하게 세월이나 보냈으면 싶지만 지난날을 돌이킬 때마다 서글퍼지기만 합니다.

불가(佛家)에는 교법(敎法)과 선법(禪法)이 있습니다. 그래서 경전을 가르치던 스승들이 만년에는 모두 좌선을 통해 연구하는 수가 있습니다. 저도 이제 그렇게 되기를 원하지만 좌선은 경전공부보다 배나 더 어려우니 제 마음과 힘으로 견디어낼지 모르겠습니다. 주자는 경전공부의 스승[經師]이었고 육상산(陸象山)[1]은 좌선을 통한 연구가[禪師]였습니다. 경사(經師)는 우(禹)나 직(稷), 묵적(墨翟)[2]에 가까운 분이고, 선사(禪師)는 안회(顏回)[3]나 양주(楊朱)[4]에 가까운 분이라 하겠습니다.


인간의 능력을 벗어난 책들


『악서(樂書)』[5] 열두 권을 그사이에 읽어보셨으리라 생각합니다. 율려(律呂)[6]의 차례 중 제7권에 논술한 협종(夾鍾)은 반드시

---

1  육상산 중국 송나라 때 학자 육구연(陸九淵). '상산'은 그의 호. 주자와 대립되는 이학(理學)의 다른 유파를 이루었다.
2  묵적 제자백가의 한 사람인 묵자로 겸애설을 주장했다.
3  안회 공자의 제자로 안빈낙도(安貧樂道)의 대표적 견인주의자(堅忍主義者).
4  양주 제자백가의 한 사람으로 이기적(利己的)인 쾌락설을 주장했다.
5  『악서』 다산의 『악서고존(樂書孤存)』 12권을 말하며, 『악기』에 관한 연구서.
6  율려 육률(六律)과 육려(六呂)를 말하는데, 육률은 음악의 12율 중에서

요순시대의 근본 방법으로 만에 하나의 잘못도 없으리라 믿습니다.[7]

5천 년 전 율려(음악)에 관한 학문의 근본 정신을 오늘날 되살려내었으니, 이 일은 제가 마음으로 이해할 수 있었던 것이 아닙니다. 수년 동안 밤낮으로 사색하고 산(算)가지를 붙잡고 늘어놓고서 오래 심혈을 기울이다보니 하룻날 아침에 문득 마음에 깨달음의 빛이 나타났습니다. 삼기(三紀)와 육평(六平), 차삼(差三), 구오(具五)의 방법들이 섬광처럼 눈앞에 열지어 서기 시작했습니다. 이때 붓을 들고 쓴 것이 바로 제7권입니다. 그러니 어찌 사람의 능력으로 얻어낸 것이라 하겠습니까?

다만 완전히 끝마치지 못했는데 서적(西賊)의 난리[8]가 나는 바람에 대강대강 끝맺을 수밖에 없군요. 선생께서 잘 정리하여 잘된 것은 그 첫머리에 비평을 적어 인정하는 뜻을 보여주었으면 싶고, 의심나는 것이 있으면 별도로 뽑아 기록해서 다시 깎아내거나 다듬도록 해주시는 게 어떨는지요.

---

양성(陽聲)에 속하는 여섯 가지 음으로 황종(黃鍾)·태주(太族)·고선(姑洗)·유빈(蕤賓)·이칙(夷則)·무역(無射)을 말하고, 육려는 12율 중에서 음성(陰聲)에 속하는 여섯 가지 음으로 협종·중려(仲呂)·임종(林鍾)·남려(南呂)·응종(應鍾)·대려(大呂)를 말한다.

7   육경 중의 하나인『악기』즉 음악에 관한 경전은 오랜 옛날 잃어버려 전해지지 않는데, 다산은 이 없어진『악기』에 관한 연구서를 만들어 본래 있던『악기』즉 요순시대의 원형을 그대로 살려냈다고 자부하고 있다.

8   서적의 난리 1811년에 일어난 홍경래(洪景來)의 난.

## 『주역』의 연구방법

『주역』에 관한 조그만 연구서는 둘째 아이 학유에게 공부감으로 준 것입니다. 그애가 벌써부터 즐겨 하지 않기에 책상 위에 그냥 놓아둔 것을 때때로 자세히 읽어보고는 껄껄 웃노라니 귀양살이의 괴로움을 잊을 만합니다. 몇 해 전의 초고를 열람해보니 갈지 않은 옥이요, 제련하지 않은 광석이요, 아직 찧지 않은 겨 붙은 벼요, 뼛속이 드러나지 않은 껍질이요, 아직 굽지 않은 도자기며 설익은 목수와 같습니다. 『시경』에 '절차탁마'라 했는데 바로 이를 두고 말하는 것 같습니다. 며칠 전에 또 하나의 효(爻)를 고쳤습니다. 만약 제가 앞으로 10년의 시간을 더 갖고서 『주역』공부를 마친다 해도 또 고쳐야 할 곳이 나올 겁니다. 『주역』 가운데서도 감(坎)·이(離)·이(頤)·대과(大過)·중부(中孚)·소과(小過) 등의 괘는 성인의 마음 쓰신 바가 기기묘묘한 곳들입니다.

또한 "부유함으로써 그 이웃을 좌우하는 것은 믿음이 있어 서로 밀접하기 때문이다(富以其隣有孚攣)"라든지 "달이 거의 보름에 가까웠다(月幾望)" 등은 땅 밑까지 꿰뚫고 들어가야 비로소 물을 얻어낼 수 있는 것처럼 반드시 그러한 종류 전체를 합해서 함께 비교해보면서 살핀 후에야 그 오묘함을 알아낼 수 있습니다. 그러나 『주역』을 공부하고자 할 때는 반드시 먼저 조용한 장소를 구해야 합니다. 닭 우는 소리, 개 짖는 소리, 아기 보채는 소리, 아낙네 탄식하는 소리 등이 가장 꺼려집니다. 어떻게 해야 그러한 곳을 얻을 수 있을까요?

금년에 다섯 가지 대사면이 이루어졌는데 탐관오리와 살인강도범까지 석방되지 않은 사람이 없다고 합니다. 그러나 사헌부의 탄핵안에 이름이 올랐던 사람은 거론조차 할 수 없었답니다. 이것은 그런 사람들을 엄하게 단속하려는 것이 아니라 까마득히 잊어버렸기 때문일 것입니다. 득세한 사람과 실세한 사람은 본래 서로 잊어먹게 마련이니 한탄할 것 있겠습니까?

이제 풀려나 집에 돌아간다 해도 집은 사방의 벽만 서 있고, 양식은 설을 쇠기도 전에 다 떨어지고, 늙은 아내는 춥고 배고프고, 아이들의 얼굴빛은 처량하기만 할 테지요. 두 분 형수께서는 "왔으면 왔으면 했는데 와도 역시 그 모양이구나"라고 할 겁니다. 태산이 등을 내리누르고 큰 파도가 앞을 가로막고 있으니, 『주역』에 관한 공부는 까마득해질 것이고 음악공부도 봄철의 개꿈에 지나지 않을 것입니다. 그러니 무슨 즐거움이 있겠습니까?

하늘이 이곳 다산을 제가 죽어서 묻힐 땅으로 정해주었고, 보암산(寶巖山)⁹의 몇 뙈기 밭을 식읍지로 주셨고, 일생을 마치도록 아이들의 울음소리와 아낙네의 탄식소리가 들리지 않을

---

9   보암산  전라도 강진에 있는 산.

것이니, 이처럼 복이 후하고 지위가 높은데도 이런 세 가지의 깨끗한 신선세계(三淸仙界)를 버리고 네 겹으로 둘러싸인 아비규환의 세계에다 몸을 던지려 하니 천하에 이렇게 어리석은 사내가 있을 수 있겠습니까?

이는 억지로 지어낸 말이 아니라 마음속의 생각이 정말 이렇습니다. 그러나 한편으로는 돌아가고 싶은 마음이 없지는 않은데 이는 사람의 본성이 원래 약하기 때문일 것입니다. 분명코 간음이 그르다는 것을 알면서도 남의 아내나 첩을 도적질하려 하고, 분명코 생계가 파탄난다는 것을 알면서도 더러는 마작을 하는 수가 있습니다. 돌아가고 싶은 저의 마음도 이런 유의 심정이지 그것이 어찌 본심이겠습니까?

# 밥 먹는 것과 잠자는 것도 잊고

答仲氏

지금 『논어』를 연구하지 않는 사람들은 사서(四書)의 밭에는 결코 남아 있는 볏단이 없다고 말합니다. 굉보(紘父)[1]가 과거공부를 그만두고 발분하여 경학과 예학 분야에 몸을 바치고 있는데, 그를 가르치려다 보니 안경을 쓰지 않고는 임할 수 없게 되었습니다. 이렇게 하고 보니 여기에도 떨어진 볏단이 있고 저기에도 남은 이삭이 있으며, 여기에 거두지 않은 볏단이 있고 저기에 거두지 않은 늦벼가 있습니다. 앞뒤가 뒤바뀌고 낭자하게 흩어져 있어 이루 다 수습하지 못할 지경입니다. 어린 시절 새벽에 밤나무 동산에 나갔다가 생각지 않게 난만히 땅에 흩어져 있는 붉은 밤알들을 만나 이루 다 주울 수 없는 것과 같은 격이니 이를 장차 어떻게 하면 좋겠습니까?

---

1  굉보 다산의 18제자 가운데 하나인 이강회(李綱會)의 자. 서울 사람인데 다산에 와서 공부했다.

평소 『논어』에 대한 고금의 여러 학설을 수집한 것이 많지 않았던 것은 아닙니다만, 한 장(章)씩 대할 때마다 모조리 고찰하여 그중 좋은 것은 취해다가 간략히 기록하고 의견이 대립하는 것은 취해다가 논평하여 단정했으니, 이제야 이 밖에 새로 더 보충할 것이 없다고 말할 수 있겠습니다. 그런데도 고금의 학설들을 두루 고찰해보면 도무지 이치에 합당하지 않은 것이 있는데, 이때는 어쩔 수 없이 책을 덮고 눈을 감은 채 앉아서 더러는 밥 먹는 것도 잊고 더러는 잠자는 것도 잊노라면 반드시 새로운 의미나 이치가 번뜩 떠오르게 마련입니다. 「학이(學而)」와 「위정(爲政)」 두 편에서 새로운 의미와 이치를 깨달은 것만도 이미 10여 조목이나 됩니다.

또 대립되는 학설을 결론지은 것 중에는 두 사람이 인용했던 것 이외에 따로 있었던 단안(斷案)이 오늘에야 비로소 나오게 되어 패배한 이론들로 하여금 다시 말할 수 없게 만든 것이 많습니다. 하늘이 만약 나에게 세월을 주어 이 작업을 마칠 수 있게 해준다면 그 책은 제법 볼만할 것입니다. 그러나 탈고할 방법이 없으니 매우 안타깝습니다.

# 아우 약횡에게 들려주는 말

又爲舍弟鑛贈言

## 고관대작보다는 가난한 선비에게

중국의 경서 『예기』에서는 덕에 힘쓰는 것이 최상이요, 그다음은 베풀고 보답하는 일에 힘써야 한다고 했다. 온 세상의 근심과 기쁨, 즐거움과 슬픔은 모두 베풀고 보답하는 데서 얻게 된다. 그러나 장씨(張氏)에게 베풀었는데 이씨(李氏)에게 보답받고 집안에서 분노했던 일을 저자에서 화풀이하기도 하는데, 이 치상 그럴 수 있다. 하늘의 도(道)는 넓고 넓어 결코 베푸는 일에서만 보답받지는 않는다. 그 때문에 보답받을 수 없는 일에 은혜를 베푸는 것을 군자는 귀하게 여긴다.

만약 왼손으로 물건을 주고 오른손으로 값을 요구한다면, 이것은 장사꾼의 일이지 원대한 뜻을 이루고자 하는 사람의 일은 아니다. 경전에 고아나 아이들을 얕잡아보지 말라고 했다. 일반 사람들이 한창 업신여기는데 조금 깨친 사람들이 어찌 힘이 부족해서 감히 그를 얕잡아보지 못하겠는가? 하늘의 도움을 받지 못해서 그렇게 되었다고 여기기 때문이다. 너는 이미 의원의 일에 종사하고 있으니 의원의 일로 비유해서 말하겠다.

새벽종이 울리면 커다란 말을 문 앞에 매어두고는 "영의정의 명령이오"라고 말하고, 또 커다란 당나귀를 뒤이어 매어놓고는 "병조판서의 명령이오"라고 말한다. 또 커다란 말을 뒤이어 매어놓고는 "훈련대장의 명령이오"라고 말한다. 뒤따라서 가난한 선비 한 사람이 와서는 "나야 말도 없는 사람이지만 우리 어머님의 병세가 위독합니다"라고 하면서 슬프게 눈물을 흘린다. 네가 세수를 마쳤으면, 맨 먼저 가난한 선비의 집으로 가서 자상하게 병세를 살펴보고 정확한 처방을 내려준 다음에 여러 귀한 집으로 가는 것이 옳다.

몸소 행하는 일이 공손하고 예의가 바르면 훌륭하다는 칭찬이 나오고, 훌륭하다는 칭찬이 나오면 하늘이 준 복록(福祿)[1]에 이르게 되니, 귀한 집안에서는 너의 생활을 후하게 해주지 않을 수 없을 것이다. 때문에 동쪽에다 베풀어도 보답은 서쪽에서 나오기도 한다. 그러므로 공자는 『논어』에서 "지혜로운 사람은 인을 이롭게 여긴다(知者利仁)"라고 했는데 이것을 일컫는 말이다.

---

1  복록 타고난 복과 벼슬아치의 녹봉이라는 뜻으로, 복되고 영화로운 삶을 이르는 말.

다산에게는 이복의 형(정약현), 동복의 3형제(정약전·약종·약용), 서모 김씨가 낳은 서제(庶弟) 약횡이 있었다. 당시의 세상은 적서(嫡庶)를 뚜렷하게 구별하던 때여서 약횡은 벼슬도 하기 어렵고 출셋길이 막막한 처지였다. 그래서 다산은 아우 약횡에게 서족(庶族)들이 할 수 있는 직업인 비장(裨將)을 권했다. 비장은 감사·절도사 등을 돕는 무관 벼슬인데 그것도 여의치 않아 약횡은 의원이 되었다. 다산은 의원이 된 아우에게 살아가는 원리로서 덕을 베풀고 인을 행하기를 권하면서 강자나 귀한 신분의 병자보다는 약자나 가난한 신분의 병자들을 먼저 돌보라는 귀중한 말을 해주었다.

# 제자들에게 당부하는 말

4부는 귀양지인 강진 다산에서 쓴 것과 해배 후에 쓴 것으로 제자들에게 당부하는 글이다. 『여유당전서』에는 기사(記事) 다음에 17편의 '증언(贈言)'을 수록해놓았고 『열수전서』에는 「속집」 2와 3에 17편이 실려 있다. 이 17편 가운데 다산이 제자들에게 써준 9편만을 번역했는데, 그중 8편의 글은 그 내용으로 보아 대개 두 아들에게 '가계'를 써보낼 즈음에 써준 것 같다. 제자들의 생계까지 염려해주는 자상한 스승의 마음씨가 드러나 있다.

3판 증보판(2001)에서 제자들에게 준 교훈적인 글 4편을 추가하고 해배 후 2년째인 1820년에 쓴 증언 한 편을 더 실었다. 이 글들을 함께 읽어야 제자들을 가르치는 스승의 참모습을 알 수 있을 뿐만 아니라 위대한 사상가 다산의 진면목에 접근할 수 있는 길이 열릴 것이라 여겨지기 때문이다. 이종영에게 준 글은 다산의 목민관상이 돋보이는데, 학문 논쟁을 벌인 문산(文山) 이재의(李載毅)의 아들이므로 많은 애정을 가지고 쓴 글임에 분명하다. 이번 5판(2019)에 목민관의 기본적인 자세와 지도자로서의 역량을 가르쳐주는 글 「부령 도호부사 이종영에게 당부한다」를 추가하였다. 윤종심과 정수칠은 다산초당에서 가르친 제자들이다. 『동다송(東茶頌)』으로 유명한 학승 초의 선사를 제자로 삼고 시(詩)와 선(禪)에 대한 깊은 담론을 나누며 훌륭한 문학론을 펼쳐 보였으며, 해배 후 찾아온 19세의 어린 소년 이인영에게 해준 이야기도 다산의 뛰어난 문학관과 문장론을 담고 있어서 빼놓을 수 없다.

이 글들은 다산이 실학자로서 얼마나 튼튼한 현실주의적 사고와 실학사상을 지녔나 알아보게 해준다. 과거제도를 그렇게 맹렬히 비판하면서도 실재하는 제도가 바뀌지 않는 한 어쩔 수 없이 그런 제도를 통해서만 사회활동을 할 수 있는 현실을 감안하여 과거공부에 힘을 기울이라고 주장하는 모습이 그러하다. 한편 엄격하면서도 자상한 스승의 모습은 사도가 땅에 떨어지고 교권이 흔들리는 오늘날 우리들에게 진한 감동을 느끼게 할 것이다. 4판 증보판(2009)에서는 스님 기어자홍과 제자 변지의에게 주는 증언 2편을 더 넣었다.

# 윤종문[1]에게 당부한다

## 爲尹惠冠贈言

### 사람과 짐승의 차이

가난한 선비가 생업을 꾸려나갈 방도를 생각하는 것은 형세가
그럴 수밖에 없기 때문이다. 그러나 경작은 너무 힘들고 장사
는 명예가 손상되니, 손수 과수원이나 채소밭을 가꾸고 진귀한
과실나무와 맛좋은 채소를 심는다면 왕융(王戎)[2]처럼 자두씨에
구멍을 뚫고 운경(雲卿)[3]처럼 참외를 팔더라도 해될 것이 없을

---

1  윤종문(尹鍾文) 고산(孤山) 윤선도(尹善道)의 후손이자 공재(恭齋) 윤두
   서(尹斗緖)의 현손(玄孫). 자는 혜관(惠冠). 다산이 다산초당에서 귀양살
   이할 때 18제자 중 한 사람이며, 다산의 외척이기도 하다.
2  왕융 중국 진(晉)나라 때 자사(刺史) 혼(渾)의 아들로 욕심이 많고 인색
   했다. 집에 종자가 좋은 자두나무가 있었는데 자두를 팔 때 남들이 그 종
   자를 얻지 못하도록 씨에 구멍을 내고 팔았다는 고사가 있다.
3  운경 중국 송나라 때의 소운경(蘇雲卿). 일년 내내 해진 옷 한벌 짚신 한
   켤레로 채소 심고 신 삼아 팔아 그것으로 자급자족하고 틈이 있으면 온

것이다. 좋은 꽃과 기이한 대나무로 군색함을 가리는 것도 지혜로운 생각이다.

봄에 비가 갓 개일 적마다 조그만 가래와 큰 보습을 들고 메마른 자갈밭을 파고 거친 잡초를 매거라. 그렇게 고랑과 두둑을 정돈하여 종류별로 종자를 뿌리고 모종도 해야 한다. 일을 마치고 돌아와서는 짧은 시 수십 편을 지어 석호(石湖)⁴의 유운(遺韻, 고인의 유풍)을 모방하기도 하고, 또 형상(荊桑, 가시뽕나무)·노상(魯桑, 마디뽕나무) 등의 뽕나무 수천 주를 심고 별도로 3칸 잠실(蠶室)을 지어 7층 잠상(蠶床)을 설치해놓고 아내에게 부지런히 누에를 기르도록 하여라. 이렇게 몇 해만 하면 식량·소금·육장(肉醬, 쇠고기 장조림) 등의 살림살이로 결코 남편을 번거롭게 하지 않을 것이다.

그리고 육경(六經)이나 여러 성현의 글도 모두 읽어야 하는데 특히 『논어』만은 종신토록 읽어야 한다. 삼례(三禮, 주례·의례·예기)에 대해서는 잡복(雜服)⁵의 제도만 알면 이름난 집안의 훌륭한 후손이 될 수 있으며, 『주역(周易)』을 읽어 추이(推移)·왕래(往來)의 자취를 살피고 소장(消長)⁶·존망(存亡)의 이치를 증

---

종일 문 닫고 눕거나 아니면 무릎 꿇고 하루를 보내 주위로부터 사랑과 존경을 받았다.

4  석호 중국 송나라 때 시인 범성대(范成大, 1126~1193)의 호. 저서로 『석호시집(石湖詩集)』이 있다.

5  잡복 여러 종류의 옷차림에 대한 규정.

6  소장 쇠하여 사라짐과 성하여 자라남.

험한다면 천지를 이해하고 우주를 망라할 수 있을 것이다. 또 여력이 있으면 산경(山經)·수지(水志)[7]도 읽어 견문을 넓히고, 혹 아내가 손수 빚은 찹쌀술을 권하거든 맛있게 마시고 기분좋게 취하여 「이소경(離騷經)」「구가(九歌)」[8]의 글을 읽으며 울적한 회포를 푼다면 명사(名士)라 칭할 만하다.

번쩍번쩍 빛나는 좋은 의복을 입고, 겨울에는 갖옷에 여름에는 발 고운 칡베옷으로 종신토록 넉넉하게 지내면 어떻겠는가? 그것은 물총새나 공작, 여우나 너구리, 담비나 오소리 등도 모두 할 수 있는 것이다. 향기를 풍기는 진수성찬을 조석마다 먹으며 풍부한 쇠고기와 넉넉한 양고기로 평생토록 궁하지 않게 지내면 어떻겠는가? 그것은 호랑이나 표범, 여우나 늑대, 매나 독수리 등도 모두 할 수 있는 것이다. 연지분을 바르고 푸른 물감으로 눈썹을 그린 미인과 함께 고대광실 굽이굽이 돌아들어가는 방에서 춤추고 노래하며 세상을 마친다면 어떻겠는가? 아무리 모장(毛嬙)과 여희(麗姬) 같은 미인이라도 물고기는 그를 보면 물속으로 깊이 들어가버린다.[9] 돼지의 즐거움이라 해

7  산경·수지 산맥이나 산세(山勢) 및 강이나 하천에 대한 이론을 적은 책.

8  「이소경」「구가」 중국 춘추시대 초(楚)나라 충신 굴원(屈原)이 지은 『초사(楚辭)』의 편명이다.

9  모장과~들어가버린다 모장과 여희는 모두 춘추시대의 미인들이다. 『장자(莊子)』 「제물론(齊物論)」에 "모장·여희는 사람들이 아름답게 여기는 미인이지만, 물고기가 그들을 보면 물속으로 깊이 들어가고 새가 그들을 보면 높이 날아가고 미록(麋鹿, 사슴)이 그들을 보면 달아나버린다" 하였다. 물고기와 새와 사슴은 이들이 미인이라 피한 것이 아니라 사람

서 금곡(金谷)이나 소제(蘇堤)의 호화스러운 놀이[10]보다 못할
게 없는 것이다.

그러나 독서 한 가지 일만은, 위로는 성현을 뒤따라가 짝할
수 있고 아래로는 수많은 백성들을 길이 깨우칠 수 있으며 어
두운 면에서는 귀신의 정상(情狀)을 통달하고 밝은 면에서는
왕도(王道)와 패도(覇道)의 정책을 도울 수 있어 짐승이나 벌레
의 부류에서 초월하여 큰 우주도 지탱할 수 있으니, 독서야말
로 우리 인간이 해야 할 본분인 것이다.

맹자는 "대체(大體)를 기르는 사람은 대인(大人)이 되지만 소
체(小體)[11]를 기르는 사람은 소인(小人)이 되어 짐승에 가까워
진다"라고 하였다. 만약 따뜻이 입고 배불리 먹는 데에만 뜻을
두고서 편안히 즐기다가 세상을 마치려 한다면 죽어서 시체가
식기도 전에 벌써 그 이름은 사라질 것이니, 이는 짐승일 뿐이
다. 그런데도 이같이 살기를 원할 텐가?

---

이라 피했다는 것이 원래 『장자』의 내용인데, 후대에는 이들이 미인이어
서 그런 것으로 뜻이 바뀌어 쓰이게 되었다.

10 금곡이나~놀이 금곡은 진(晉)나라의 큰 부호였던 석숭(石崇)의 별장이
있던 곳이고, 소제는 송나라의 시인 소식(蘇軾)이 항주(杭州) 서호(西湖)
에 쌓은 둑으로 경치 좋은 서호에서의 뱃놀이를 말한다.

11 대체·소체 '대체'는 사람에게 크고 귀한 것, 즉 마음과 뜻을 말하며, '소
체'는 사람에게 작고 천한 것, 즉 귀와 눈을 자극하는 감각, 입과 배를 채
우는 욕망 등을 말한다.

# 윤종문에게 또다시 당부한다

又爲尹惠冠贈言

## 선비다운 농업을 경영하라

조정에서 벼슬하는 사람을 사(士)라 이르고, 들에서 밭 가는 사람을 농(農)이라 이른다. 귀족의 후예들이 서울에서 먼 지방으로 유락(流落)[1]되어 몇 대 이후까지 벼슬이 끊기면 오직 농사짓는 일만으로 노인을 봉양하고 자식들을 키워야 한다. 그러나 농사란 이익이 박한 것이다. 더군다나 요즘에는 전역(田役)[2]이 날로 무거워져 농사를 많이 지을수록 더욱 쇠잔해지니, 반드시 원포(園圃)를 가꾸어 보충해야만 유지할 수 있다. 진귀한 과일나무를 심은 곳을 원(園, 과수원)이라 이르고, 맛좋은 채소를 심은 곳을 포(圃, 채소밭)라 이른다. 이는 다만 집에서 먹으려는 것

---

1   유락  고향을 떠나 타향에 삶.
2   전역  백성이 소유한 논밭에 따라 국가에 부담하는 노동.

만이 아니라 앞으로 시장에 내다 팔아서 돈을 만들기 위한 것이기도 하다.

사방으로 길이 통한 읍(邑)과 큰 도회지 곁에 진귀한 과일나무 10그루를 가꾸면 한 해에 엽전 50꿰미를 더 얻을 수 있고, 맛있는 채소 몇 두둑을 심으면 일 년에 엽전 20꿰미를 더 얻을 수 있으며, 뽕나무 40~50그루를 심어 5, 6칸의 누에를 길러내면 또 30꿰미의 엽전을 얻을 수 있게 된다. 해마다 1백 꿰미의 엽전을 얻는다면 굶주림과 추위를 구제하기에 충분할 것이니, 이 점은 가난한 선비들도 의당 알아야 한다.

# 윤종억[1]에게 당부한다

## 爲尹輪卿贈言

### 선비가 농업을 경영하는 방법

태사공(太史公, 사마천)은 "늘 가난하고 천하면서 인의(仁義)를 말하기 좋아한다면 역시 부끄러운 일이다"라고 하였다. 공자의 문하에서는 재물의 이익에 대해 말하는 것을 부끄럽게 여겼으나 그의 제자인 자공(子貢)[2]은 재산을 늘렸다. 지금 소보(巢父)나 허유(許由)[3]의 절개도 없으면서 누추한 오막살이에 몸을 감

---

1 윤종억(尹鍾億) 자는 윤경(輪卿), 본관은 해남(海南)으로 다산이 귀양 살던 다산초당의 주인인 귤림처사(橘林處士) 윤단(尹博)의 손자. 다신계(茶信契) 18제자 중 한 사람.
2 자공 공자의 제자로 달변가이자 부자였다.
3 소보·허유 모두 중국 고대의 고사(高士)로 인격이 높고 성품이 깨끗하고 세속에 물들지 않은 선비였다. 소보는 요임금이 천하를 맡기려 하였으나 이를 받지 않았으며, 허유는 요임금이 왕위를 물려주려 하였으나 받지 않고 도리어 자신의 귀가 더러워졌다 하여 귀를 씻고 숨었다고 한다.

추고 명아주나 비름으로 배를 채우며, 부모와 처자식을 헐벗고 굶주리게 하고 벗이 찾아와도 술 한잔 권할 수 없으며, 명절 무렵에도 처마 끝에 걸려 있어야 할 고기는 보이지 않고 유독 빚 독촉하는 사람들만 대문을 두드리며 꾸짖고 있으니, 이는 천하에 가장 졸렬한 짓으로 지혜로운 선비는 하지 않을 일이다.

그러나 종아리를 드러내고 흙탕물 속에 들어가 여덟 개의 발이 달린 써레를 잡고 소를 꾸짖으며 멍에를 밀고 거머리에 빨려 상하지 않은 데가 없게 되면, 이것이야말로 남자의 곤경스러운 일이다. 더구나 열 손가락이 파잎처럼 부드러운 사람이야 아무리 자신의 힘으로 하려고 한들 할 수 있겠는가? 그렇지 않으면 돈궤짝을 들고 포구에 나가 먼 섬에서 오는 배를 기다렸다가 무지한 어민들과 입이 닳도록 싸우며 몇 푼의 이익을 남기려 하고 남의 것을 깎아 자기의 이익을 더하려고 거짓말로 남을 속이고 눈을 부라리며 울분이 쌓여 성난 것처럼 행동하는 것 또한 세상에서 지극히 졸렬한 짓이다. 아니면 이잣돈을 놓아 사방 이웃들의 고혈을 빠는 짓을 하면서 어쩌다가 기한을 어기면 약하고 불쌍한 백성들을 잡아다가 나무에 매달아놓고는 수염도 뽑고 종아리도 두들기면, 온 마을에서 범과 이리라고 부르고 가까운 일가들도 원수처럼 미워하게 된다. 이런 사람들은 돈을 산처럼 얻는다 해도 한 세대도 보존할 수 없게 된다. 반드시 그 자손들 중에 미치광이의 광증이 있거나 술을 좋아하거나 여색을 좋아하는 사람이 나와 그 재산을 뒤엎기 때문이다. 하늘의 법망(天網)은 넓디넓어 성글어도 빠뜨리는 법이 없으니 매우 두려운 것이다.

그러므로 생계수단으로는 원포(과일과 채소를 가꾸는 일)와 목축만 한 것이 없다. 그리고 연못이나 못을 파서 물고기도 길러야 한다. 집 앞의 가장 비옥한 밭을 10여 두둑으로 구획하여 사방을 반듯하게 만들고 사계절 내내 채소를 심어 집에서 먹을거리를 공급해야 한다. 집 뒤꼍의 빈 땅에는 진귀하고 맛 좋은 과일나무를 많이 심고, 그 가운데에 조그마한 정자를 세워 맑은 운치가 풍기도록 하면서 도둑을 지키는 데 이용하여라. 그리고 먹고 남은 여분은 저자에 내다 팔고, 혹 월등하게 크거나 탐스러운 것이 있으면 각별히 편지를 써서 가까운 벗이나 이웃 노인에게 보내어 진귀하고 색다른 것을 맛보게 한다면 이것도 두터운 인정을 베푸는 마음이니라. 또 흙을 잘 일구어서 여러 가지 약초를 심는데, 제니(薺苨)·자초(紫草)·산서여(山薯蕷) 같은 것을 토질에 따라 구별하여 심어야 하고, 인삼만은 유독 쓰이는 데가 많으니 법에 따라 재배하면 여러 이랑에 많이 심어도 좋다.

보리를 심는 것은 세상에서 가장 수익성이 낮다. 나라의 처지에서는 권장해야 하지만, 보통 사람들이 편히 사는 방도로는 할 만한 것이 못 된다. 그러므로 『예기(禮記)』의 「월령(月令)」에서 보리 심기를 권장한 것은 이익이 없기 때문이다. 동백은 기름을 짜내 부인들의 머리를 꾸미는 데 쓰며, 치자는 약에도 넣고 염료로도 쓰이니 아무리 많아도 못 팔 걱정은 없다. 만약 저자에 가까이 사는 사람이라면 복숭아·자두·매실·살구·능금 등은 모두 돈을 벌 수 있는 것이니 보리 심을 밭에다가 이런 것들을 심는다면 그 이익이 열 배는 될 것이다. 그러니 자세히 헤아려서 할 일이다.

아내의 게으름은 가산을 탕진시킬 근본이다. 사경(四更, 새벽 1~3시)도 못 되어 촛불을 끄고 아침 해가 창에 비치도록 이불을 개지 않는 것은 모두 게으른 사람이니, 주의를 주어도 잘못을 뉘우치고 고치지 않는다면 버려도 괜찮다.

뽕나무 4, 5백 그루를 심어 2년마다 곁가지를 쳐주고 얽힌 가지를 풀어주고 병든 가지를 잘라주며 잘 관리하면 몇 해 안 가서 키가 담장을 넘게 된다. 그다음 별도로 잠실 4, 5칸을 지어서 칸마다 사방으로 통하는 길을 내고 잠상을 7층으로 만들어 누에를 기르되, 항상 쇠똥〔牛糞〕으로 불을 피워 병을 퇴치하고 서북쪽의 문은 완전히 봉하고 동남쪽만 볕이 들게 해야 한다.

목화는 많이 심을 필요 없이 하루갈이 정도에서 그치고 별도로 삼과 모시를 심어라. 그리하여 아내에게 봄과 여름에는 명주를 짜고 가을과 겨울에는 베를 짜도록 해주어야 한다. 그렇게 부지런히 하면 명주와 베가 궤짝에 가득 차게 될 것이니, 그리되면 일하는 재미를 갖게 되어 게으른 사람도 저절로 부지런해질 것이다.

## 근검과 절약

『안씨가훈(顔氏家訓)』[4]에 "생활에 필요한 온갖 채소·과일·닭고기·돼지고기 등은 모두 집안에서 자급할 수 있으나 소금만 생산할 수 없을 뿐이다" 하였으니, 아주 좋은 말이다. 손쉽게 장롱속의 돈을 꺼내어 시장으로 달려가는 사람은 죽을 때까지 집안을 일으킬 수 없다.

성호(星湖) 이익(李瀷) 선생은 어린 시절에 매우 가난하였다. 가을 수확이 겨우 12석(石)이었는데 이를 열두 달에 나누어놓았고, 열흘 뒤에 식량이 떨어지면 즉시 다른 물건을 팔아서 곡식을 구해다가 죽을 끓이도록 하였으며, 새달 초하루가 되어야 비로소 곳간에서 곡식을 꺼내다 먹게 하였다. 중년에는 24석을 거두어 달마다 2석을 사용하였고 늘그막에는 60석을 수확하여 달마다 5석을 사용하였는데, 아무리 군색하고 부족하더라도 끝내 다음 달 양식에는 손대지 않았으니, 이는 참 좋은 방법이다.

심용담(沈龍潭)[5]은 "엽전 10꿰미 이상은 손쉽게 사용해야 하

---

4 『안씨가훈』 중국 북제(北齊)의 안지추(顔之推)가 지은 가훈(家訓)을 적은 책.

5 심용담 조선 정조 때의 문신. 이름은 규(逵), 호는 죽포(竹圃). 전라도 용담현령을 지내서 심용담으로 호칭했다. 정승 채제공의 문하를 출입하여 채문삼죽(蔡門三竹)의 한 사람으로 불렸다. 다산의 대선배로 서로 가까이 지냈고, 뒤에 진산군수를 역임했다.

고, 엽전 1문(文)이나 2문은 무겁게 지녀 내놓지 말아야 한다"라
고 하였는데, 이는 지극히 일리 있는 말이다. 큰 것을 아끼는 사
람은 큰 이익을 꾀하지 못하고 작은 것을 손쉽게 여기는 사람
은 헛된 낭비를 줄이지 못할 것이니, 이런 데서 잘 살펴야 한다.

집안을 다스리는 요령으로 마음에 새겨둘 두 글자가 있다.
첫째는 근(勤)자요, 둘째는 검(儉)자다. 하늘은 게으른 것을 싫
어하니 반드시 복을 주지 않으며, 하늘은 사치스러운 것을 싫
어하니 반드시 도움을 내리지 않는 것이다. 유익한 일은 잠시
도 멈추지 말고 무익한 일은 털끝만큼도 도모하지 마라.

# 다산의 학생들에게 당부한다

## 爲茶山諸生贈言

현실과 대결하면서 살아가라

노(魯)나라의 공자와 추(鄒)나라의 맹자께서는 위태롭고 어지러운 세상을 당하여서도 오히려 사방을 두루 돌아다니면서 벼슬하기에 급급하였다. 이는 진실로 입신양명이 효도의 극치이고 새나 짐승과는 함께 무리 지어 살 수 없기 때문이다.

요즘 세상에서 벼슬에 나아가는 길은 과거 하나만이 있을 뿐이다. 그런 까닭에 정암(靜菴) 조광조(趙光祖), 퇴계(退溪) 이황(李滉) 등 여러 선생들께서도 모두 과거를 통하여 벼슬에 나아갔으니 그 길을 통하지 않고는 끝내 임금을 섬길 방도가 없음을 알겠다.

근세에 여러 대에 걸쳐 벼슬하며 살아온 집안[故家]의 후예로서 보잘것없는 세력이 되어[零落] 먼 지방으로 내려가 사는 사람들은 출세할 생각은 않고 오직 먹고사는 일에만 힘쓰고 있다. 심한 경우는 새처럼 높이 날고 짐승처럼 멀리 달아나려고 우복동(牛腹洞)[1]만 찾고 있는데, 한번 그 속으로 들어가면 자손들이 노루나 토끼처럼 되리라는 것을 전혀 알지 못한다. 비록 편안히 농사짓고 물 마시며 살아가면서 자손이 번성하게 되더라도 무슨 이익이 있겠는가? 제군들은 우선 과거를 통한 벼슬살이에 마음을 두고, 그 이외의 마음은 먹지 말도록 하여라.


## 과문보다 고문을 먼저 익히거라

글에는 많은 종류가 있으나 그중에 과문(科文)[2]이 가장 어렵고, 이문(吏文)[3]은 그다음이고, 고문(古文)은 쉬운 편이다. 그러나 고문에서부터 길을 찾아들어가는 사람은 이문이나 과문에 대해 다시 노력을 기울이지 않더라도 쉽게 통달할 수 있다. 하지만 과문에서부터 길을 찾아들어가는 사람은 벼슬하여 관리가 되어도 판첩(判牒, 문서)을 쓰는 데 모두 남의 손을 빌려야 하고, 서(序)·기(記)·비(碑)·명(銘) 등을 지어달라고 요구하는 사람이

---

1 우복동 병화(兵火)가 침범하지 못한다는 신비한 동네. 경북 상주와 충북 보은 사이의 속리산에 있다는 상상의 동네.
2 과문 조선시대 문과(文科) 과거에서 시험을 보던 여러 가지 문체.
3 이문 조선시대 중국과 주고받던 문서에 쓰던 특수한 관용 공문의 용어나 문체.

있으면 몇 글자 쓰지도 못하고 벌써 추하고 졸렬한 것이 드러나기 마련이다. 이로써 본다면 사실 과문이 어려운 것이 아니라 그것을 짓는 방법을 잃었기 때문에 어려워졌을 따름이다.

내가 전에 아들 학연에게 과시(科詩)⁴를 가르치면서 맨 먼저 한(韓)나라와 위(魏)나라의 고시(古詩)로부터 마디마디 모방케 하고 점차로 소식(蘇軾)과 황정견(黃庭堅)의 문로(門路, 학문의 지름길)를 알도록 했더니, 수법이 조금씩 나아진다는 걸 알았다. 과시 한 수를 짓게 하자 첫 편에서 벌써 여러 어른들의 칭찬을 받았다. 그뒤로도 남을 가르치면서 이러한 방법을 사용했더니 학연과 같지 않은 사람이 없었다.

가을이 깊으면 열매가 떨어지고, 물이 흐르면 도랑이 만들어진다. 이것은 이치가 그러한 것이다. 제군들은 모름지기 가기 쉬운 지름길을 찾아서 갈 것이요, 가기 어려운 울퉁불퉁한 돌길이나 뒤얽힌 길을 향하여 가지 말거라.

---

4　과시 과거를 볼 때에 짓는 시.

# 영암군수 이종영[1]에게 당부한다

爲靈巖郡守李鍾英贈言

## 고을을 다스리는 방법

옛날에 소현령(蕭縣令)이 부구옹(浮丘翁)[2]에게 고을 다스리는
방법을 물으니, 부구옹이 "나에게 여섯 자로 된 비결이 있는데,
그대는 사흘 동안 목욕재계를 해야 들을 수 있을 것이다"라고
하였다. 소현령이 그 말대로 사흘 동안 목욕재계하고 다시 청
하니 옹이 먼저 한 글자를 가르쳐주는데, '염(廉, 청렴)'자였다.
소현령이 일어나 두 번 절하고 얼마 있다가 다시 한 글자를 청
하니 부구옹이 또 한 글자를 주었는데, '염'자였다. 소현령이

---

1  이종영(李鍾英) 무과(武科) 출신으로 영암군수와 부령도호부사를 역임
   했다. 다산과 학문 논쟁을 벌인 문산(文山) 이재의(李載毅)의 아들이다.
2  부구옹 옛날의 선인(仙人). 혹자는 황제(黃帝) 때의 사람이라 하고, 혹자는
   열자(列子)가 호구자(壺丘子)라고 부르는 인물이 바로 부구옹이라 한다.

일어나 두 번 절하고 다시 가르쳐주기를 청하니 부구옹이 마지막으로 한 글자를 가르쳐주었는데, '염'자였다.

소현령이 두 번 절하고 나서 "이 글자가 그토록 중요합니까?"라고 물으니, 부구옹이 "자네는 세 개의 '염'자 중에서 하나는 재물에 적용하고, 또 하나는 여색에 적용하고, 또다른 하나는 직위에 적용하라"고 하였다.

소현령이 "여섯 글자를 모두 받을 수 있겠습니까?"라고 물으니, 부구옹은 "또 목욕재계를 사흘 동안 해야 들을 수 있다"고 답했다. 소현령이 그 말대로 하니, 부구옹이 "자네는 기어코 듣고자 하는가? 그 글자는 바로 '염, 염, 염'이다"라고 했다. 소현령이 "이것이 그토록 중요합니까?"라고 물으니, 부구옹이 "그리 앉게. 내가 자네에게 말해주지. '염'은 밝음을 낳으니 사물의 실정을 숨기지 못할 것이요, '염'은 위엄을 낳으니 백성들이 모두 그대의 명령을 따를 것이요, '염'은 곧 강직함이니 상관이 감히 그대를 가벼이 보지 못할 것이네. 이래도 백성을 다스리는 데 부족한가?"라고 하였다.

이에 소현령이 일어나 두 번 절하고 그것을 띠에 써 가지고 떠났다.

## 봉록과 지위를 다 떨어진 신발처럼 여겨라

상관이 엄한 말로 나를 위협하는 것은 무엇 때문인가? 내가 이 녹(祿, 봉급)과 지위를 보전하고자 한다고 생각하기 때문이다. 간사한 관리(奸吏)가 조작한 비방으로 나를 겁주는 것은 무엇 때문인가? 내가 이 녹과 지위를 보전하고자 한다고 생각하기 때문이다. 재상이 청탁으로 나를 더럽히는 것은 무엇 때문인가? 내가 이 녹과 지위를 보전하고자 한다고 생각하기 때문이다.

무릇 녹과 지위를 다 떨어진 신발처럼 여기지 않는 자는 하루도 수령의 지위에 앉아 있어서는 안 된다. 흉년에 백성들의 조세를 면제해줄 것을 요구하다가 상관이 들어주지 않으면 벼슬을 버리고 떠나가고, 상사가 요구한 것을 거절했으나 알아듣지 못하면 벼슬을 버리고 떠나가며, 나의 예모(禮貌, 예절에 맞는 몸가짐)에 손상이 생기면 벼슬을 버리고 떠나간다. 상관이 언제나 나를 휙 날아가버릴 새처럼 생각한다면 내가 요구하는 것을 감히 듣지 않을 수 없을 것이고, 나에게 무례함을 저지르지 못할 것이다. 그러면 정치하는 일이 물 흐르듯 쉬울 것이다. 하지만 만약 구슬을 품은 자가 힘센 사람을 만난 것처럼 조마조마하고 부들부들 떨며 오로지 구슬을 빼앗길까 두려워한다면, 역시 그 지위를 보전하기가 어려울 것이다.

## 형벌의 세 가지 등급

관직에 있으면서 형벌을 쓰는 데는 마땅히 세 가지 등급이 있어야 한다. 대체로 민사(民事)에는 상형(上刑)을 쓰고 공사(公事)에는 중형(中刑)을 쓰고 관사(官事)에는 하형(下刑)을 쓰되, 사사로운 일에는 형벌이 없어야 한다.

무엇을 민사라고 하는가. 대체로 아전과 향리가 죄과(罪科)를 저지르는 것은 백성을 수탈하거나 해치는 데서 비롯되니, 힘없는 백성을 속이고 침학하는 자는 마땅히 무겁게 매를 때려야 한다. 무엇을 공사라고 하는가. 대체로 공납을 바치는 기한을 어기거나 조정과 상사의 명령을 받들어 시행함에 있어 삼가지 않는 자는 마땅히 그다음 형률을 적용해야 한다. 무엇을 관사라고 하는가. 무릇 관속(官屬)[3] 가운데 나를 돕고 받드는 자가 일상적인 직무를 태만히 하면 또한 벌이 없을 수 없다. 내가 오직 제사를 지내고 손님을 맞이하거나 부모와 처자를 양육하는 것이 사사로운 일이다. 관아(官衙)에 아전과 노예를 두는 것은 이런 일을 하기 위해서가 아니다. 그런데 그들을 빌려 부리는 것이다. 그렇다면 비록 그들이 삼가지 않는 일이 있더라도 쉽게 꾸짖을 수 있겠는가?

---

3  관속 지방 관아의 아전과 하인을 통틀어 이르던 말.

부모가 병들어 의원을 불러 약을 달일 때 태우거나 졸아붙게 해도 눈자위를 시뻘겋게 해서 눈을 흘기며 꾸짖어서는 안 된다. 오로지 안타깝게 혀를 차며 걱정을 할 뿐이다. 만약 민사를 다스리듯 엄하게 벌한다면 그 의원은 문을 나가며 저주할 것이니, 부모를 아끼는 사람이라면 차마 이런 일이 일어나도록 해서야 되겠는가? 봄가을로 제물을 들여올 때, 포(脯)는 얇아 종잇장 같고 밤(栗)은 잘 고른 것이 아니어도 흠잡아 물리치면 안 된다. 오로지 경건하고 깨끗하게만 한다. 굳이 그를 엄하게 꾸짖으면 문을 나서며 욕설을 늘어놓을 것이니, 조상을 경건하게 모시는 사람이라면 차마 이런 짓을 하겠는가? 이로 미루어 무릇 쌀이나 소금 등 자잘하고 번잡한 일들까지 잘 알 수 있을 것이다. 그러므로 사사로운 일에는 형벌이 없어야 한다.

## 아전은 어떻게 거느릴 것인가

아전들은 그 직업을 세습하고 또 평생토록 한 가지 직업에다 한결같이 뜻을 일정하게 쏟기 때문에, 그 일에 길이 들고 익숙해서 가만 앉아서 고을 수령(官長) 거치기를 마치 여관 주인이 길손 대하듯 한다. 수령이 된 자는 어려서 글짓기와 활쏘기를 익히고 한담(閑談)과 잡희(雜戲)를 일삼다가 하루아침에 부절(符節)⁴을 차고 일산(日傘)⁵을 펴고서 부임하니, 이는 우연히 들른 나그네와 같다. 아전들이 허리를 굽히고 숨가쁘게 뛰어다니면서 공손히 대하니, 그들의 속을 모르는 수령은 고개를 쳐들고 잘난 체하여 그들을 벌레 보듯 내려다본다. 하지만 어깨를 맞대고 땅에 엎드린 그들이 낮은 소리로 소곤거리는 것이 모두 관가를 기롱하며 비웃는 말이라는 것은 알지 못한다.

곡식 장부와 전정(田政)[6]에 있어서도 그 이치를 자세히 알지 못하는 수령은 그들을 불러다놓고 자세하게 묻고 상세하게 배워 그 농간을 살펴야 할 것이다. 그러나 늘 보면 가장 어리석은 수령은 아랫사람에게 묻는 것을 부끄럽게 여겨 태연히 평소 잘 알고 있는 것처럼 오로지 서명만 근엄하게 한다. 하지만 노회하고 간사한 아전은 헤아리는 데 익숙하여 귀신같이 허실과 명암을 알아차린다는 것을 모르니, 장차 무슨 도움이 되리요. 또 더러는 도리어 농락을 당하고도 스스로 권변(權變)[7]이라 여기고, 갓양태 아래서 비웃는 소리를 듣지 못한다. 따라서 아전들도 지극한 정성으로 거느려야 한다.

---

4 부절 예전에 돌이나 대나무·옥 따위로 만들어 신표로 삼던 물건. 주로 사신들이 가지고 다녔으며 둘로 갈라서 하나는 조정에 보관하고 하나는 본인이 가지고 다니면서 신분의 증거로 사용하였다.
5 일산 감사, 유수, 수령 들이 부임할 때 받치던 양산.
6 전정 조선시대 삼정(三政) 가운데 토지에 대한 전세, 대동미 및 그 밖의 여러 가지 세를 받아들이던 일.
7 권변 평결에 따라 일어날 수 있는 일이라는 뜻. 융통성 있게 대처했다고 여긴다는 의미로 사용됨.

## 관직에 있는 사람의 어려움

수령과 백성의 사이는 멀고 머니, 애달프도다 백성들이여! 아전이 몸을 부러뜨렸어도 수령이 불러 물으면 "나무하다가 절벽에서 떨어졌습니다"라고 대답한다. 아전에게 재물을 빼앗겨도 수령이 불러 물으면 "빚이 있어 마땅히 갚아야 하는 것입니다"라고 대답한다. 일에 밝은 수령이 자세히 검토하여 그 재물을 바로 면전에서 셈하여 되돌려주고 직접 거느리고 간 비장으로 하여금 호송하여 보내도, 한번 문을 나서면 진흙으로 만든 소가 바다에 가라앉는 것과 같다.

내가 보건대, 고을 수령들은 산에서 노닐다 절에 도착하여 어쩌다 돈과 양식을 계산해준 것을 가지고 스스로 밝음과 은혜 두 가지를 모두 갖추었다고 하지만, 예부터 누구도 능히 중으로 하여금 실제로 그것을 받게 한 자는 없었다. 그러니 나는 이것으로 인해 관직에 있는 것이 어렵다는 것을 알겠다.


## 수입을 헤아려 지출을 해야

재물을 남에게 주는 것을 혜(惠)라고 한다. 그러나 자기에게 재물이 있고 난 뒤에야 남에게 베풀 수 있는 것이다. 자기에게 없는 것을 남에게 줄 수는 없다. 그러므로 나에게 있는 것을 주기보다는 남에게서 빼앗지 않는 것이 낫다. 무릇 관가의 창고에서 훔친 물건은 조상의 제사를 지내거나 부모를 봉양하는 일에도 감히 쓸 수 없는데, 그 나머지 일에 있어서랴?

수입을 헤아려 지출을 하는 것이 성인의 법이다. 무릇 포흠(逋欠)[8]진 것을 갚지 못하여 아전이 뒷말을 하게 되는 자는 비록 백성을 사랑하여 다스림이 저 공수(龔遂)·황패(黃霸)[9]와 같다고 해도 오히려 잘 다스리는 관리는 아니다.

---

8 포흠 관청의 물건을 사사로이 써 없애는 것. 혹은 조세를 내지 아니하는 것.
9 공수·황패 중국 한나라 때 청렴하고 공정한 관리들. 청렴하고 능력 있는 목민관의 상징적인 인물들임.

# 부령 도호부사 이종영에게 당부한다

送富寧都護李鍾英赴任序

## 목민관이 두려워해야 할 네 가지

백성을 다스리는 자는 두려워해야 할 것이 네 가지 있다. 아래로는 백성을 두려워하고 위로는 대간(臺諫, 사헌부와 사간원의 벼슬)을 두려워해야 하며, 더 위로는 조정을 두려워하고 또 더 위로는 하늘을 두려워해야 한다. 그러나 목민관이 두려워하는 것은 항상 대간과 조정뿐이고, 백성과 하늘은 때때로 두려워하지 않는다.

대간과 조정은 가깝기도 하고 멀기도 하다. 먼 경우에는 천리나 되고, 더욱 먼 경우에는 수천 리나 되기도 해서 눈과 귀로 살피는 것이 혹 꼼꼼하고 상세할 수는 없다. 그러나 백성과 하늘은 바로 앞에서 눈으로 보고 마음으로 임하고 몸으로 거느리고 함께 호흡하고 있으니, 잠시도 떨어질 수 없을 정도로 아주

가까운 것이다. 무릇 도를 아는 사람이라면 어찌 이를 두려워하지 않겠는가.

부령부(富寧府)는 마천령(摩天嶺)[1] 북쪽에 있으니 나라의 변방이다. 남쪽으로 포정사(布政司)[2]가 천 리나 떨어져 있고, 다시 남쪽으로 서울[王京]이 2천 리나 더 멀리 있다. 그 사이에 겹겹이 둘러싸인 산과 감돌아 흐르는 시내가 있어 거칠고 험하게 가로막는다. 그래서 관찰사의 감시가 소루한 점이 많고, 사헌부의 규핵(糾覈, 과오나 죄상을 밝혀서 탄핵함) 또한 너무 멀어서 미칠 수가 없다. 이 때문에 이 지역을 다스리는 수령은 마구 탐욕을 부려 법을 따르지 않고 오직 삼(蔘), 초피(貂皮, 방한용 모피), 수달피(獺皮, 수달이나 담비의 가죽), 청서피(青鼠皮, 날다람쥐의 가죽), 발내포(盋內布, 고운 삼베) 등만을 토색질해서 처자나 돌보고 권문귀족에게 아첨한다. 이 때문에 의지할 데 없는 외로운 백성은 하늘에 답답함을 호소하건만, 오직 수령만은 이를 살피지 못하고 두려워해야 할 네 가지를 모두 두려워하지 않는다. 이에 백성은 더욱 쇠잔해지고 부(府)[3]는 더욱 피폐해지니, 어찌 슬프지 않겠는가.

나의 벗 약암(約菴)[4]의 아들 이종영(李鍾英)이 부령 도호부사

---

1  마천령 지금의 함경남도 단천시에서 함경북도 김책시로 넘어가는 고개.
2  포정사 조선시대 감사(監司)가 집무하던 관청.
3  부 지방 행정기관. 관청, 관아. 원래는 정부의 창고 등의 의미였다.
4  약암 이재의(李載毅, 1772~1839)의 호, 다른 호는 문산(文山). 생원시(生員試)에 합격한 후 학문에 전념했다.

(富寧都護府使)가 되어 부임하는데, 내가 시골에 있어서 친히 전송할 수가 없다. 그래서 그대를 위해 오직 백성을 두려워하고 하늘을 두려워해야 하는 이치를 말하고자 하니 들어보겠는가.

부세(賦稅, 세금)가 고르지 않으면 백성은 곧 탄식하고, 부세가 비록 고르더라도 그 힘이 미치지 못하면 백성은 곧 탄식하며, 창고를 열어 진휼(賑恤, 곤궁한 백성들을 도와줌)한 뒤, 다시 곡식을 받아들일 적에 그 이익을 도둑질하면 백성은 곧 탄식하고, 일상이 태만하고 술과 음악과 여색에 빠지면 백성은 곧 탄식하며, 은혜와 덕을 베풀지 않고 형벌을 함부로 시행하면 백성은 곧 탄식하고, 뇌물을 받고 송사(訟事)를 부정하게 처리하면 백성은 곧 탄식하며, 무릇 삼·돈피·수달피·청서피·발내포를 때때로 기회를 틈타서 훔치면 백성은 곧 탄식한다. 대체로 백성이 탄식하는 것은 하늘도 함께 탄식하며, 무릇 하늘이 탄식하는 경우에는 원대한 복이 내리지도 않고 벼슬도 현달(顯達)하지 못하게 되니, 두려워하지 않을 수 있겠는가. 도호부사는 힘쓸지어다.

의(義)로써 겉을 바르게 하면 모든 사람이 두려워하는 것을 나도 또한 두려워하게 되고, 경(敬)으로써 마음을 곧게 하면 모든 사람이 두려워하지 않는 것을 나는 또한 두려워하게 된다. 네 가지 두려움을 갖추어야 목민관의 일이 완수되는 것이니, 내가 또 무슨 말을 하겠는가.

부령은 본디 북옥저(北沃沮)의 땅이다. 한 무제(漢武帝) 때에는 현도군(玄菟郡)에 속하였고, 고구려 대무신왕(大武神王)이 이를 취하여 자기 땅으로 삼았으며, 발해(渤海) 때에는 동경(東京) 용원부(龍原府)에 속하였다. 금(金)나라 때에는 문수(門水) 이남을 옮겨 모두 내지(內地)로 삼았는데 부령은 야라로(耶懶路)에 속하였다. 고려 강종(康宗) 때에 석적환(石適歡, 여진의 장수)이 갈라전(曷懶甸, 지금의 함흥咸興―지은이)과 알새(斡塞)를 순행(巡行)하고 삼잔수(三潺水, 지금의 삼수三水―지은이)에 부(府)를 설립하였으니, 이 일을 증험할 수 있다. 이때 고려 윤관(尹瓘)이 여진(女眞)을 몰아내고 그 땅을 점령하였다가 곧 되돌려주었다. 원(元)나라 때에는 합란로(合蘭路)에 속하였으며, 우리 조선 초기에는 태조께서 영토를 개척하여 공주(孔州)·경성(鏡城) 등 7군을 두었는데, 부령은 경성군에 속한 석막(石幕)[5]의 땅으로 일컬어졌다. 그리고 태종이 소다로(蘇多老) 땅에 경원부(慶源府)를 두었는데 그뒤에 한흥부(韓興富)가 (여진과 싸우다가) 전사하고 곽승우(郭承祐)가 패전하였는데도 조정에서는 오히려 차마 그 땅을 버리지 못하여 부거참(富居站)[6]에 책문(柵門, 조선과 청나라의 통로)을 설치하였으니, 아마 알목하(斡木河, 함경북도 회령의 옛 이름)를 경계로 삼으려는 것이었으리라.

---

5  석막 함경북도 북동부에 위치한 부령군(富寧郡)의 옛 이름. 1398년(태조 7년) 동북면 도선무순찰사 정도전(鄭道傳)이 북도 행정구역을 정할 때 우롱이(于籠耳)를 경성(鏡城)으로 개칭하고 도호부를 설치했는데, 이곳을 석막이라고 칭했다.

6  부거참 지금의 함경북도 청진시 청암구역에 있던 조선시대의 역(驛).

세종 때에는 김종서(金宗瑞)가 알목하 연변을 개척하여 비로소 석막의 옛 땅에 영북진(寧北鎭)을 두었다가, 말년에 이르러 도호부(都護府)로 승격하여 부령이라 부르고 육진(六鎭)[7]의 하나로 삼았다. 선조(宣祖) 때에는 야인(野人) 마토(摩吐)가 귀화하자 비로소 무산부(茂山府)를 두어 알목하 연변 육진의 하나로 삼았다. 그리고 부령은 하찮은 변읍(邊邑, 변방의 고을)으로 불렸지만, 그곳을 잘 다스린 사람은 승진시켜 방어사(防禦使)로 삼았으니, 이는 이조(吏曹)와 병조(兵曹)의 격식으로 되어 있는 관례(格例)이다.

그대가 부령 도호부에 도착하거든 지도와 지지(地志)를 상세히 살펴보고 점검해보아야 한다. 만일 엉성하고 잘못된 것이 있거든 이와 같이 바로잡는 것도 목민관이 마땅히 힘써야 할 일이다.

---

7　육진 조선 세종 때 동북방면의 여진족에 대비해 두만강 하류 남안에 설치한 국방상의 요충지. 즉 종성(鐘城)·온성(穩城)·회령(會寧)·경원(慶源)·경흥(慶興)·부령(富寧)의 여섯 진을 말한다.

# 정수칠[1]에게 당부한다

爲盤山丁修七贈言

## 학문은 반드시 해야 할 일

학문은 우리가 하지 않을 수 없는 일이다. 옛사람은 학문이 제일의 의리(義理)라고 하였으나 나는 이 말에 잘못이 있다고 생각한다. 마땅히 오직 하나뿐[唯一無二]인 의리라고 바로잡아야한다. 대개 사물마다 법칙이 있는데, 사람들이 배움에 뜻을 두지 않는다면 그것은 그 법칙을 따르지 않는 것이다. 그러므로 짐승에 가깝다고 하는 것이다.

세상에서 가장 선(善)을 막고 도(道)를 어그러지게 하는 화두가 있으니, 바로 "가짜 도학(假道學)은 진짜 사대부[眞士大夫]만 못하다"고 하는 것이다. 그러나 나는 이렇게 생각한다. 요즘의

---

1   정수칠(丁修七)  자는 내칙(內則), 호는 반산(盤山)으로 장흥(長興)에 살았으며 다산초당 18제자 가운데 한 사람이다. 학문이 높았다.

이른바 사대부란 곧 옛날의 이른바 군자다(지위로 말하는 것이다—지은이). 도학이 아니면 군자라는 이름을 얻지 못하며 사대부라는 이름도 얻지 못한다. 그런데 어찌 도학과 상대하여 말을 할 것인가?

위학(僞學, 거짓 학문)이라는 명칭을 피했다면 정주(程朱, 정자와 주자)도 그 도를 세우지 못했을 것이고, 명예를 구한다는 비방을 두려워했다면 백이(伯夷)와 숙제(叔齊)[2]는 그 절개를 이루지 못했을 것이며, 곧다는 명예를 얻으려 한다는 혐의를 멀리하려 했다면 급암(汲黯)과 주운(朱雲)[3]도 간쟁(諫諍)하는 데 나아가지 못했을 것이다. 심지어 경박한 무리들은 부모에게 효도하고 벼슬살이할 때 청렴하게 지낸 것조차 모두 명예를 구하려 하는 것이 아닌가 의심하니, 이러한 무리들을 위해 악(惡)을 따라야 할 것인가?

한집안(宗族)이 대대로 수십여 집 모여 살면 한 고을에서 선망받는다. 그런데 그중에 학자가 한 사람도 없으면 매우 수치스러운 일이다. 그런데도 잘난 체 얼굴을 내밀고 고개를 치켜들고 마을을 누비고 다니니 부끄러운 일이다. 이렇게 되면 젊은 후생(少年後生)들이 본받을 바가 없어 점차 모두 미친 사람처럼 도의에 벗어난 말을 하고 어리석고 망령되어 결국 토호

---

2  백이·숙제 중국 은(殷)나라의 유명한 충신으로 형제다.
3  급암·주운 중국 한나라 때 임금에게 직접 간(諫)하는 일을 잘했던 신하들.

(土豪)나 향간(鄕奸)⁴이 되고 만다.

선을 가장 가로막는 것이 있으니, 그것은 "부모에게 효도하고 형제간에 우애하면 이것이 곧 학문인데, 어찌 꼭 겉으로 드러내어 기치를 세운 뒤에야 바야흐로 군자가 되는 것이겠는가" 하는 말이다. 이 말은 지극히 그럴듯해 이치에 맞는 듯하지만 사실은 그렇지가 않다. 이 사람의 마음속에는 선을 좋아하여 선으로 향하려는 뜻이 없으니, 어찌 효도와 우애를 할 수 있겠는가? 명분이 바르게 선 뒤라야 일이 이루어지는 법이다. 이것은 자하(子夏)⁵가 "어진 이를 어질게 여기되 여색을 좋아하는 마음으로 바꾸라"⁶라고 한 말과는 의미가 같지 않다.

활달하여 자유로움을 좋아하고 구속을 싫어하는 사람은 "어찌 꼭 꿇어앉아야만 학문을 할 수 있는 것인가"라고 말한다. 하지만 이 말 또한 잘못된 것이다. 무릇 사람은 경건한 마음이 일어날 때 저절로 무릎을 꿇게 되며, 꿇어앉은 자세를 풀면 속마음의 경건함 역시 해이해지는 것이다. 얼굴빛을 바르게 하고 말씨를 공손히 갖는 것은 꿇어앉지 않고는 이루어지지 않는다. 이 한 가지 일에 따라 자신의 뜻과 기운〔志氣〕이 드러나게 되니 꿇어앉지 않을 수 없는 것이다.

---

4　토호·향간　'토호'는 어느 한 지방에서 오랫동안 살면서 양반을 떠세할 만큼 세력이 있는 사람. '향간'은 지방에서 명망이 높은 자로서 실상은 간사한 거짓 도학자.

5　자하　공자의 제자로 문학에 뛰어났다.

6　『논어』「학이」편에 나오는 구절로 원문은 "현현역색(賢賢易色)"이다.

어릴 때부터 진사(進士)가 되기를 바랐으나 머리가 세도록 뜻을 이루지 못한 사람도 있고, 겨우 관례(冠禮)[7]를 행할 때부터 향교의 직원(校任)이 되려고 해도 운명할 때까지 뜻을 이루지 못한 사람도 있다. 그러나 학문에 있어서는 오늘 뜻을 세우고 그뒤 몇 개월이 지나면 문득 사람들이 칭찬할 것이며, 진실로 학문에 힘쓰고 멈추지 않으면 마침내는 덕을 이룬 군자가 될 것이다. 어찌 진사나 향교의 직원에 비교하겠는가.

과거학(科擧學)은 이단(異端) 가운데서도 폐해가 제일 혹독한 것이다. 양자(楊子)와 묵자(墨子)는 이미 낡았고 불씨(佛氏, 석가모니)와 노자(老子)는 너무 아마득하다. 그러나 과거학은 그 해독을 가만히 생각해보면, 비록 홍수와 맹수에 비유하더라도 충분치 않다. 과거학을 하는 사람들 중에는 시부(詩賦)가 수천 수(首)에 이르고 의의(疑義)[8]가 5천 수에 이르는 자도 있는데, 진실로 이같은 노력을 능히 학문에다 옮길 수 있다면 주자가 될 것이다.

유독 제방만을 쌓는 사람을 보지 못하였는가? 아무개는 수백 금을 허비하고 아무개는 수천 금을 허비했다. 그리하여 모두 집안을 망치고 재산을 탕진하여 사람들에게 비웃음을 당한

---

7  관례 예전에 남자가 성년에 이르면 어른이 된다는 의미로 상투를 틀고 갓을 쓰게 하던 의례(儀禮).

8  의의 경서(經書)의 구절을 해석하고 일정한 논리를 세우는 과거시험 형식의 하나.

다. 그러므로 사람들은 그 전철을 다시 밟지 않는다. 그런데 과거공부를 하는 선비 가운데는 낭패하고 뜻을 이루지 못한 사람이 이루 헤아릴 수 없는데도, 사람들은 오히려 어려서부터 머리가 희끗희끗할 때까지 과거공부를 계속하니 그것 또한 지혜가 적은 것이다.

혹 시골에 사는데 총명하고 민첩한 지혜를 가져서 남보다 몇 등급 뛰어난 말을 하여 사람들을 경탄시키는 자가 있으면, 곧 그에게 과거시험을 준비하게 하는 것이 마땅하다. 그렇지 않은 자는 일찌감치 학문의 길로 들어서게 하거나 아니면 농사일로 돌아가게 하는 것이 옳다. 비록 총명하고 지혜가 있는 자라도 나이 서른이 넘도록 이룬 것이 없으면, 곧 마땅히 학문에 전념해야 한다. 이렇게 하면 아마 낭패까지는 이르지 않을 것이다.

아침에 도를 들으면 저녁에 죽어도 된다는 교훈은 참으로 큰 용기가 없으면 실천하기가 어렵다. 그러나 나이가 40~50이 된 사람은 도리어 할 수 있다. 혹 고요한 밤에 잠은 오지 않고 초연히 도를 향하는 마음이 생기거든 이 기회에 더 확충하여 용감히 나아가고 곧게 전진해야지, 노쇠하다고 주저앉는 것은 옳지 않다.

## 무엇을 배우고 익힐 것인가

옛날에 교(教,『중용』에서 말한 것―지은이)니 학(學,『예기』「학기學記」에서 말한 것―지은이)이니 하던 것은 유교 외에 다른 도(道)가 없었으므로 달리 표제(標題)에 더할 필요가 없었다. 송나라 이래로 이학(理學)이라 이름하여 '이(理)'자를 하나 덧붙였으나 위엄과 무게가 없다. 그러나 세상 사람들이 모두들 이학이라 지적하니 그대로 부르는 것이 좋겠다.

공자의 도는 효제(孝弟)일 뿐이다. 이것으로 덕을 이루는 것을 일러 인(仁)이라고 하며, 헤아려 인을 구하는 것을 일러 서(恕, 용서)라고 한다. 공자의 도는 이와 같을 뿐이다. 효에 바탕을 두면 임금을 섬길 수 있고, 효에 미루어 나아가면 어린이에게 자애로울 수 있으며, 제에 바탕을 두면 어른을 섬길 수 있다. 공자의 도는 천하의 모든 사람 하나하나를 효성스럽고 공손하도록 만드는 것이다. 그러므로 '사람마다 친한 이를 친하게 대하고, 어른을 어른답게 대하면 천하가 다스려질 것'[9]이라고 말한 것이다.

공자의 도는 수기치인(修己治人, 자신을 닦고 나서 남을 다스리는 것)일 따름이다. 요즘 학문하는 사람들이 아침저녁으로 강독하

---

**9** 사람마다 친한 이를~천하가 다스려질 것 『대학(大學)』에 나오는 구절이다.

고 연마하는 것은 다만 이기사칠(理氣四七)[10]의 논변과 하도낙서(河圖洛書)[11]의 숫자와 태극원회(太極元會)[12]의 학설뿐이다. 나는 잘 모르겠으나 이 몇 가지가 수기에 해당하는가, 치인에 해당하는가? 어쨌든 한쪽에 내버려두자.

『서경(書經)』「열명(說命)」편에 이르기를 "배움은 학(學)의 절반"이라고 하였다. 그것은 자기 몸을 닦는 것이 유교의 도[吾道] 전체에 있어서 공부의 절반[半功]이 된다는 것이다. 『서전(書傳)』에 이르기를 "가르침은 학의 절반"이라고 하였다. 이것은 사람을 가르치는 것이 유도의 도 전체에서 실로 공부의 절반에 해당한다는 것이다. 두 가지 해석이 서로 저촉되지 않으니, 이 뜻을 안다면 마땅히 경세(經世, 세상을 다스림)의 학문에 뜻을 두어야 할 것이다.

공자께서는 자로(子路)·염구(冉求) 등에게 늘 정치적인 일을 가지고 인품을 논하였고, 안자(顔子)[13]가 도를 물을 때도 반드시 나라를 다스리는 것으로 대답하였으며, 각자의 뜻을 이야기하라고 할 때도 역시 정사(政事)를 돌보는 것에서 대답을 구하

---

10 이기사칠 사단칠정론(四端七情論) 및 이기론(理氣論)을 말한다. 이에 관해 퇴계 이황과 그의 문인(門人) 고봉 기대승이 성리학 논쟁을 벌였다.
11 하도낙서 고대 중국에서 예언이나 수리(數理)의 기본이 된 책. 자세한 것은 이 책 257면 주 63 참조.
12 태극원회 태극은 우주만물이 생기는 근원, 원회는 일월운행(日月運行)의 횟수를 가리킨다.
13 자로·염구·안자 모두 공자의 뛰어난 제자들이다.

였다. 따라서 공자의 도는 그 효용이 경세에 있다는 것을 알 수 있다. 무릇 글귀에만 얽매이고 은일(隱逸)[14]이라고 자칭하며 실천에 힘쓰지 않는 자는 모두 공자의 무리가 아니다.

경전의 뜻이 밝아진 뒤에야 도의 실체가 드러나고, 그 도를 얻은 뒤에야 비로소 마음가짐〔心術〕이 바르게 되고, 마음가짐이 바르게 된 뒤에야 덕을 이룰 수 있다. 그러므로 경학에 힘쓰지 않으면 안 된다. 그런데 혹 선대 유학자의 학설에 따라 뜻이 같은 무리이면 두둔하고 뜻이 다른 무리이면 공격하고 정벌하여 감히 의논조차 못하게 하는 사람들이 있다. 이들은 모두 경전을 빙자하여 이익을 도모하는 무리들이지, 진심으로 선(善)에 마음을 기울이는 자들이 아니다.

예학(禮學)이 밝혀진 뒤에야 인륜에 대처할 때 바야흐로 자신의 본분을 다할 수 있다. 육례(六禮) 가운데 상례(喪禮)가 가장 넓고 가장 시급한 것이니, 모름지기 『의례경전(儀禮經傳)』을 가지고 반복해서 참고하여 바로잡아야 한다. 두우(杜佑)의 『통전(通典)』에 있는 진(晉)나라·송(宋)나라의 여러 유학자들의 논의 같은 것은 더욱 보지 않으면 안 되는 것이다. 먼저 그 근원을 거슬러 올라가고 그다음으로 『주자가례(朱子家禮)』 등의 책을 가져다가 그 말단을 살펴야 할 것이다.

깨끗하고 고요하며 정밀하고 미묘한 것은 『역경(易經)』의 가

---

**14** 은일 벼슬하지 아니하고 숨어 살던 학자로, 뒤에 발탁되어 벼슬하는 사람.

르침이다. 처음 배우는 사람들은 모름지기 역사(易詞, 괘사·효사)에서 근본 뜻을 강구하여 깊이 깨달아야만 바야흐로 옛 성인의 책을 읽을 때 한 자라도 소홀히 지나쳐서는 안 된다는 것을 알게 될 것이다. 진실로 길을 잘못 들면 하도낙서의 수리(數理)만 이해하게 되며, 또 강유재위(剛柔才位)[15] 등의 거친 주장에만 이목이 쏠려 학문을 성취할 수 없게 된다.

옛날 서적이 많지 않았을 때는 독서하여 외우는 데만 힘썼는데, 지금은 경(經)·사(史)·자(子)·집(集)만 해도 대단히 많으니 어찌 일일이 다 읽을 수 있겠는가? 오로지 『역경』『서경』『시경』『예기』『논어』『맹자』 등은 마땅히 숙독하여야 한다. 그러나 모름지기 뜻을 강구하고 고찰하여 그 정밀한 뜻을 깨달을 때마다 곧바로 기록해두어야만 바야흐로 실제의 소득을 얻게 된다. 진실로 외곬으로 낭독하기만 한다면 실제 소득은 없을 것이다.

어린아이를 가르치는 데 있어 서거정(徐居正)[16]의 『유합(類合)』 같은 책은 비록 『이아(爾雅)』와 『급취편(急就篇)』의 올바름에는 미치지 못하나 주흥사(周興嗣)[17]의 『천자문(千字文)』보다는 낫다. 현(玄)·황(黃)이라는 글자만 읽고, 청적흑백(靑赤黑白)

---

15 강유재위 강한 것과 유순한 것의 본질적인 바탕을 말함. '강유'는 『주역』에서 음양(陰陽)을 서로 대응시킨 개념.
16 서거정 조선 성종 때 문신·문장가(1420~1488).
17 주흥사 중국 양(梁)나라 사람으로 『천자문』의 편자.

등의 부류에 대해 다 익히지 않는다면 어떻게 아이들의 지식을 길러줄 수 있겠는가? 처음 배울 때『천자문』부터 읽히는 것이 우리나라의 제일 나쁜 습속이다.

어린아이에게는 항상 거짓을 보이지 말아야 한다. 그런데 증선지(曾先之)[18]의『사략(史略)』은 책을 펴면 모두 황당한 이야기뿐이다. 천황씨(天皇氏) 1장(章)은 더욱 허황하고 괴기하니, 절대로 아이들에게 가르쳐서는 안 된다.『예기』의「곡례(曲禮)」「소의(少儀)」「옥조(玉藻)」「내칙(內則)」등의 편은 마땅히 이때 먼저 가르쳐주어 글과 행실이 아울러 나아지도록 해야 할 것이다. 그리고『시경』의「국풍(國風)」역시 아이들이 당연히 배워야 한다.

강지(江贄)[19]의『통감절요(通鑑節要)』는 사마광(司馬光)의『자치통감(資治通鑑)』을 원본〔藍本〕으로 삼아놓고는 주자의『통감강목(通鑑綱目)』을 의례(義例)[20]로 삼는 바람에 글의 체계가 이루어지지 않았다. 또 사람의 성품은 새로운 것을 좋아하는데, 아이들은 더욱 심한 편이다. 지금 아이들에게 4, 5년 동안 이 책

---

**18** 증선지 중국 원나라 사람으로『십팔사략(十八史略)』의 저자.

**19** 강지 중국 송나라 사람. 자는 숙규(叔圭).『주역』에 조예가 깊다. 은거하여 지냈으며, 유일(遺逸, 학식과 인품을 갖춘 초야의 선비를 찾아 천거하는 인재 등용책)로 세 차례나 조정의 부름을 받았지만 끝내 나아가지 않았다. 소미선생(少微先生)이라는 시호를 받았고『통감절요』를 지었다.

**20** 의례 서적의 범례(凡例). 책의 첫머리에 그 책의 내용이나 쓰는 방법 따위에 관한 참고 사항을 설명한 글.

에 몰두하게 하면 지루한 것이 병이 되어 글과는 원수가 될 것
이다. 그러므로 나는 『통감절요』를 읽히는 법은 반드시 폐지해
야만 한다고 본다.

　『예기』 여러 편을 읽고 나면 마땅히 『시경』의 「국풍」과 『논
어』를 읽어야 하고, 그다음에 『대학』과 『중용』을 읽어야 하고,
그다음에는 『맹자』 『예기』 『좌전(左傳)』 등을 읽어야 하고, 그다
음에는 『시경』의 「아(雅)」 「송(頌)」과 『역경』의 「계사(繫辭)」를
읽어야 한다. 그다음에 『서경』을 읽고 나서 『사기(史記)』와 『한
서(漢書)』를 읽은 뒤에야 비로소 사마광의 『자치통감』을 가져
다가 두세 번 자세히 살펴보아야 하며, 혹 주자의 『통감강목』을
읽어도 된다.

# 윤종심[1]에게 당부한다

爲尹鍾心贈言

## 가난을 걱정하지 마라

세상의 여러 가지 사물은 대개 변화하는 것이 많다. 풀과 나무 가운데 작약(芍藥)은 바야흐로 그 꽃이 활짝 핀 시기에는 어찌 아름답고 좋지 않으리오마는, 말라 시들어버리면 정말로 환물(幻物)일 뿐이다. 비록 소나무와 잣나무가 오래 산다고는 해도 수백 년을 넘기지는 못하고, 쪼개져서 불에 타지 않으면 역시 바람에 꺾이고 좀이 먹어 없어지게 된다. 사물이 그러하다는 것을 사리에 통달한 선비는 알고 있다. 그러나 유독 논과 밭의 종잡을 수 없는 변화에 대해서는 알고 있는 사람이 드물다. 세속에서는 밭을 사고 집을 마련하는 자를 가리켜 순박하고 진

---

**1**　윤종심(尹鍾心)　자는 공목(公牧), 호는 감천(紺泉). 다산초당 주인의 아들로 다산초당 18제자 중 한 사람.

실하며 든든하다고 한다. 사람들은 논과 밭이라는 것이 바람에 날려버릴 수도 없고 불에 태울 수도 없으며 도둑이 훔쳐갈 수도 없어, 백년 천년이 지나도록 파괴되거나 손상될 우려가 없다고 생각하므로 논밭을 가지고 있는 자를 실팍하다고 하는 것이다.

그러나 내가 사람들의 논밭 문서를 보고 그 내력을 조사해보면, 어느 것이나 백 년 동안 적어도 주인이 대여섯 번은 바뀌고, 많은 경우에는 일고여덟이나 아홉 번까지 바뀐다. 그 성질이 유동하여 잘 옮겨다니는 것이 이와 같은데, 어찌 남들에게는 금세 바뀌었지만 유독 나에게만은 오랫동안 남아 있으리라 믿고 그것이 두드려도 깨어지지 않기를 바랄 것인가? 창기(娼妓)나 음탕한 여자는 여러 번 남자를 바꾼다. 그런 여자에게 어찌 나한테만 오래도록 정조를 지키기를 바랄 것인가?

논과 밭을 믿는 것은 기녀의 정절을 믿는 것과 같다. 부자는 밭두렁이 가로세로 연이어 있으면 뜻에 차고 기운이 나서 베개를 높이 베고 자손을 보며 말하기를 '만세토록 살아갈 터전을 너희들에게 주노라'고 한다. 모르긴 해도 진시황 당년에 그 아들 호해(胡亥)[2]에게 진나라를 전한 것은 앞서 말한 부자 정도에 그치지 않았을 것이다. 논과 밭을 물려주는 일이 어찌 믿을 만한 것이겠는가?

---

2　호해　중국 진(秦)나라 2대 황제. 시황이 죽자 조고(趙高)가 호해를 2대 황제로 세웠는데 진나라는 호해 때 멸망했다.

## 재물이란 허망한 것

지금 내 나이가 적지 않으니 겪어본 일도 많다. 무릇 재산이 있
더라도 자손으로 하여금 부를 누리게 하는 자는 천 명이나 백
명 가운데 한두 사람뿐이다. 형제의 자식을 데려다가 그 재산
을 물려준 자는 운이 좋은 사람이다. 간신히 집안의 촌수(昭穆)
를 따져 몸을 굽실거리거나 거적자리를 깔고 애걸하여 양자를
맞아들여 그 재산을 먼 친척에게 주는 자들이 있다. 평소의 행
실이 저녁밥 한 끼도 아끼는 자들이 거의 그러하다. 그렇지 않
으면 못난 아들을 낳아서 애지중지하며 꾸짖지도 않고 매질도
하지 않는다. 그가 다 자라서는 마음속으로 부모가 어서 늙기
만을 바란다. 삼년상을 겨우 마치고 나서는 도박과 노름 등 몸
에 삼충(三蟲)[3]의 기예를 갖춘다. 이 때문에 부모가 애써 모은
재산이 잘못 나가버리는 경우가 줄줄이 있다. 이것으로 보건대
이른바 부자라고 어찌 부러워할 것이며, 가난하다고 어찌 슬퍼
할 것이랴?

가난한 선비가 정월 초하룻날 앉아서 일 년 간의 양식을 헤
아려보면, 참으로 아득하여 하루라도 굶주림을 면할 날이 없을
것처럼 생각된다. 그러나 그믐날 저녁에 이르러 보면, 의연히

---

3　삼충 도가(道家)에서 이르는 말로 사람의 몸속에 있다고 전해지는 세 마
리의 벌레. 삼충은 사람의 수명·질병·욕망 등을 좌우한다고 한다.

여덟 식구가 모두 살아남아 한 사람도 줄어든 이가 없다. 돌이켜 생각해보아도 그러한 까닭을 알 수가 없다. 너는 이러한 이치를 잘 깨달았느냐? 누에가 알에서 나올 즈음이면 뽕나무잎이 나오고, 아이가 어머니 배 속에서 나와 울음소리를 한번 낼 즈음이면 어머니의 젖이 이미 줄줄 흘러내리니, 양식 또한 어찌 근심할 것이랴? 너는 비록 가난하다고 하나 그것을 걱정하지는 말거라.

# 의순[1]에게 당부한다

爲草衣僧意洵贈言

## 썩은 땅에서 맑은 샘물 나오랴

도잠(陶潛)[2]의 「감피백하(感彼柏下)」라는 시를 보면 평소 혜원(慧遠)[3]의 현론(玄論)[4]을 얻어들었음을 알겠으며, 소식(蘇軾)[5]의 「적벽부(赤壁賦)」를 보면 당시 참료자(參蓼子) 도잠(道潛)[6]과 늘

---

**1** 의순(意洵) 조선 후기의 승려(1786~1866). '의순'은 법명이고, 호는 초의(草衣). 해남 대흥사의 유명한 학승. 다산의 제자로 추사 김정희 등과도 교유가 두터웠던 당대의 명승이다.

**2** 도잠 중국 동진(東晉)의 시인(365~427). 자는 연명(淵明). 호는 오류선생(五柳先生).

**3** 혜원 중국 동진의 승려(334~416). 동림사(東林寺)를 창건했다. 유학을 공부하여 육경(六經)에 밝았고 노장학에도 조예가 깊었다.

**4** 현론 사물의 근원을 따지는 논의.

**5** 소식 중국 북송(北宋)의 시인·문장가(1036~1101). 호는 동파(東坡).「적벽부」로 유명하다.

**6** 도잠 중국 북송의 승려(1043~?). 호는 참료자. 항주(杭州)의 지과사(智果

해맑은 대화를 나눈 것을 확인할 수 있다. 매양 봄바람이 불어와 초목이 싹트고 범나비가 홀연히 꽃다운 풀에 가득 모여들 때면, 스님 몇 사람과 함께 술을 가지고 옛 무덤 사이를 노닐면서 무덤이 연달아 총총히 있는 것을 보고는 술 한 잔 따라주고 나서 말한다.

"무덤에 묻힌 사람이여, 이 술을 마셨는가? 그대가 옛날 세상에 있을 적에 조그만 이익을 다투고 시시각각으로 재물을 모으느라 눈썹을 치켜올리고 눈을 부릅뜨며 수고로이 애쓰면서 오직 손에 움켜쥐려고만 했는가? 또한 이성(異性)을 그리워하고 고운 짝을 찾아 욕정은 불타고 음욕은 치솟아 여색에 노닐며 따스한 보금자리에서 단꿈을 꾸느라 천지간에 다른 일이 있는 줄 알지 못했는가? 가세(家勢)를 빙자하여 남을 오만스럽게 대하고 의지할 데 없는 사람에게 으르렁거리며 스스로를 높인 적은 없는가? 그대가 이 세상을 떠날 적에 돈 한 꾸러미라도 가지고 갔는지 모르겠네. 그리고 지금 그대 부부가 한 무덤 속에 있으니 능히 예전처럼 즐기고 있는가? 내가 지금 그대를 이처럼 괴롭혔는데 그대는 능히 나를 꾸짖을 수 있겠는가?"

이렇게 수작하다가 돌아오노라면 해는 뉘엿뉘엿 서산 봉우리에 걸려 있곤 하였다.

---

寺)에서 지냈고 시승(詩僧)으로 유명했다. 소동파가 꿈속에서 도잠을 만나 시를 지었는데 뒤에 항주에 가서 그와 함께 즐겁게 지냈다는 일화가 전해진다.

시(詩)라는 것은 뜻을 말하는 것이다. 뜻이 본디 야비하고 더러우면 억지로 맑고 고상한 말을 하여도 조리가 이루어지지 않는다. 뜻이 본디 편협하고 비루하면 억지로 달통한 말을 하여도 사정(事情)에 절실하지 않게 된다. 시를 배우면서 그 뜻을 헤아리지 않는 것은 썩은 땅에서 맑은 샘물을 걸러내려는 것과 같고, 냄새나는 가죽나무에서 특이한 향기를 구하는 것과 같아서 평생 노력해도 얻지 못할 것이다. 그렇다면 어떻게 해야 하는가? 하늘과 인간, 본성과 천명〔天人性命〕의 이치를 알고 인심(人心)과 도심(道心)[7]의 구별을 살펴서 찌꺼기를 걸러내 맑고 참된 것이 발현되게 하면 된다.

그렇다면 도잠(陶潛)과 두보(杜甫) 같은 사람들은 모두 이와 같이 노력하였던가? 도잠은 정신과 형체가 서로 부리는 이치를 알았으니 더 말할 게 있겠는가? 두보는 본래 타고난 성품이 뛰어나 충직하고 후덕한 마음이 있었고 측은하게 여기는 어진 마음씨를 지닌데다 기개가 호탕하고 강건하기까지 했다. 보통 사람들이 평생 마음을 닦아도 그 근원의 맑고 투명함은 두보의 경지에 이르기 쉽지 않다. 그 아래에 속해 있는 여러 시인에게도 모두 당해낼 수 없는 기상과 모방할 수 없는 재능이 있다. 이는 타고난 것이요, 또한 배워서 도달할 수 있는 것이 아니다.

---

7 　인심·도심　인심은 인간의 신체적 기운에서 생기는 것이고, 도심은 선천적인 본성에서 우러나오는 것을 말한다. 즉 도심은 선하고, 인심은 선한 경우와 악한 경우가 함께 있다고 한다.

## 『주역』의 풀이법

『주역』의 글은 한 글자 한 구절이라도 괘상(卦象)에 말미암지 않은 것이 없다. 만약 성인이 가상적으로 펼친 설법이 마치 선가(禪家)에서 참선의 화두가 한 사물에만 전적으로 집중하는 것과 같다고 한다면 스스로 통하기 어렵다. 왕필(王弼)[8]이 「설괘(說卦)」[9]를 버리고서 『주역』을 풀이하려 들었으니 또한 어리석지 아니한가?

## 덧없는 일에 마음을 두지 말아야

천책선사(天頙禪師)[10]가 "간혹 시전(市廛)을 지나다가 좌상이나 행상을 보면 다만 조그만 엽전을 가지고 시끌시끌 떠들면서 시장의 이끗을 독점하려고 다툰다. 이는 수많은 모기가 항아리 속에서 어지러이 앵앵거리는 것과 무엇이 다르겠는가"라고 하였

---

**8**  왕필 중국 위나라의 노장철학자(226~249).

**9**  설괘 『주역』의 원문을 풀이한 십익(十翼) 중 하나인 「설괘전(說卦傳)」. 우주 자연이 변화하는 모습을 음양 8괘로 담아내고, 그것들이 우주 자연 안에서 어떤 원리로 조직되어 돌아가는지 등을 밝혀놓았다.

**10**  천책선사 고려 때 스님으로 『선문보장록(禪門寶藏錄)』『선문강요(禪門綱要)』 등을 지었다.

는데, 마침 그가 빠져든 것이 선(禪)이라서 그렇지 말인즉 옳다.

천책선사가 말했다.

"부잣집 아이가 평생 한 글자도 읽지 않고 오로지 교만한 자세로 유협(游俠)[11]만을 일삼는다. 월장(月杖)과 성구(星毬)[12]에 금 안장과 옥 굴레를 씌운 말을 타고 삼삼오오 짝을 지어 주야로 큰 거리를 배회하면서 휘젓고 다니는데, 이를 구경하는 자들이 담벼락처럼 늘어서 있으니 딱하도다. 나는 저들과 함께 덧없는 이 세상에서 덧없이 살고 있다.

저들이 어떻게 덧없는 몸으로 덧없는 말을 타고 덧없는 길을 달리고 덧없는 재주를 잘 부려 덧없는 사람으로 하여금 덧없는 일을 보게 하는 것이 환(幻) 위에 환이 또 환이 되는 것임을 알겠는가? 이래서 밖에 나갔다가 번거로이 떠드는 것을 보면 서글픈 마음만 더할 뿐이다." (1813년 계유년 8월 4일에 씀 — 지은이)

---

11　유협　여러 뜻이 있으나, 여기서는 생업에 힘쓰지 않고 제멋대로 떠돌아다니며 나쁜 짓을 일삼는 사람이나 부류를 말한다.
12　월장·성구　격구에 쓰는 공채와 공을 말하는 듯함.

# 이인영에게 당부한다

爲李仁榮贈言


## 문장이란 어떤 물건인가

내가 열수(洌水, 한강) 가에 살 때였다. 하루는 잘생기고 예쁘장한 소년이 찾아왔다. 등에 짐을 지고 있기에 살펴보니 책상자였다. 누구냐고 물으니 "저는 이인영(李仁榮)입니다"라고 하였다(몇 구절 삭제하였다—지은이). 나이를 물으니 열아홉이라고 했다. 여기에 온 뜻을 물었더니, 문장에 뜻을 두고 왔는데 비록 공을 세워 자기 이름을 드러내는[功名] 데 불리하여 종신토록 불우하게 살게 될지라도 후회 없을 것이라 하였다. 그 책상자에 든 것을 쏟아보니 모두 시인 재자(詩人才子)의 기이하고 청신한 작품들이었다. 파리 머리처럼 가늘게 쓴 글도 있고 모기 속눈썹같이 미세한 말도 있었다.

그의 뱃속에 들어 있는 지식을 기울여 쏟으니 호리병에서 물이 흐르듯 흘러나왔는데, 책상자에 있는 것보다도 수십 배나 많았다. 그의 눈을 살펴보니 광채가 흐르고 있었고, 그의 이마를 보니 툭 튀어나온 것이 마치 무소 뿔이 아래위로 통하여 밖으로 비치는 듯하였다.

나는 이렇게 말했다.

"아아, 자네 거기에 앉게나. 내 자네에게 이야기해주겠네. 대저 문장이란 어떠한 물건인가 하면, 학식이 속에 쌓여 그 문채가 밖으로 드러나는 것이네. 이는 기름진 음식이 창자에 차면 피부에 광택이 드러나고 술이 배 속에 들어가면 얼굴에 홍조가 도는 것과 같은데, 어찌 들어가기만 해서 이룰 수 있겠는가. 중화(中和)한 덕으로 마음을 기르고 효우(孝友)의 행실로 성품〔性〕을 닦아 몸가짐을 공경히 하고 성실로 일관하되 중용을 갖춰 변하지 않아야 하네. 이렇게 힘쓰고 힘써 도(道)를 바라면서 사서(四書)를 몸에 깃들게 하고 육경(六經)으로 지식을 넓히고, 여러 사서(史書)로 고금의 변화에 달통하여 예악형정(禮樂刑政)¹의 도구(수단)와 전장법도(典章法度)²의 전거로 삼을 만한 옛일〔典故〕을 가슴속 가득히 쌓아놓아야 하네. 그래서 사물과 서로 만나 시비와 이해에 부딪히게 되면 마음속에 한결같이 가득

---

1   예악형정 '예'는 사회질서를 보전하여 일상생활을 바르게 실행하기 위한 규칙, '악'은 민심을 화합하게 하기 위한 음악, '형'은 악(惡)을 방지하기 위한 형벌, '정'은 행정상의 모든 기관.
2   전장법도 규범과 규칙, 법률과 제도를 아울러 이르는 말.

쌓아온 것이 큰 바다가 넘치듯 넘실거려 세상에 한번 내놓아 천하만세의 장관(壯觀)으로 남겨보고 싶은 그 의욕을 막을 수 없게 되면 내가 하고 싶은 말을 하지 않을 수 없네. 그리고 이것을 본 사람이 서로들 문장이라고 말할 것이네. 이러한 것을 일러 문장이라고 하는 것이네. 어찌 기괴한 문구의 탐색만으로 이른바 문장이라는 것을 찾아 마음대로 구사할 수 있겠는가?

세상에서 일컫는 문장학(文章學)은 성인의 도를 해치는 좀벌레와 같아서 반드시 서로 용납할 수 없을 것이네. 그러나 한 단계 낮추어서 그것을 공부한다 해도 들어가는 문이 있고 나오는 길이 있으며 기(氣)와 맥(脈)이 있는 법이니, 반드시 경전을 근본으로 삼고 여러 사서(史書)와 제자백가를 보조로 삼아, 혼후하고 부드러운 기운을 쌓고 깊고 도타운 아취(雅趣)를 길러야 하네. 그리하여 위로는 왕의 정책을 빛낼 것을 생각하고 아래로는 한세상을 주름잡을 것을 생각한 뒤에야 바야흐로 범상치 않은 문장을 이루었다고 할 수 있네.

그런데 지금 세상에는 그렇게 하고 있지 않네. 나관중(羅貫中)[3]을 시조로 삼고 시내암(施耐菴)[4]과 김성탄(金聖嘆)[5]을 조상의 신주처럼 떠받들어 앵무새가 혓바닥을 왼쪽으로 뒤집었다

---

**3** 나관중 중국 원나라 말엽의 소설가. 본래 이름은 본(本)인데 자인 관중으로 알려졌다. 『삼국지연의』의 저자로 유명하다.
**4** 시내암 중국 원나라 말엽의 소설가. 『수호전(水滸傳)』의 저자로 유명하다.
**5** 김성탄 중국 청나라 때의 문예비평가. 본명은 장채(張采), 자는 성탄. 『서상기(西廂記)』의 저자로 유명하다.

오른쪽으로 젖혔다 하면서 재잘거리는 것 같은 음탕하고 괴상한 말로 문채를 내고는 은근히 스스로 기뻐하는 것이 어떻게 문장이 될 수 있겠는가? 너무 처량하여 귀신이 흐느끼는 듯한 시구(詩句)는 공자께서 남긴 온유돈후(溫柔敦厚)[6]의 교훈이 아니네. 음탕한 곳에 마음을 두고 비분한 곳에 눈을 돌려 혼을 녹이고 애간장을 끓는 말을 명주실처럼 늘어놓는가 하면, 뼈를 깎고 골수를 에는 말을 벌레가 우는 것처럼 내놓아, 그것을 읽으면 푸른 달이 서까래 사이로 비치고 산귀신이 구슬피 울며 음산한 바람에 촛불이 꺼지고 원한을 품은 여인이 흐느껴 우는 것 같네. 이같은 것은 문장가에게만 정도를 해치는 것이 아니라, 그 기상(氣象)이 처참해지고 심지(心地, 마음의 본바탕)가 각박해져서 위로는 하늘이 내린 큰 복을 받을 수 없고 아래로는 세상의 형벌을 면할 수 없게 되네. 천명(命)을 아는 자라면 크게 놀라서 재빨리 피하느라 다른 일 할 겨를이 없어야 하거늘, 하물며 몸소 이를 따른대서야 되겠는가?

---

6  온유돈후 중국 고대 유가의 전통적인 시의 가르침을 일컫는 말로, 온화하고 부드럽고 따스한 정취를 일컫는 한시 미학의 용어이기도 하다. 기교를 부리거나 노골적인 표현이 없는 것을 이르는 말로, 시의 본분으로 여겼다. 이 말은 『예기(禮記)』에 "(공자께서 말하기를) 온화하고 부드러우며 돈독하고 두터운 것이 시의 가르침이다. (…) 그 사람 됨됨이가 온화하고 부드러우면서, 돈독하고 두터우면서 어리석지 않으면 시에 대해 깊은 이해를 가진 사람이라고 할 수 있다(溫柔敦厚 詩教也 (…) 其爲人也 溫柔敦厚而不愚 則深于詩者也)"라고 한 데서 나왔다.

우리나라의 과거제도는 쌍기(雙冀)[7]에서 시작되어 춘정(春亭) 변계량(卞季良)[8]에게서 갖추어졌네. 무릇 이 과문(科文)을 익히는 자는 정신을 녹이고 세월을 허비하게 되기 때문에 무디고 거칠며 지리멸렬하게 그 생애를 마치게 되니, 참으로 이단 중에서도 제일이고 세도(世道)[9]의 큰 걱정거리네. 그러나 국법이 변하지 아니하니 이를 순순히 따를 뿐이며, 이 길이 아니면 군신(君臣)의 의리를 물을 데가 없다네. 그래서 정암 조광조, 퇴계 이황 같은 선생들도 모두 이 과문을 닦아서 출세(發身)했다네. 그런데 지금 자네는 어떤 사람이기에 신발을 벗어던지듯이 돌아보지 않는가? 성명(性命, 본성과 천명)을 밝히는 학문을 한다면 굳이 막지는 않겠네만, 어찌 음교(淫巧)[10]한 소설 나부랭이나 괴롭고 고달픈 단구(短句)처럼 하찮은 것에 노력하느라 이 신세(身世)를 가볍게 포기하려 하는가? 위로는 부모님을 섬기지도 못하고 아래로는 처자를 부양하지도 못하며, 가까이는 문호(門戶)[11]를 드러내어 가문을 비호할 수도 없고 멀리는 조정을 떠받들어 백성을 윤택하게 할 수도 없는데, 나관중과 시내암의

---

7 쌍기 고려 때 중국 후주(後周)에서 귀화한 사람으로 광종을 도와 과거제도를 수립했다.
8 변계량 고려 말기 조선 전기의 학자(1369~1430). 호는 춘정. 과거문장(科文)이 뛰어났다.
9 세도 세상을 다스리는 도리 또는 방도.
10 음교 함부로 기교를 부림. 매우 교활하고 교묘함.
11 문호 대대로 내려오는 그 집안의 사회적 신분이나 지위.

사당에 배향(配享)되기만을 생각하고 있으니, 또한 미치고 어리석은 짓이 아닌가?

원컨대 그대는 지금부터 문장학에 대한 뜻을 접고 빨리 돌아가 늙은 어머니를 봉양하게. 그리하여 안으로는 효우의 행실을 돈독히 하고 밖으로는 경전공부를 부지런히 함으로써 성현의 격언이 항상 몸에 배어 어긋나지 않도록 하게. 곁들여 과거공부도 하여 출사해서 임금을 섬길 수 있도록 노력하게. 이렇게 하여 태평세대(昭代)의 상서로운 인물이 되고 후세의 위인이 되도록 힘쓸 것이요, 경망스러운 취미 때문에 천금 같은 몸을 경솔히 버리지 말게. 진실로 자네가 문장에 대한 집념을 고치지 않는다면, 마조(馬弔)·강패(江牌)·협사(狹斜)[12]의 놀이도 이것보다 더 나쁘지는 않을 것이네." (순조 20년 경진년 5월 1일—지은이)

---

12 마조·강패·협사 노름이나 놀이의 일종.

# 기어자홍[1]에게 권한다

爲騎魚慈弘贈言

## 몸의 굶주림보다 기의 굶주림을 조심해야

나는 뜻이 큰 선비는 도(道)를 걱정해야지 가난을 걱정해서는 안 된다고 들었네. 대체(大體)를 기르는 것을 도라고 말하고, 소체(小體)[2]도 기르지 못하는 것을 가난이라고 말하네. 맹자는 자신의 호연지기(浩然之氣)를 잘 기른다고 하면서, 여기서의 기(氣)란 의(義)와 도를 배합한 것이니 이것이 없으면 정신이 굶주린 상태가 되어버린다고 하였네. 이런 기의 굶주림은 몸의 굶주림보다 더 근심할 일이네. 이러한 이유로 도에 대한 근심을 지녀야지, 가난에만 근심을 두어서는 안 되네. 어떤 사람의

---

1 기어자홍 기어(騎魚)는 호이고 자홍(慈弘)은 법명. 다산과 가까웠던 학승 아암혜장(兒菴惠藏)의 제자로 다산과도 자주 접촉했던 스님이다.
2 대체·소체 이 책 300면 주 11 참조.

예를 들어보세. 그가 일생 동안 아름다운 옷에 맛있는 음식을 먹고 거대한 집과 성대한 장막 속에서 살면서도 도를 듣지 못하고 죽었다면 죽는 그날로 몸과 함께 이름도 스러져버리네. 그런 사람이야 동물과 같아서 공작·물총새·범·표범·황새·두루미·거미 등의 무리와 다를 게 없는 것이네.

그렇지만 세상 사람들이 언제나 바삐바삐 서둘러 닭이 울면 일어나 부지런히 힘쓰는 것은 소체를 기르는 일뿐이고, 맹자께서 말한 기(氣)를 기르는 일은 하찮게 여겨 힘쓰지 않는다네. 군자의 입장에서 본다면 한탄스럽지 않겠는가? 불교의 교리〔佛法〕가 비록 거짓되고 미덥지 않기는 하지만, 그들이 말하는 참〔眞〕과 거짓〔妄〕, 유(有)와 무(無)의 개념은 우리 유교의 본연지성(本然之性)³·기질지성(氣質之性)⁴의 분별과 같다네(수도승인 자홍은 수정사水精寺⁵에서 사는데, 금년 가을에 능주綾州로 밥을 구하러 간다기에 경계 삼도록 이 글을 써준다—지은이).

---

3　본연지성 사람이 선천적으로 지니고 있는 심성이라는 뜻으로, 지극히 착하고 사리사욕이 조금도 없는 천부자연의 심성을 말한다.
4　기질지성 기를 바탕으로 하는 성품이라는 뜻으로, 기질의 차이에 따라 후천적으로 만들어지는 인성을 말한다.
5　수정사 전라남도 강진에 있는 절.

# 변지의라는 젊은이에게 권한다

爲陽德人邊知意贈言

## 문장을 이루는 법

변지의(邊知意) 군이 천 리의 먼 곳에서 나를 찾아왔다. 그의 뜻
을 물었더니 문장(文章)에 있다고 하였다. 그날 집 아이 학유(學
游)가 나무를 심었다. 심어놓은 나무에 비유하여 이렇게 말해
주었다.

　사람에게 있어서 문장이란 풀이나 나무에 피는 꽃과 같다네.
나무를 심는 사람은 심을 때 그 뿌리를 북돋아주어 나무의 줄
기가 안정되게만 해줄 뿐이지. 그러고 나서 나무에 진액이 오
르고 가지와 잎사귀가 돋아나면 그제야 꽃이 피어난다네. 꽃을
갑자기 피어나게 할 수는 없는 것이지. 정성스러운 뜻과 바른
마음으로 그 뿌리를 북돋아주고, 행실을 도탑게 하고 몸을 닦
아서 줄기를 안정되게 해주어야 하네. 경전을 궁구하고 예(禮)

를 연구하여 진액이 오르도록 하고, 널리 듣고 예(藝)를 익혀 가지와 잎이 돋아나게 해야 한다네.

이렇게 해서 그 깨달은 것을 갈래 지어 쌓아두고 그 쌓아둔 것을 펼쳐내면 글이 이루어진다네. 그러면 그것을 본 사람들이 문장이 되었다고 인정하게 되니, 이런 것을 두고 문장이라고 하는 것이네. 그러니 문장이란 급하게 완성될 수는 없는 것이지. 그대는 이 말을 가지고 돌아가 탐구해보게나. 여러 가지 배울 점이 있을 것이네.

# 유배지에서 보낸 편지

초판 1쇄 발행 / 1991년 12월 10일
초판13쇄 발행 / 2000년 7월 15일
개정1판 1쇄 발행 / 2001년 5월 30일
개정1판 24쇄 발행 / 2009년 4월 15일
개정2판 1쇄 발행 / 2009년 10월 9일
개정2판 36쇄 발행 / 2019년 7월 18일
개정3판 1쇄 발행 / 2019년 10월 30일
개정3판 7쇄 발행/2024년 1월 25일

지은이 / 정약용
옮긴이 / 박석무
펴낸이 / 강일우
책임편집 / 박주용 정편집실
펴낸곳 / (주)창비
조판 / 박지현
등록 / 1986년 8월 5일 제85호
주소 / 10881 경기도 파주시 회동길 184
전화 / 031-955-3333
팩시밀리 / 영업 031-955-3399 편집 031-955-3400
홈페이지 / www.changbi.com
전자우편 / nonfic@changbi.com

ISBN 978-89-364-7784-4 03810